Il existe un autre Afghanistan que celui décrit par les médias et Cédric Bannel, écrivain aux multiples vies né en 1966, le pratique depuis des années, des banlieues poussiéreuses de Kaboul aux montagnes impénétrables du Badakhchan. Ses romans sont traduits dans de nombreux pays. *Baad*, autre enquête de Nicole Laguna et du qomaandaan Kandar, a reçu le prix du Meilleur Polar des lecteurs de Points.

DU MÊME AUTEUR

Le Huitième Fléau
Robert Laffont, 1999

La Menace Mercure
Robert Laffont, 2000

Elixir
Robert Laffont, 2004

L'Homme de Kaboul
Robert Laffont, 2011

Baad
Robert Laffont, 2016
et « Points Policier », n° P4530

Cédric Bannel

KABOUL EXPRESS

Une enquête de Nicole Laguna et du qomaandaan Kandar

ROMAN

Robert Laffont

« Kaboul Express » : nom donné au réseau afghan de Daech qui permet à l'État islamique d'importer en Syrie et en Irak des combattants expérimentés en provenance du Khorasan, territoire comportant notamment l'Afghanistan et les zones tribales du Pakistan.

TEXTE INTÉGRAL

ISBN 978-2-7578-6999-4
(ISBN 978-2-221-19918-3, 1re publication)

« Message pour les mécréants de France : Il n'y a que la mer entre nous et vous, par la permission d'Allah, nous venons vers vous et, par la permission d'Allah, vos femmes et vos enfants vont être vendus sur les marchés de l'État islamique. »

Interview d'un djihadiste tunisien
par le centre al-Hayat

« Paris est la capitale des abominations et de la perversion, celle qui porte la bannière de la croix en Europe. »

Tiré de *Dabiq*,
revue officielle de Daech

« Qu'Allah maudisse la France. »

Couverture de *Dâr al-Islâm*,
revue officielle de Daech

Copenhague
DANEMARK
Varsovie
Berlin
POLOGNE
ROYAUME-UNI
Amsterdam
PAYS-BAS
Londres
ALLEMAGNE
Calais
BELGIQUE
Bruxelles
Prague
RÉPUBLIQUE TCHÈQUE
SLOVAQUI
Mons
LUXEMBOURG
Luxembourg
Bratislava
Vienne
Paris
Bud
Munich
AUTRICHE
HONGRIE
Innsbruck
Berne
SUISSE
FRANCE
SLOVÉNIE
Zagreb
Ljubjana
Samobor
Trieste
Verone
CROATIE
Sarajevo
BOSNIE-HERZÉGO
ITALIE
MONTÉ
Podgori
Rome
ESPAGNE
EdiCarto
0
300 km

Route de Zwak et Zaccaria
Route de Merwais et Malang
Minsk
BIÉLORUSSIE
Kiev
UKRAINE
RUSSIE
MOLDAVIE
Chişinău
apest
Draminisoara
ROUMANIE
Brazov Zalav
Bucarest
Roussé
elgrade
Sabac
SERBIE
Gabrovo
BULGARIE
Nis
Sofia
Hamzabeyli
Istanbul
Ankara
KOSOVO
Priština
Skopje
MACÉDOINE
Tirana
ALBANIE
Bursa
Eskisehir
Aksaray
Gaziantep
Konya
Adana
Jarabulus
TURQUIE
GRÈCE
SYRIE
Athènes
CHYPRE
LIBAN

PROLOGUE

Trois mois plus tôt

Le garçon est assis sur un banc, pas très loin de Chirahi Massoud, le principal rond-point de Kaboul. Il s'appelle Zwak. Il a dix-sept ans mais en paraît treize ou quatorze. Visage imberbe, épaules étroites, petite taille et, comme certains Afghans, cheveux châtain clair, peau blanche, yeux verts. Avec son jean, son T-shirt à l'effigie de l'équipe de football d'Arsenal et ses baskets, il a l'air d'un collégien occidental atterri là par Dieu sait quel mystère. Une sacoche de DJ sur les genoux, il attend.

Dans quelques instants, un envoyé de Daech lui apportera le nécessaire pour son voyage au pays de Sham, ainsi que les djihadistes appellent la Syrie. La secte est en déroute mais elle ne disparaîtra pas sans combattre, et Zwak a le plan qu'il lui faut pour se venger des mécréants, les *kouffars*. Soudain, un homme s'assied à côté de lui. Zwak hésite. Est-ce celui qu'il attend ? Il y a un code prévu pour se reconnaître. Puis une main rampe vers lui, touche sa cuisse. Il sursaute, regarde son voisin avec horreur.

– J'ai des afghanis, chuchote le nouveau venu. Deux mille. Tu couches ?

Zwak bondit, comme piqué par un scorpion. L'autre n'insiste pas. Il se lève et quitte les lieux après lui avoir jeté quelques insultes au visage. Zwak se rassied, le cœur battant, espérant que le pervers n'a pas fait fuir le messager. Plusieurs minutes passent, dans les vapeurs des embouteillages, puis un autre homme s'approche. C'est un vieillard, il porte un turban, arbore une longue barbe blanche, tient un coran à la main.

– Gloire à ton Seigneur, le Seigneur de la puissance, Il est au-dessus de ce qu'ils décrivent ! Et paix sur les messagers et louange à Allah, Seigneur de l'univers, dit-il en s'asseyant.

– La paix éternelle est celle d'Allah, gloire à Allah, répond mécaniquement Zwak.

C'est le code.

– Tu es prêt pour ta *hijirah* ?

– Je le suis.

Le vieux a un bon sourire. Il sort une enveloppe de sa *kurta* crasseuse.

– Pour ton retour en terre d'Islam, tu trouveras là-dedans ton nouveau passeport, mille cinq cents dollars, mille afghanis pour le transport jusqu'à l'aéroport, une autorisation de voyage pour mineur. Ton avion est dans quatre heures.

– Pour où ?

– Istanbul. Un frère t'attendra aux arrivées. Il aura un chapeau rouge et une canne à tête de lion. Tu utiliseras le même code de reconnaissance qu'avec moi. Officiellement, tu rejoins ta mère en Turquie. Elle est serveuse à Gaziantep. Elle n'a pas le téléphone mais tu sais où elle travaille : dans un salon de thé en face de la gare routière, avec une devanture rose. Tu as des questions ?

Zwak n'en a pas.

Il salue le vieil homme, enfourne l'enveloppe dans sa sacoche et se dirige vers un arrêt de bus. La suite se déroule sans anicroche, ainsi que l'organisation l'a prévu. Chez Daech comme chez Apple, Coca-Cola ou Toyota, on sait profiter du nouveau monde, globalisé, ouvert et interconnecté.

À l'aéroport de Kaboul, personne ne se préoccupe de cet adolescent aux airs d'enfant sage, Zwak franchit les contrôles de sécurité sans encombre avec son passeport tout neuf. Il patiente parmi les autres passagers dans l'unique salle crasseuse, près des tapis élimés où, jour après jour, des centaines de croyants posent le front en psalmodiant, requérant la miséricorde d'Allah.

Zwak, lui, ne prie pas. En fait, il n'est pas complètement certain de croire en Allah. Son combat est ailleurs.

Le vol est en retard, mais il a sa console électronique avec le dernier *Call of Duty* et quelques biscuits au chocolat pour passer le temps. Il se sent calme, serein même. Enfin, vers seize heures, commence l'embarquement sur le vol direct pour Ankara, dans un Airbus de Turkish Airlines. On lui accroche un panneau *Unaccompanied Minor* autour du cou et il passe devant les autres. C'est la première fois que Zwak monte dans un avion, il est tout intimidé. Pourtant il est probablement le seul passager à pouvoir expliquer le phénomène de vol, la mécanique des fluides sur les ailes, la gravitation et tous ces concepts complexes. Mais en discuter avec ses voisins, pas question. Zwak n'aime pas parler, sa sociabilité est aussi réduite que ses émotions. D'ailleurs, avec qui partager son goût pour les mathématiques ? Alors, comme toujours, il se réfugie dans son monde, dans les jeux vidéo qu'il dévore nuit et jour.

Une hôtesse prévenante l'installe à côté d'un hublot, au dernier rang, il met un casque, branche sa console. Comme beaucoup d'ados, il préfère pirater des jeux que les acheter, mais il est sans doute le seul dans tout l'Afghanistan à pratiquer l'art du « cracking » à grande échelle.

Le voyage se déroule tellement vite qu'il a l'impression d'un rêve.

À Istanbul, un frère ouzbek le prend en charge. Nouvel échange de codes, puis l'Ouzbek l'embarque dans une Fiat pourrie jusqu'à une planque d'Arnavutköy, dans l'ouest de la ville. On l'installe dans l'arrière-boutique d'une épicerie miteuse où il passe cinq journées sur sa console, au milieu de sacs de fèves et d'épices qui finissent par lui soulever le cœur. La nuit, quand il ne dort pas, il voit des équations danser au plafond, dont le brun sale se transforme en profond mordoré, puis en notes de musique, mélodie lancinante qui résonne dans sa tête.

Il est ensuite envoyé dans un appartement tout aussi minable de Kadiköy, pas très longtemps, deux jours, avant le transfert vers un atelier de mécanique de Büyükçekmece tenu par un Afghan.

Là, coincé entre des machines-outils et des rouleaux de métal, il est soumis à la question par un membre de l'*Amniyat*, le redoutable service de sécurité de Daech. L'interrogatoire dure plus de neuf heures.

Son interrogateur est un homme poli, qui lui pose encore et encore les mêmes questions, notant parfois les réponses d'une écriture élégante. Sa petite moustache, ses mains soignées aux doigts fins lui donnent une allure de professeur d'université.

En fait, il est géomètre, diplômé de l'université de Kaboul. Sa mission lui a été confiée naguère par Abu Ali al-Anbari en personne, fondateur de l'*Amniyat*. Ce que Zwak ne sait pas, c'est que la branche afghane de Daech en Turquie et au Levant n'a jamais été pénétrée par ses ennemis. Les services occidentaux du renseignement la redoutent. Ils appellent cette filière le Kaboul Express car elle permet à la secte d'accueillir en flux continu des combattants expérimentés.

L'homme qui parle maintenant à Zwak de sa voix douce a tué tant de personnes qu'en faire le compte serait impossible. Derrière lui se tiennent deux autres montagnards, pachtouns comme lui, des barbus au regard vide, poignards apparents dans des gaines de ceinture.

Zwak n'a pas besoin qu'on le lui explique : ce sera l'égorgement s'il échoue à convaincre ses interlocuteurs. Il a peur, mais pas trop. Toutes ces mesures de sécurité ressemblent, en vrai, aux jeux vidéo. Il faut juste rester calme, passer d'un *level* à un autre, suivre les étapes dans le bon ordre.

Jusqu'au level ultime, qui lui permettra d'exercer sa vengeance.

Ses explications sont claires, sa voix ne faiblit pas. Les gifles, les coups de matraque, les estafilades au moyen d'un couteau effroyablement aiguisé comme les menaces répétées d'égorgement ne l'empêchent pas de maintenir sa version.

Oui, il a fait allégeance à l'État islamique au Khorasan et il veut maintenant rejoindre l'État islamique en Irak et au Levant.

Oui, il fait partie d'un groupe dirigé par son compatriote Merwais Golim, dit el-Afghani. Ses interlocuteurs n'ont qu'à se renseigner, c'est un guerrier respecté et pieux.

Oui, il a élaboré un plan spécial pour frapper les infidèles, ces sales et méchants Français, plus fort qu'ils ne l'ont jamais été.

Non, ce plan, il n'est pas autorisé à en parler. Seuls les chefs de la *choura* secrète de l'État islamique y auront accès le moment venu. Il est ici pour le leur dévoiler et obtenir leur soutien.

Les coups pleuvent, on lui taillade le torse, on menace de le châtrer, on l'électrocute, on le brûle, on fait mine de lui arracher les molaires à la tenaille, mais il ne flanche pas. Enfin, l'interrogateur pose son stylo et, d'un léger mouvement de tête en direction des deux barbus, indique qu'il en a fini.

On le congratule. Grand est le Prophète, *salla Allah alaybi wa salam !*

Que le Prophète, en effet, soit loué pour avoir amené Zwak dans les rangs des vrais croyants. Il a convaincu ses interlocuteurs de la justesse de ses intentions et de la force de sa foi, il a maintenant le droit de rejoindre le califat et de mourir pour lui.

Zwak feint de réciter avec conviction la *salat janaza*, la « prière mortuaire », lui pour qui ces mots n'ont guère de signification. Il accepte les marques d'allégresse avec sérénité, presque distance.

C'est bien comme dans un jeu vidéo : level supérieur, étape suivante.

Quelques minutes plus tard, un vieil homme entre dans la salle d'interrogatoire. Pachtoun lui aussi, c'est un ancien moudjahid qui est déjà allé huit fois à La Mecque. Il dirige la branche afghano-pakistanaise de Daech en Turquie. Il parle longuement à Zwak de la charia d'Allah et de la charia de l'homme, de l'Afghanistan, des infidèles, du caractère licite de tuer des femmes et des enfants, des horribles *rawâfids*, du *chirk* et de la juste vengeance contre les membres de l'association. L'adolescent l'écoute, et le vieux est soudain auréolé de mille couleurs tandis que retentissent les accords d'une symphonie. Des lianes d'un rose translucide enlacent

Zwak, le caressent tendrement, et il laisse les paroles du vieil érudit le bercer, un demi-sourire aux lèvres.

La nuit est tombée lorsque le vieillard l'embrasse et lui souhaite bonne hijirah.

Un nouveau soldat du califat le prend en charge. Direction Gaziantep, une ville proche de la frontière syrienne, plaque tournante de Daech en Turquie. Là, à Ünaldi, l'un de ces quartiers pauvres où les djihadistes pullulent presque autant que les informateurs des moukhabarat turcs, Zwak doit encore attendre deux jours dans un *madafa*, un appartement de transit, en compagnie de six autres candidats à la hijirah – deux Franco-Algériens obsédés par les décapitations, un Qatari à moitié débile, un Italien surexcité à l'idée de mourir pour le califat et deux frères originaires du Caucase qui sont juste là pour tuer.

Puis un soir calme, le 1er mars, c'est le départ. Zwak passe la frontière à l'est d'Akçakale, dans un vieux Toyota, par une route secondaire. Il est seul à l'arrière du pick-up : le Kaboul Express ne fonctionne que pour les Afghans. Il fait doux, le ciel est rempli d'étoiles et on entend le bruit d'une canonnade au loin. L'État islamique est en train de perdre ses derniers bastions proches de la frontière. Le califat s'effondre comme un château de sable à marée montante, mais le garçon assis à l'arrière du pick-up n'en a cure. Le monde est un jeu vidéo, et il en a inventé un d'un genre nouveau. Plus de synthèse ni de bits : bruits, images et stéréophonie seront réels, en *live*.

Nouvelles images, bien sanglantes, nouveau level, jamais vu, jamais atteint par personne.

Des heures plus tard, après de nombreux changements de route, le pick-up entre dans la banlieue de Raqqa, la capitale du califat. Une ville prétendument en attente de libération par la Coalition, où les djihadistes de la secte continuent pourtant à se regrouper. Oui, certains ont fui, d'autres, plus nombreux, ont été tués par la Coalition, mais l'alliance hétéroclite de laïcs, de djihadistes pseudo-modérés, de salafistes, de terroristes d'al-Qaida et de nationalistes kurdes qui s'apprête à prendre la ville n'a aucune chance de perdurer. Bientôt, ces vaillants soldats qui se haïssent se feront la guerre, et les islamistes de Daech reprendront le pouvoir. La population le pressent, elle fait ce qu'il faut pour s'épargner de nouveaux tourments en évitant de prendre position. Une bénédiction pour de nombreux affidés de l'État islamique qui grouillent sous l'apparence de normalité d'une ville qui ne sera jamais libérée qu'en surface : comme le cancer, les métastases de la secte, difficiles à éradiquer, sont là, prêtes à surgir où on ne les attend pas.

Zwak, lui, est émerveillé. Les femmes en sitar, gants noirs et masque intégral, marchent le long des trottoirs, tête baissée, les hommes sont fiers, ils ont la barbe non taillée et des kalachnikovs en bandoulière, ils portent la *kamiz* et le pantalon retroussé sur les chevilles, le chant des muezzins résonne dans la douceur d'un début de printemps syrien plein de promesses… il est dans le pays merveilleux de Daech.

Enfin, tout peut commencer, bientôt la France connaîtra son plus grand jour de deuil.

Le 2 mai.

18 avril

Il pleut à verse quand Oussama arrive sur les lieux du crime, une ruelle en terre battue qui serpente à flanc de colline du bidonville de Tchelsetoun, encadrée de centaines de cabanes de guingois. Un policier avachi bloque l'accès mais, en apercevant la silhouette caractéristique du chef de la brigade criminelle de Kaboul – deux mètres de haut sans une once de graisse, toque d'astrakan sur des cheveux gris en brosse –, il se redresse brusquement, esquissant un salut militaire.

– Mes respects, qomaandaan.

Oussama a le grade de colonel, pourtant la plupart des gens l'appellent par son titre de moudjahid. Il est, et restera toujours, le commandant Kandar, l'ancien bras droit de Massoud, tueur de talibans, sniper de légende aux mille tirs.

– Où est-ce ?

– Tournez la première à gauche, vous verrez les équipes un peu plus loin.

Évitant les ordures engluées dans la boue, Oussama rejoint rapidement une masure devant laquelle s'agitent plusieurs policiers. Il reconnaît parmi eux Gulbudin, son fidèle adjoint borgne, ancien compagnon de combat contre les talibans, qui discute avec Rangin, jeune bâtard de soldat russe que son apparence slave expose à des railleries permanentes mais très bon flic. Babour, l'autodidacte devenu l'expert en scène de crime de son unité, se tient un peu en retrait, l'air concentré.

– Vous me faites un topo ?

Oussama se baisse pour passer une porte, se retrouve dans une pièce aux murs de torchis, pauvrement meublée, dans laquelle gisent un homme et une femme.

– La femme a reçu deux coups de couteau, le mari trois, dit Gulbudin. Il a des blessures défensives aux avant-bras et aux mains, j'ai trouvé des morceaux de tissu et du sang sous ses ongles. Elle, non. Je pense que le tueur a été surpris par le mari alors qu'il avait déjà réglé son compte à la femme. Il y a eu une bagarre. Les coups ont été portés pour tuer, dans le feu de l'action, il n'y avait pas volonté de les faire souffrir. Ce n'était pas personnel.

– Une tentative d'agression sexuelle qui aurait mal tourné ?

Rangin désigne le cadavre de la femme. Visage ridé, cheveux rares et sales, bouche édentée.

– Ça n'y ressemble pas.

– Oh, j'avais oublié ! Tu es expert en ces matières, n'est-ce pas ?

Le rouquin s'empourpre. Ses frasques sexuelles ont déjà failli lui coûter son poste, si ce n'est pire, et il se sait sous la surveillance d'Oussama.

Désireux de détourner la conversation, Babour montre le magma de boue qui macule le sol en terre battue.

– Les flics du quartier ont recouvert les traces, donc on ne peut plus déterminer combien il y avait d'agresseurs, mais je penche pour un tueur solitaire : il n'y a eu qu'un seul poignard utilisé. Je vais essayer de trouver des empreintes dans la cuisine, au cas où il n'aurait pas apporté le couteau.

– On a trouvé l'arme ?

– Non, peut-être qu'il l'a embarquée. À vue de nez, il s'agit d'un couteau à viande.

Oussama enfile les chaussons en plastique tendus par Babour et rejoint la pièce du fond. Six mètres carrés, pas de fenêtre, un méchant empilement de tapis faisant office de matelas. L'odeur est épouvantable. Tout a été retourné, mis sens dessus dessous.

– L'agresseur cherchait quelque chose. Sans doute de l'argent, remarque Babour.

– Dans ce taudis du pire bidonville de la ville ? J'ai un peu de mal à le croire, objecte Gulbudin.

– Moi aussi, acquiesce Oussama.

Il repousse les tapis un à un jusqu'à découvrir une anomalie : un trou de quelques centimètres dans le sol laissant entrevoir une planche. Il s'accroupit, prend un peu de terre dans sa main.

– Quelqu'un a commencé à creuser ici. L'agresseur n'est pas venu par hasard, il cherchait cette cache. Elle est à, quoi, vingt, trente centimètres sous la surface ?

– La terre est plus dure qu'il ne le pensait, il n'a pas réussi à la dégager à la main, continue Babour en s'accroupissant à côté de son chef. Cette cache n'est pas fraîche, elle date de plusieurs mois, peut-être de plusieurs années.

– Je vais interroger les voisins, histoire de voir ce qu'ils savent des occupants, dit Gulbudin.

– Toi, va chercher une pelle, ordonne Oussama à Rangin en ressortant dans la ruelle.

La pluie s'est arrêtée, les badauds sont dehors – une trentaine d'habitants massés à proximité, craintifs mais avides de profiter du spectacle. De nouveaux policiers sont arrivés entretemps, cigarette au bec, uniforme gris et kalachnikov en bandoulière, l'air blasé. D'autres tentent de dégager le fourgon qui doit emporter les corps, embourbé jusqu'au châssis dans un trou rempli d'ordures et de vase.

Gulbudin revient, accompagné d'un homme dans la force de l'âge.

– Il habite à côté, il a aperçu le tueur.

Le voisin semble très fier de pouvoir témoigner.

– Tout à l'heure, un peu avant la prière de midi, j'ai vu un homme entrer chez les Balzami. J'ai cru que c'était le mari, mais plus tard je l'ai vu arriver. Il est rentré chez lui. Tout de suite il y a eu des cris, beaucoup de bruit, et un homme est sorti en courant. Il avait un couteau dans la main. Et aussi du sang sur ses vêtements.

– À quoi ressemblait-il ?

– Jeune, vingt ans, peut-être trente ans. Il avait sa kurta sortie, une barbe. Ah, et des baskets avec des chaussettes blanches, je les ai bien vues parce que le bas de son pantalon était remonté.

Oussama et Gulbudin se regardent. Un islamiste, c'est certain, mais pas n'importe lequel. Retrousser son pantalon sur les chevilles, pour singer la manière dont le Prophète s'habillait, n'est pas la marque des talibans : seuls les salafistes et les partisans de l'État islamique procèdent ainsi.

– Le mari, il rentrait souvent le midi ?

– Non, il est mécanicien dans une compagnie de bus privé. Son entreprise a des problèmes d'argent, alors les patrons renvoient les gars chez eux, comme ça ils ne les paient pas.

La suite de l'interrogatoire du voisin n'apporte pas d'autres éléments.

– Le tueur ne s'attendait pas au retour du mari. Il élimine la femme, commence à creuser, mais il est dérangé avant d'avoir eu le temps de prendre ce qu'il était venu chercher, résume Gulbudin. Ce qui est caché dans cette maison est suffisamment important pour justifier l'assassinat de deux personnes.

Rangin apparaît à ce moment-là, une pioche à la main.

Dix minutes plus tard, ils ont dégagé la croûte de terre qui recouvrait la cache. Ils soulèvent la planche, exhument une boîte en plastique hermétiquement fermée. Babour remet ses gants avant de l'ouvrir. À l'intérieur se trouvent un coran, un plan de Paris et plusieurs feuillets couverts d'équations accompagnées de commentaires écrits dans une langue inconnue.

– Tu y comprends quelque chose ?

– Non, je ne vois même pas de quelle langue il s'agit. Je fais quoi ?

Oussama saisit le plan de Paris, pensif.

– Je vais prévenir Nicole.

*

Debout devant la fenêtre de son bureau, Nicole Laguna, la nouvelle directrice du Service de recherche, SDR en langage administratif, de la Direction générale de la sécurité intérieure[1], regarde la pluie frapper la baie vitrée de son bureau. L'immense bâtiment, moderne et sans grâce, qui abrite le siège de la DGSI à Levallois-Perret a de faux airs de multinationale. Tout est propre, aseptisé, millimétré, rien à voir avec le charme haussmannien de ceux de la Brigade nationale de recherche des fugitifs, la BNRF, qu'elle a dirigée pendant des années.

Elle se rassied, appuie sur une touche préenregistrée de son téléphone.

– Antoine, tu peux passer ?

1. La DGSI, appelée aussi la Centrale.

Quelques instants plus tard, son adjoint arrive.

– Patron ?

Antoine Magnet est un ancien de la BAC de Perpignan, récemment nommé à la DGSI. Âgé de cinquante ans, comme Nicole, c'est son exact inverse : alors qu'elle mesure plus d'un mètre soixante-quinze, profil d'aigle, cheveux couleur de neige, Magnet est brun, petit et trapu. Il compense sa petite taille par une énergie débordante. Nicole Laguna l'apprécie énormément, malgré sa faible expérience de l'antiterrorisme. La France se découvre des problèmes qu'elle pensait réservés à des pays comme Israël, elle doit combler dans l'urgence les défaillances de son système antiterroriste, compenser le défaut d'expérience par la volonté et l'enthousiasme. Des centaines de millions d'euros de budget public pleuvent, les candidatures affluent dans les services du renseignement, mais la réalité est têtue : détruire l'hydre djihadiste sera le combat d'une génération, une guerre de trente ans.

– Assieds-toi. J'ai des nouvelles d'Afghanistan.

– Je vais aimer ?

– Oh non ! – Elle inspire. – Tout à l'heure, j'ai reçu un appel du colonel Oussama Kandar, le patron de la brigade criminelle de Kaboul. C'est un ami.

– Drôle d'ami…

– Au détour d'une enquête dans une planque d'un bouge de Kaboul, il a trouvé un plan de Paris et des équations accompagnées de commentaires écrits dans une langue bizarre. Ceci.

Elle pousse les copies des feuillets vers son adjoint. Il y jette un coup d'œil, hausse un sourcil.

– Je n'y comprends rien. Tu as demandé à la direction technique ?

– Je viens de raccrocher à l'instant. Ils ont mis deux heures à comprendre. Les équations et les commentaires sont écrits à l'envers.

– Attends, explique-toi.

– La langue, c'est du pachtoun, les équations sont des mathématiques ultra-complexes… mais tout est écrit à l'envers.

– Comme dans les manuscrits de Léonard de Vinci ?

– Exactement. D'après notre conseiller scientifique, l'écriture est parfaitement fluide, celui qui a écrit cela maîtrise l'écriture spéculaire de manière naturelle. – Elle marque une pause. – En ce qui concerne les équations, il s'agit de calculs de structures et de résistance. Les unités sont des joules et ce que tu vois là, ce sont des références à des calories, avec une base à mille calories thermochimiques.

Elle lève le nez vers son adjoint :

– L'unité normalisée pour les calculs de forces explosives, sur base de TNT.

– Je ne comprends pas, dit Magnet. Qu'est-ce que ce charabia foutait à Kaboul ?

– D'après toi ? Ces équations sont des calculs très sophistiqués, réalisés à la main, d'analyse d'une bombe. Une bombe absolument énorme. – Elle reprend la liasse de papiers, en extrait une feuille. – Regarde ce calcul : $25 \times 4,184 \times 10^9$ J. Dix puissance neuf joules, c'est l'expression de puissance d'une tonne d'explosifs. Avec $25 \times 4,184$ devant, ça veut dire que cette équation calcule l'énergie d'une bombe de vingt-cinq tonnes de TNT.

Machinalement, elle masse sa main gauche mutilée. Douleur fantôme, ses trois doigts manquants, arrachés par l'explosion d'un prototype lorsqu'elle travaillait à la DGSE, se rappellent toujours à son souvenir lorsqu'elle est nerveuse.

– Personne n'a jamais vu une bombe pareille, répond Magnet d'une voix blanche.

– C'est bien ce qui m'inquiète. – Elle se lève, enfile la veste de son tailleur. – Viens avec moi, on monte au huitième. Il faut prévenir le patron.

*

La mairie de Kaboul est un ensemble de bâtiments datant de l'époque soviétique, murs recouverts de peinture blanche et inscription en bleu sur le fronton, devant lequel s'étire une file résignée et hétéroclite : femmes voilées, hidjab ou burqa, jeunes habillés à l'occidentale ou vêtus des traditionnels kamiz, travailleurs issus de toutes les ethnies du pays. Les cheveux blonds et les yeux bleus des Nouristanis se mêlent aux cheveux noirs et aux yeux bridés des Hazaras, les bérets tadjiks aux turbans pachtouns. Comme toutes les administrations afghanes, la mairie est un dédale totalement hermétique au profane, aussi corrompue que profondément inefficace.

Gulbudin dépose sa mobylette à proximité, met son cadenas et dépasse la file d'attente après avoir sorti son badge de police. Par précaution, il s'est muni d'une épaisse liasse d'afghanis tirés de la caisse noire de la brigade : il sait que la rapacité de certains fonctionnaires est sans limites. Dans une ville où les rues ne portent pas de nom et où le cadastre n'existe pas, retrouver un habitant par son ancienne adresse est une gageure, mais il a un indice de poids : la masure où le couple a été trouvé assassiné le matin fait partie d'un ensemble témoin construit par une ONG italienne en 2002, peu après la chute des talibans.

Un employé du rez-de-chaussée l'envoie au second étage, puis au premier, où on le promène de bureau en bureau pendant un bon bout de temps, jusqu'à ce que, miracle, il se retrouve en face de quelqu'un qu'il connaît. Un sourire éclaire son visage : il n'aura pas besoin de payer pour obtenir ce qu'il cherche

– Omar ? Tu te souviens de moi ?

– Tu parles ! Gulbudin !

Les deux anciens résistants tombent dans les bras l'un de l'autre. Ils ont combattu dans le même réseau à la fin des années 1990, tué des talibans, réussi à échapper à la redoutable police secrète du régime religieux.

– Ton bras ? demande le flic.

Omar exhibe sa prothèse.

– Titane. Cadeau des Américains. Et toi ?

Gulbudin remonte son pantalon, découvrant sa jambe artificielle, la vraie ayant été arrachée par une mine russe.

– Titane aussi. Offerte par les Nations Unies.

– On est chanceux, conclut son ami. Mais qu'est-ce que tu fabriques ici ? Je peux t'aider ?

– Je cherche le nom de tous les habitants qui ont été logés dans le programme de l'ONG italienne Speranza Di Vita, dans le haut de Tchelsetoun. Le premier programme, celui de 2002.

– On doit avoir ça. Au rez-de-chaussée.

Les deux hommes redescendent. Au fond d'un couloir ils aboutissent à une grande pièce sentant le renfermé dans laquelle sont empilés des cartons – tous les programmes de réhabilitation de logements par des ONG internationales.

– C'est rangé par année, dit Omar, on va trouver facilement.

La caisse correspondant à l'année 2002 est intacte, et le dossier de Speranza Di Vita se trouve au milieu d'une trentaine d'autres.

– Voilà, cent trente maisons construites en quatre mois environ. Après, l'ONG s'est décentralisée vers le Surobi, mais elle continue à gérer le lotissement. – Il sort une liasse informatisée. – Voici la liste de tous les locataires mise à jour au deuxième semestre de l'année dernière.

*

Le huitième étage de la DGSI est d'ordinaire plutôt ouaté, mais une drôle d'atmosphère flotte dans le bureau du patron, Pierre Jalvar, trente-cinq ans d'expérience dans l'antiterrorisme, qui a sa tête des mauvais jours. L'air renfrogné, il n'attend même pas que le dernier participant à la réunion se soit assis avant de lancer :

– Nicole, parlez-nous de ce que vous venez d'apprendre.

– Il semble que Merwais Golim soit lié aux calculs d'explosifs trouvés à Kaboul.

Elle n'a pas terminé sa phrase qu'un brouhaha envahit la salle.

– Merwais Golim, el-Afghani ?

– Comment peux-tu en être certaine ? l'apostrophe l'un des flics.

– La brigade criminelle de Kaboul a la preuve qu'il a habité trois mois dans la maison où ils ont découvert les documents suspects. Entre juin et août 2012, précisément. Le registre des locataires est tenu par une ONG italienne irréprochable. Nous avons analysé le plan de Paris, il a été imprimé à Saint-Denis en octobre 2011, c'est donc cohérent.

Les participants échangent des regards inquiets. Merwais Golim, dit el-Afghani, est loin d'être un inconnu pour la DGSI. Il a obtenu le statut de réfugié politique en France au début 2009 en cachant aux autorités sa qualité d'ex-taliban. Il mène d'abord une vie tout ce qu'il y a de plus tranquille dans le 15e arrondissement de Paris, puis à Toul, sans jamais être repéré par aucun service de police. Pas de contact avec des radicaux, pas d'activité suspecte sur Internet, pas de fréquentations douteuses ni de déclarations enflammées sur les réseaux sociaux ou à la mosquée.

En mai 2012, il repart en Afghanistan du jour au lendemain. Des agents de la DGSE[1] retrouvent sa trace en décembre de la même année, dans une vidéo de l'État islamique. On le voit, tout sourire, égorger un soldat de l'armée irakienne. Depuis, les autorités savent qu'il dirige une petite katiba de combattants afghans expérimentés dont l'un des membres a inventé un gant spécial, pourvu d'une lame placée entre le pouce et l'index, qui permet d'égorger un homme en deux secondes. Des dizaines de victimes sont passées entre les mains de bourreaux équipés de son invention. Merwais Golim n'est pas un simple égorgeur, c'est un vrai combattant, respecté de ses troupes. Il fait désormais partie des hommes recherchés en priorité par les services français : pourquoi un homme tel que lui, déjà radicalisé, aurait-il pris la peine de venir s'installer en terre impie si ce n'est pour préparer de futurs attentats ?

Le patron de la DGSI se tourne vers le DT, le directeur technique de la Centrale, un polytechnicien chauve et nerveux, avec des dents de devant qui se chevauchent et lui donnent l'air d'un lapin.

– Jean-Pierre ?

– Nous avons analysé les calculs retrouvés à Kaboul. Ils ont été réalisés par quelqu'un qui possède un niveau

1. Direction générale de la sécurité extérieure, appelée aussi le Service.

incroyablement élevé en mathématiques. A priori, à l'ancienne, sans l'aide d'un ordinateur.

– Vos conclusions ?

– Le nombre de chercheurs capables de concevoir des équations aussi complexes, qui plus est écrites à l'envers, se compte sur les doigts d'une main. Ces calculs n'ont rien d'hasardeux. L'auteur essaie d'établir la quantité d'explosif nécessaire pour détruire des structures de grande ampleur en pierre, en béton ou en acier.

– On peut déterminer des cibles ?

– Non. Ça pourrait être n'importe quoi de gros : la tour Eiffel, un grand magasin, la tour Montparnasse.

– Ces djihadistes adorent dresser des listes de cibles, remarque un des analystes du département Moyen-Orient. On en trouve tout le temps, à chaque perquise. Pourquoi celle-là serait-elle plus importante que les autres ?

– Parce que celui qui a fait ces calculs n'est pas un plaisantin. C'est un génie, un grand mathématicien, un vrai scientifique de classe mondiale, répond le directeur à la place de son subordonné. Pensez, il écrit comme Léonard de Vinci.

– Existe-t-il des profils correspondant à cela dans nos bases de données ? demande Nicole à la spécialiste de l'Afghanistan, une flic aux allures de catcheuse.

– Absolument aucun. J'ai interrogé les cousins avant de venir, ils n'ont pas connaissance d'un scientifique de ce calibre, ni chez les talibans, ni chez Daech. Les Américains non plus. Le gars qui a noirci ces pages sort de nulle part.

– Ça pourrait aussi être un Russe originaire d'Asie centrale ou un Pakistanais, avance Jalvar. On va chercher dans cette direction. Assurez-vous qu'on n'oublie pas de poser les bonnes questions aux bonnes personnes à Moscou et à Islamabad. Nicole, vous êtes certaine que ce n'est pas une invention de ce flic afghan ?

– Le colonel Kandar est un héros de guerre, un ancien bras droit de Massoud, qui a lui-même tué des dizaines de talibans, répond à sa place le chef du service antiterroriste. Impossible qu'il ait inventé une histoire pareille.

– Il a été formé par le SA[1] de la DGSE, il y a plusieurs rapports sur lui, renchérit la responsable du pôle Afghanistan. J'ai vérifié, il est *clean*.

– Dans ce cas, nous avons un problème. Un gros problème.

– J'attends les originaux des équations et du plan, dit Nicole. Dès qu'on les a, on procédera à des recherches ADN.

– Avec les empreintes, mes équipes regarderont si on peut déterminer les parties du plan de Paris qui ont été les plus manipulées. Cela pourrait nous aider à identifier les cibles, ajoute le DT.

Le patron de la DGSI reste silencieux quelques instants. Puis il lance :

– Vous savez ce que je pense ?

– Pourquoi risquer de se faire remarquer en récupérant ces documents maintenant ? suggère Nicole.

– Exact. Pourquoi ?

– Parce qu'une action est en préparation. Du coup, Merwais Golim fait le ménage en détruisant toutes les traces compromettantes laissées derrière lui. Son équipe se plante et, finalement, cela attire l'attention sur quelque chose qui aurait dû rester secret.

Jalvar sourit tristement.

– Voilà, j'en suis arrivé à la même conclusion. On a un attentat imminent. On passe en alerte maximale. Il faut découvrir ce qui se trame, et fissa. En attendant, on

1. Le Service action.

va coffrer tous les anciens contacts de Merwais Golim de manière préventive. Combien on a de noms ?

– Huit, répond son directeur de cabinet. Des hommes qu'il a croisés entre Paris et Toul.

– Français, étrangers ?

Le flic plonge dans ses fiches.

– Un Franco-Algérien, deux Franco-Marocains, un Antillais converti, un Malien et quatre Afghans, les cinq derniers sous statut de réfugiés. Le plus proche de Merwais était l'un des Afghans. Un Pachtoun qui s'appelle Najibullah Nafis. Ils se voyaient presque tous les jours à Toul.

– Qu'est-ce qu'on a sur lui ?

Le flic porte la fiche devant son visage.

– Voyons voir : Najibullah Nafis, quarante-deux ans, né à Khost, en Afghanistan. Arrivé en France en 2009. Obtient le statut de réfugié en 2011. Habite à Toul dans un T1 social, au 34, boulevard du Général-de-Gaulle. Il a travaillé six mois comme peintre avant de se faire virer. Pas de femme, pas d'enfant. Il est dans un programme de réinsertion par le travail, bonne attitude, aucun discours extrémiste. Était en contact régulier avec Merwais Golim quand celui-ci habitait Toul. Ils prenaient un café ensemble tous les jours à seize heures et avaient l'habitude d'aller à la mosquée aux mêmes horaires. Après la fuite de Golim en 2012, Najibullah Nafis a été branché deux mois fin 2012, puis à nouveau en 2013, en 2015 et début 2017. Routine de sécurité. Pas d'activité suspecte. Depuis, il n'y a eu aucun contrôle.

– Enregistré dans un fichier quelconque ? Interpol ? Chez les Turcs, au NDS afghan ?

– Non, il n'a jamais fait parler de lui. C'est un angle mort.

– De mieux en mieux…

Les « angles morts » sont la terreur des services de renseignements intérieurs : des individus en apparence clean, qui n'ont jamais fait l'objet du moindre signalement et donc de la moindre surveillance, et qui se révèlent djihadistes. Les plus dangereux, parce qu'ils surgissent d'un coup, sans prévenir.

Dans l'angle mort.

– C'est le meilleur fil à tirer en attendant d'en savoir plus, remarque Jalvar.

– Patron, on n'a rien contre ces types, à part qu'ils voyaient Golim, objecte l'un des participants. Ils seront libres à la fin de leur garde à vue. Et ensuite, ils se méfieront.

Mince sourire du directeur.

– Non. On a des magistrats intelligents, dans ce pays. Je viens de parler à la juge Jilaner, elle est d'accord pour nous octroyer une incarcération préventive pour association de malfaiteurs à visée terroriste, avec isolement complet et interdiction de communiquer, sauf avec leurs avocats.

– On tiendra combien de temps, avec ça ! Dès la première réunion des juges de la liberté, quelqu'un verra que le dossier est vide et ils seront sortis de taule, rétorque le conseiller juridique d'un ton acerbe.

– Gagner du temps, ça compte. D'ici là, on met le paquet et on continue à taper dans la fourmilière jusqu'à ce que des nuisibles en sortent. Avec le peu qu'on a, quelqu'un a une meilleure idée ?

Les participants regardent leurs pieds. Personne ne s'opposera à ce plan car les islamistes sont, sans exception, des individus dénoués d'empathie et pratiquant sans état d'âme la *taquiya*, la dissimulation. Avec eux, il ne faut pas prendre de gants : c'est coup pour coup, et que le meilleur gagne.

Dans ce combat, la DGSI a presque toujours pris l'avantage, démantelant des dizaines de filières djihadistes, mettant en prison plusieurs centaines d'individus sur le point de passer à l'acte, empêchant une vingtaine d'attentats terroristes sur les seuls mois précédents. Mais ils le savent tous, autour de la table : un seul loupé, et le pays se retrouvera à compter ses morts, oubliant les réussites précédentes et se demandant pourquoi ses services d'élite ont échoué.

– J'aimerais m'occuper moi-même de l'interrogatoire de Najibullah Nafis, demande Nicole.

– Accordé. Faites-le transférer en avion spécial depuis Toul et cuisinez-le-moi comme il faut. – Jalvar tape du poing sur la table. – Pas de bavure, mais utilisez la procédure dans toute sa rigueur contre ce salopard. Je veux des informations.

*

Le camion cahote sur la piste de terre et de caillasse, laissant derrière lui un épais nuage de poussière jaune. C'est un gros semi-remorque russe, un KAMAZ, qui a connu des jours meilleurs : sa peinture autrefois bleue est écaillée, le pare-brise est fendu et la portière côté conducteur a été rafistolée avec du fil métallique. Tout l'avant du véhicule est recouvert de plaques de métal, pour protéger le chauffeur des tirs.

– Contact dans cinq minutes, annonce Zwak dans son mauvais arabe teinté d'accent afghan.

La concentration crispe ses traits adolescents, presque enfantins, lui donnant un air comique. Il est installé dans un poste de commandement mobile, à cinq kilomètres de là, derrière la ligne de front, entouré de combattants barbus hérissés d'armes et de munitions, tous aux aguets. Dans cette partie de la Syrie, les zones encore sous contrôle de l'État islamique et celles aux mains du régime ou de groupes favorables à la coalition internationale s'enchevêtrent inextricablement. Les *muaskars*, les camps d'entraînement de Daech, ne sont parfois distants des bases militaires de Bachar el-Assad que de dix ou quinze kilomètres.

– J'espère qu'il ne va pas tomber en panne, murmure Merwais.

Dans sa nervosité, il est repassé à sa langue natale. C'est lui qui a présenté Zwak au numéro deux de l'*Amn al-Kharji*, ou AAK, le service des opérations extérieures du califat, dont le représentant local, un homme au visage dur, est assis derrière eux. Merwais sait qu'il joue gros dans cette opération.

– Un kilomètre trois cent trente-deux mètres à rouler. Panne, impossible, laisse tomber Zwak.

Merwais approuve, tendu. Le camion doit remplir sa mission, sinon tout sera annulé.

Le 32 tonnes continue à avancer, à petite allure. Tout est ocre dans le paysage, depuis les montagnes pelées jusqu'aux maisons de briques crues en partie démolies par les combats.

Bit Ardan, petite ville de cinq mille habitants, est située au sud-ouest de Raqqa, à la jonction des routes 22 et 78. Elle n'a aucun intérêt stratégique particulier, ce qui explique que l'État islamique n'ait jamais tenté de la prendre. Pourtant, elle dispose de quelque chose d'unique aux yeux de Zwak : un immeuble de dix-neuf étages, bizarrerie dans une cité aussi plate. Personne n'a jamais compris pourquoi le représentant du parti Baas avait décidé de construire cet immeuble, trente ans plus tôt. Il est resté le plus haut de la région, on l'appelle le gratte-ciel, en dépit de ses dimensions modestes.

L'objet du test imaginé par Zwak pour démontrer la validité de son plan.

Le camion dépasse la station-service qui marque l'entrée de la ville, s'approche de la route qui mène à la caserne – une modeste garnison fidèle au régime, cent cinquante soldats environ, appuyée par des miliciens locaux motivés par la peur des décapitations et les roubles de la Russie.

Soudain, quelques détonations se font entendre. Peu nombreuses au début, puis de plus en plus nourries : les soldats ont aperçu le poids lourd. Les chocs sourds d'un fusil-mitrailleur Poulimiot se mélangent aux crépitements des kalachnikovs. Partout, des canons d'armes apparaissent. Les soldats ont reconnu un véhicule piégé – leur terreur – et tentent de l'arrêter par tous les moyens.

Une roquette RPG vient s'écraser contre le blindage avant du camion. Il stoppe net, avant de reprendre sa route. Malgré un turbo ajouté au moteur par les mécaniciens de l'État islamique, il est ralenti par son blindage et par ses cinq tonnes de cargaison.

– Cible atteinte dans une minute, annonce Zwak.

Au niveau du gratte-ciel, le camion oblique gracieusement vers l'entrée de la supérette qui occupe presque tout le rez-de-chaussée. Il accélère, défonce la vitrine et s'enfonce dans le magasin. Mètre après mètre, il progresse jusqu'à disparaître presque totalement.

Puis survient l'explosion.

*

L'air vibre de l'appel du soir des muezzins lorsque Oussama rejoint Malalai, son épouse, dans la cuisine de leur petite maison. Elle a enfilé une tunique colorée et ses cheveux roux cascadent librement sur ses fines épaules. Il s'arrête une seconde pour la contempler : il n'a jamais cessé d'être ébloui par sa femme, depuis plus de trente-cinq ans qu'ils sont mariés.

– Tu as opéré, aujourd'hui ? demande-t-il en enfilant ses confortables chaussures d'intérieur après l'avoir embrassée.

Elle a une moue.

– Je devais, mais on a eu des problèmes électriques au bloc. Du coup, j'ai fait des visites et je me suis occupée de la paperasse. C'est de pire en pire.

Malalai est chef du service de gynécologie d'un des plus grands centres chirurgicaux de Kaboul. Le départ de la majeure partie des troupes occidentales a entraîné celui de beaucoup d'ONG, et la plupart des services publics sont en train de revenir, lentement mais sûrement, au Moyen Âge : vols systématiques du matériel comme des médicaments, corruption des administratifs et des personnels soignants, passe-droits et désorganisation sont devenus la norme.

– Tu veux un déca ?

– Volontiers.

Malalai sert délicatement le café, une nouveauté à Kaboul, où l'on buvait jusqu'à récemment presque exclusivement du thé. Sous l'influence des Occidentaux, les goûts alimentaires de la classe bourgeoise afghane changent, on consomme désormais du café et des boissons *light*, des céréales et du chocolat aux fruits secs, toutes choses inconnues dix ans auparavant. Des supermarchés à l'occidentale font également leur apparition, les habitants sont fiers d'y faire leurs courses et il n'est plus rare de voir des femmes en burqa ou des hommes habillés selon les préceptes salafistes en sortir en arborant comme des trophées des sacs en plastique remplis de produits nouveaux. À Kaboul, la marche vers la modernité est un mouvement brownien.

Ils savourent leur expresso, puis Oussama raconte ses découvertes de la journée.

– Comment vas-tu faire pour aider Nicole ? demande Malalai.

– Un cousin de Chinar est lieutenant-colonel au NDS. Il va nous fournir des informations. De manière officieuse, bien sûr.

– Tu vas donc enquêter sur cette menace d'attentat ?

Il sourit.

– À ton avis ?

– J'espère que tu pourras arrêter ces fous.

– Je vais faire tout ce qui est en mon pouvoir.

Plus tard, alors que la nuit est tombée et qu'ils viennent de se mettre au lit, ils entendent les bruits d'une fusillade.

– Ça tire, remarque Malalai en se pelotonnant contre son époux. Les talibans sont déchaînés, en ce moment.

– Bah, c'est l'offensive de printemps. Les tirs ne sont pas très proches, les talibans doivent attaquer une cible dans la zone sécurisée.

– Tu veux écouter les nouvelles à la radio ?

– Non, je verrai demain matin. Ce n'est pas mon boulot. Il y aura bien quelqu'un pour m'appeler si besoin.

Malalai éteint la lumière.

– Ces équations, je trouve ça vraiment bizarre, dit-elle soudain. D'habitude, les terroristes sont des gens incultes, pas des scientifiques de haut vol.

– C'est pour ça qu'on est tous inquiets.

19 avril

Le djihadiste est figé devant son écran de télé. C'est un Tchétchène, vétéran de la guerre contre les Russes. Les militants du Caucase ne sont pas si nombreux à avoir échappé aux Spetsnaz, les commandos d'élite de l'armée russe, ou aux féroces milices du président Ramzan Kadyrov et ils jouissent d'une bonne image dans les rangs de Daech, même si elle n'est pas aussi forte que celle de ceux ayant combattu en Afghanistan.

Merwais, Zwak et lui se trouvent dans une échoppe minable transformée en centre local de Daech. La prise presque totale de Mossoul et les frappes de la Coalition ont poussé le califat à éparpiller ses cadres dans des centaines de lieux anonymes, vidant les anciens QG du régime qu'il avait réquisitionnés partout où il s'était implanté. Leur planque sent la viande avariée, mais elle est sûre et bien équipée.

À l'image, le camion vient de rentrer dans le « gratte-ciel », brisant la vitrine du supermarché au rez-de-chaussée. Une dizaine de secondes s'écoulent, pendant lesquelles on ne voit que les civils fuyant dans le plus grand désordre. Puis deux militaires syriens apparaissent, courant vers la vitrine défoncée. Un grand blanc envahit l'écran. L'explosion. Tout se volatilise dans le feu et la fumée tandis que l'immeuble de dix-neuf étages s'affaisse sur lui-même, rappelant étrangement la chute des tours du 11 septembre 2001 à New York. Cela dure quelques secondes, pas tant que ça. Puis une nouvelle colonne de fumée s'élève vers le ciel.

L'image s'arrête brusquement, alors qu'une pluie de débris s'abat sur le cameraman.

– Zwak lui avait dit, pourtant : distance de sécurité, huit cents mètres. Il l'a pas respectée ! lance Merwais. Il était trop près. Et voilà, il a pris un parpaing sur la gueule. Heureusement que l'autre frère a obéi, lui. Il a pu récupérer la caméra.

– Cet immeuble, il faisait quelle taille ? demande le Tchétchène.

– Soixante-trois mètres de haut, cinquante mètres de large, trente mètres de profondeur, répond Zwak.

– Tout a été soufflé dans un rayon de trois rues, ajoute Merwais. Un kilomètre carré. Il y avait cinq tonnes d'explosif artisanal dans le camion. Du TATP. Pour l'opération réelle, il faudra vingt-cinq tonnes d'explosif militaire.

– Ça s'est déjà fait, d'utiliser autant de Semtex ?

Zwak n'aime pas répondre à des questions directes. Une fois de plus, Merwais s'en charge :

– Jamais. Pour l'immeuble du Drakkar, à Beyrouth, les Iraniens en ont utilisé une tonne et demie.

Le Tchétchène se tourne vers un petit homme sec. Il représente l'AAD, l'*Amn al-Dawla*, la puissante direction du contre-espionnage qui, avec l'*Amn al-Askari*, le renseignement militaire, l'*Amn al-Dakhili*, le ministère de l'Intérieur, et l'*Amn al-Kharji*, les opérations et attentats à l'extérieur du califat, forme l'Amniyat, l'organe de sécurité de Daech placé bien au-dessus de la *hisbah* et de la *shorta*, les deux services de police officiels de Daech. Sorte de gestapo, aussi redoutée et cruelle, elle peut faire arrêter n'importe quel membre de l'État islamique.

– Qu'est-ce que tu en penses ?

Sans répondre, le petit homme prend Merwais par le bras.

– Suis-moi.

Ils se retrouvent dans une pièce à l'écart. Deux agents de l'AAD attendent, holster sous l'épaule. Leur chef désigne un tabouret.

– Assieds-toi.

Merwais ne s'attendait pas à ce simulacre de tribunal. Mais il en a vu d'autres et s'assied, impassible.

– Qu'est-ce que vous voulez ? demande-t-il calmement.

– Tu te crois qui, toi ? Tu as pris des initiatives insensées sans nous demander l'autorisation. Nous sommes attaqués de partout par la coalition croisés-juifs-safavides-nousayrites, et toi, tu décides seul de l'affectation d'autant de moyens et de spécialistes ?

– Pas seul. Et puis je dirige une des meilleures katibas du califat. Des safavides, on en a tué des centaines, on n'a rien à prouver. Et sûrement pas moi.

– Tout le monde a quelque chose à prouver.

– Moi, j'ai jamais douté, j'ai jamais tremblé. Même pas pour la *fitna*. Pour la cause, j'ai tué des frères.

La fitna est la grande discorde entre l'État islamique et les autres groupes djihadistes, une véritable guerre interne qui a fait des centaines de morts. Aussi, les membres de la première heure ont-ils une place à part au sein de Daech.

– Il ne s'agit pas de ça. Tu as utilisé plusieurs tonnes de TATP sans mon accord. Tu as réservé trois camions auprès de notre responsable du parc automobile, toujours sans m'en parler. Tu as exigé des travaux complexes sur celui de ce garçon, qui ont mobilisé nos trois meilleurs mécaniciens pendant vingt jours. Et tout ça avant ce test ! Des semaines de travail sans autorisation !

– En quoi ça te gêne ?

Le petit homme poursuit, sans même l'écouter :

– Tu as déjà dépensé plus de cinquante mille dollars de matériel, dont les pulvérisateurs chimiques et les cônes de cuivre en Turquie, ce qui aurait pu nous faire remarquer. Tu es allé à al-Mayadin, tu as fait fabriquer des faux papiers, des faux documents, des fausses plaques d'immatriculation en mobilisant nos meilleurs experts. Tu as envoyé un de tes hommes en Roumanie pour préparer le terrain. Depuis des mois, tu as lancé toutes ces actions de ta propre initiative.

– C'est faux ! J'avais l'accord du numéro deux de l'AAK, proteste Merwais. J'avais pas besoin de l'accord de l'AAD puisque j'avais celui de l'AAK !

– Toute opération extérieure qui engage l'intérieur doit aussi passer par moi, c'est la règle. Vous vous êtes arrangés dans mon dos.

Merwais se lève. D'un geste si rapide qu'aucun des trois hommes n'a le temps de réagir, il dégaine son pistolet puis, d'un mouvement coulé, le tend au djihadiste.

– Tu veux me tuer ? Alors vas-y, fais-le ! Allez, tue-moi, pour l'amour du Prophète. *Salla Allah alayhi wa salam !*

Le responsable de l'AAD est déstabilisé. D'habitude, on tremble devant lui, mais pas ce guerrier afghan.

– Ce sont beaucoup d'initiatives pour un simple chef de katiba, poursuit-il d'une voix plus douce. Explique-moi.

– Je crois en Zwak. D'accord, j'ai demandé l'autorisation qu'à l'AAK, mais j'avais peur des fuites. Et on pouvait pas attendre. On veut respecter la date du

2 mai. Pour Zwak, c'est très important. Maintenant, tu as vu de quoi il est capable.

– Je n'ai pas vu grand-chose.

– On discute seul à seul et tu comprendras.

D'un geste, le responsable congédie ses hommes. Il reste une quinzaine de minutes avec Merwais. Quand il sort de la pièce, il est transfiguré. Il marche vers Zwak, lui met la main sur l'épaule.

– Allahu Akbar, le test est réussi, mes frères ! Je vais rendre compte au calife immédiatement.

*

Oussama regarde tendrement Malalai monter sur sa mobylette et démarrer, très digne, avant de rejoindre à l'angle de sa rue le petit convoi composé d'un 4 × 4 et d'un pick-up de protection sur le plateau duquel sont installés trois membres de sa garde personnelle, des Tadjiks coiffés du traditionnel béret. La nuit a résonné des coups de feu et des sirènes des forces de l'ordre jusqu'à une heure avancée et il est fatigué. À la tête de son équipe de sécurité, il comprend que tout Kaboul a suivi les événements.

– On sait ce qui s'est passé ?

– Un commando a attaqué la résidence du ministre de la Santé.

– Il est blessé ?

– Il y a une dizaine de morts en plus des assaillants, mais le ministre s'est réfugié à temps dans son bunker, Allah soit loué.

Dommage, songe Oussama. Le ministre de la Santé est un escroc patenté, membre du clan des Durrani, l'une des plus puissantes tribus pachtounes. Comme beaucoup d'officiels, il utilise sa fonction pour s'en mettre plein les poches en un minimum de temps, détournant des dizaines de millions de dollars des programmes de réhabilitation de la Coalition. Les talibans auraient fait œuvre de salubrité publique en l'éliminant.

À sept heures du matin, la circulation est encore fluide, mais dès sept heures et demie les rues de Kaboul se transformeront en un gigantesque embouteillage. La croissance économique portée par la drogue a multiplié le nombre de propriétaires de voitures, d'autant qu'un permis s'achète pour mille afghanis, ou même moins lorsque les fonctionnaires du ministère des Transports ont vraiment besoin d'argent.

Oussama baisse sa vitre, profitant de l'air encore doux du petit matin. Les militaires sont plus nombreux que d'habitude dans la capitale afghane. Les talibans prouvent leur présence par des attentats presque toutes les semaines, ils gagnent partout du terrain. Désormais, ils contrôlent officieusement près du tiers du pays – des poches d'insurrection sont signalées à moins de cinquante kilomètres de la capitale, mais chacun fait comme si de rien n'était. Cela donne une atmosphère étrange, entre espoir, résignation et déni de la réalité. Une atmosphère de fin de règne. L'apparence des passants – de plus en plus arborent une barbe fournie et un pantalon retroussé sur les chevilles – indique que le vent pourrait tourner, que certains se préparent déjà à un changement de régime.

Le convoi arrive bientôt devant le mur hérissé de barbelés qui cerne le complexe du commissariat central. Une longue file de piétons s'étend devant les portiques de sécurité où un kamikaze s'est fait sauter six mois plus tôt au milieu d'une foule similaire, tuant quinze personnes et en blessant près d'une centaine. Il passe une première barrière, puis une seconde après qu'un flic a vérifié leur laissez-passer tandis qu'un autre promène un miroir sous la voiture, à la recherche d'une possible bombe.

Enfin, Oussama rejoint ses cinq adjoints dans la pièce minable – un rectangle aveugle de quinze mètres carrés aux murs grisâtres – qui tient lieu de salle de réunion à la brigade criminelle. Un sixième homme est assis, qu'il ne connaît pas. Chinar lui met la main sur l'épaule.

– Mon cousin Kassim, du NDS.

– Merci de nous aider, Kassim. Qu'avons-nous ?

Le nouveau venu ouvre le mince dossier posé devant lui.

– Très peu d'éléments. Merwais Golim a trente-deux ans. Il est né dans la vallée de la Kâpîssâ, mais on ne sait pas où exactement, sans doute dans un village perdu de la montagne. Il vient d'une famille très religieuse, son père était mollah. Son père et ses frères faisaient partie des talibans, mais on pensait que Merwais se tenait à l'écart de tout cela. Il a apparemment rejoint les talibans en secret en 2007, après la mort de son père et de ses frères à la suite d'un tir de drone, mais on ne l'a su qu'en 2009. À cette époque, il s'était encore radicalisé, ce qui explique son passage ultérieur chez Daech.

– Quel était son rôle au sein des talibans ?

– Il semble qu'il y dirigeait une petite équipe chargée de la sécurité : en bref, d'éviter les infiltrations dans le mouvement.

– C'est un tueur, quoi ?

– Apparemment. C'est un bon combattant, dur au mal, extrêmement brutal, capable de coordonner des équipes de plusieurs dizaines d'attaquants. Il tire bien, mais préfère le poignard. Il aurait une dizaine de liquidations à son actif, dont plusieurs membres des forces spéciales, mais aussi un père de famille et ses quatre enfants, à titre de représailles. Quand il a compris qu'on se rapprochait de lui, il s'est enfui.

– On sait comment ?

– Non. On retrouve sa trace en 2012, lorsque les Français nous interrogent sur lui, alors qu'il avait obtenu le statut de réfugié chez eux.

– Pourquoi les Français l'ont-ils accueilli ? On ne leur a pas dit qu'il était dangereux ?

Kassim pique du nez.

– Apparemment l'employé qui a répondu à leur demande d'information initiale était un sympathisant de l'État islamique. Il a envoyé de fausses données à Paris.

Oussama soupire.

– Merwais Golim avait des proches à Kaboul ?

– Je ne sais pas. Il n'y a plus rien dans le fichier. Un complice au sein du NDS a sans doute effacé tout ce qui était gênant dans son dossier, informatique et papier. C'est le grand blanc.

– De mieux en mieux. A-t-on au moins une autre adresse que celle de Tchelsetoun ?

– Oui. Près du gymnase Qalak, dans le quartier de Bint Zeidour, c'est là qu'habitait son oncle. Il l'y hébergeait parfois, avant qu'il disparaisse en Syrie.

– Allons-y.

*

La réunion se tient dans le centre de Situation de la DGSE, un cube ultramoderne édifié au sein du bâtiment de la Direction générale, au centre du complexe du boulevard Mortier. Sous le bâtiment, un véritable labyrinthe a été construit, qui héberge l'un des centres informatiques les plus perfectionnés de la planète. Des supercalculateurs interceptent, classent et analysent en permanence des millions de données siphonnées par des satellites espions, des antennes géantes, des bateaux, des avions de surveillance électronique, des branchements sauvages sur les *backbones* de télécommunication sous-marins… Conversations téléphoniques, mails, SMS servent notamment à identifier les terroristes les plus dangereux, que les aviateurs, les forces spéciales et les agents du Service action vont ensuite liquider, partout dans le monde.

Le colonel de la Gorce vient de prendre connaissance du projet d'attentat et l'inquiétude se lit sur son visage. Des photos sont étalées sur la table : celles de Merwais Golim et d'une dizaine d'autres djihadistes identifiés comme faisant partie de son groupe.

Il y a cinq autres personnes dans le bureau, trois hommes et deux femmes : le général Cristalon, directeur des opérations de la DGSE et à ce titre supérieur du colonel de la Gorce, Michel Rottier, le responsable de la planification opérationnelle du même service, et André Rochefort, le puissant directeur du renseignement, DR, de la Centrale.

Les deux femmes sont Christelle Marie, une énarque de trente-quatre ans, arabophone, responsable du bureau syrien de la direction du renseignement. Et Nicole. Officiellement invitée au titre de la coopération interservices entre la DGSE et la DGSI, elle doit surtout sa présence à son statut d'ancien membre de la sécurité extérieure, quand elle-même s'occupait de planification d'opérations, une vingtaine d'années plus tôt.

– Qu'a-t-on ? demande le directeur opérationnel.

– Merwais Golim, surnommé el-Afghani, est dans nos radars depuis son départ de France, c'est pour cela qu'on a mis sur écoute tous ceux qui lui ont été proches à un moment ou à un autre, commence Marie. Il a monté une katiba. Ils se sont beaucoup battus depuis quatre ans, avec un taux de mortalité remarquablement faible, moins de dix pour cent. On les a vus en Syrie, dans la banlieue de Deir-ez-Zor et à Tadmur – on connaît cette ville sous le nom de Palmyre –, à Badush en Irak et à Hassaké. Ils ont également participé à la bataille de la base aérienne de Kweires, en Syrie encore. Maintenant, ils cassent du Hazara.

Plusieurs participants se regardent d'un air entendu. À l'initiative des Russes et des Iraniens, Bachar el-Assad accueille des centaines de combattants afghans hazaras, une minorité chiite violemment opprimée par les talibans sunnites durant leur règne. En quelques mois, ces milices se sont taillé une telle réputation, non usurpée, de sauvagerie que les chefs de Daech ont envoyé contre elles certains de leurs meilleurs soldats. La guerre en Syrie est aussi devenue une guerre afghane, en plus d'un conflit syro-irano-kurde.

– D'autres infos sur Merwais Golim ? demande le colonel de la Gorce.

– Il est apparu dans deux vidéos de décapitation et il a aussi participé à l'affaire de la piscine d'acide.

Tous les participants se raidissent. Quelques mois auparavant, le service de sécurité de Daech a arrêté une dizaine de personnes, pour espionnage. Elles ont été attachées toutes ensemble par des chaînes avant d'être plongées en groupe dans une piscine remplie d'acide. La vidéo largement diffusée sur Internet est terrifiante. L'un des condamnés à mort était un informateur du Service, et la DGSE pense que c'est lui qui a été démasqué le premier, entraînant toutes les autres victimes, des proches innocents, dans sa chute.

– Que faisait Merwais Golim dans cette histoire ? Je ne savais pas qu'il y avait participé, bougonne le général Cristalon.

– On ne le voit qu'à la fin, répond Marie. La vidéo dure quatre heures… Merwais passe une petite demi-heure, regarde la scène avec un de ses hommes. Il se marre bien. Tenez, je vais vous montrer.

Elle se lève, introduit une clef USB dans un lecteur. Le film commence. Des hommes se tordant de douleur, plongés jusqu'au ventre dans une petite piscine. Des djihadistes les entourent, goguenards Elle pointe le doigt vers l'un d'entre eux.

– C'est lui, Merwais Golim. À côté, l'un de ses hommes. Vous voulez le son ?

– Oui.

Elle tourne une molette. Les cris et les gémissements effroyables retentissent dans la salle, parfois couverts par les rires et les interjections des bourreaux. À un moment, Merwais se tourne vers un troisième homme. Ils discutent un instant, puis les trois quittent la scène. Marie coupe la vidéo.

– On sait ce qu'ils se sont dit ?

– Oui. Je vous ferai remonter l'analyse des mouvements de leurs lèvres, mais je l'ai relue, il n'y a rien d'intéressant pour nous.

Nicole se tourne vers le général Cristalon.

– Golim est sur la HTV ?

– Affirmatif.

La HTV – ou *High Target Value* – est une liste qui comporte les noms des djihadistes que la DGSE a instruction de supprimer par tous les moyens. À part les plus hautes autorités politiques et quelques membres haut placés du Service, personne ne sait exactement combien de personnes y figurent. Certains parlent de trente, d'autres de plus de deux cent cinquante ; une seule certitude : tous ceux convaincus d'avoir fomenté ou organisé des attentats contre la France ou ses ressortissants y sont inscrits. Pour la France, la liste de ceux qui veulent la frapper doit se réduire, c'est une nécessité morale autant que de sécurité.

– Vous n'avez jamais essayé de le liquider ? poursuit-elle.

– Si. Deux fois. La première fois, nous avons eu un renseignement sur une de ses localisations et j'ai demandé un bombardement. On a envoyé deux Rafale sur place, lancé quatre bombes de deux cent cinquante kilos qui ont totalement détruit le bâtiment où il était censé se trouver, mais il est réapparu deux mois plus tard, sain et sauf. On a encore eu un tuyau en fin d'année dernière selon lequel il se trouvait près d'Alep, avec une localisation précise. On a envoyé un commando du SA pour le liquider. Il y avait dix-sept djihadistes sur place mais Merwais el-Afghani n'était pas dans la maison. Une opération difficile : il y a eu des civils abattus dans la fusillade, une femme et sa fille.

Le silence retombe dans la pièce. C'est une guerre. Avec tout ce qu'elle entraîne de bavures et de morts innocents. Une guerre sale, car toutes les guerres le sont, en dépit de ce que les politiciens aiment croire ou dire.

– Pour l'instant, ce serait bien de le retirer de la liste, propose prudemment Nicole.

– Ce fils de pute prépare quelque chose contre nous ! Il faut l'éliminer dès qu'on peut, rugit le colonel de la Gorce.

– On a besoin de comprendre ce sur quoi il travaille exactement. Est-il indispensable à l'attentat qu'il prépare ou est-ce que quelqu'un pourrait prendre le relais si on le liquidait ? Merwais est un combattant expérimenté, mais il n'a encore jamais participé à un attentat terroriste hors des frontières de la Syrie. Il n'a pas le profil pour concevoir et monter une opération seul, il est quasi analphabète.

– Et alors ? Ils le sont tous !

– Moins de vingt pour cent seulement, objecte Nicole.

Quelques mois plus tôt, un repenti a passé la frontière syrienne avec une liste issue de la « DRH » de Daech. Les profils de plus de quatre mille djihadistes étrangers y sont recensés, avec beaucoup de détails. Ce document unique en son genre a contribué à changer le regard sur les combattants du califat. On y apprend, entre autres, que plus de vingt-cinq pour cent ont fait des études supérieures, quarante-cinq pour cent des études secondaires, et que seulement seize pour cent sont analphabètes, un chiffre bien plus faible que prévu.

– Le profil de Merwais Golim est important, continue Nicole. Il a eu beaucoup de mal à trouver un emploi quand il était à Toul. C'est un homme rusé et déterminé, mais ses facultés intellectuelles sont faibles. Il y a quelqu'un d'autre derrière ce projet d'attentat. Probablement le mathématicien dont on a trouvé les calculs et dont on ne sait rien. Il est sans aucun doute beaucoup plus dangereux que Merwais.

Ils se regardent en chiens de faïence dans un silence tendu.

– Je suis d'accord avec Nicole, approuve le général Cristalon d'une voix calme. Cet homme a plus le profil d'un combattant de terrain que d'un concepteur. Prenons le temps de comprendre ce qui se passe avant d'agir. Au minimum, je veux une identification de l'homme aux équations. Nous avons un ennemi très différent de l'ordinaire des djihadistes en face de nous. Il faut déterminer qui il est et quel est son plan précis avant de faire tomber des têtes.

– Nous n'avons que très peu d'informations sur ce groupe, annonce Marie. Ces Afghans sont très claniques, parlent mal l'arabe, ne se mélangent guère aux autres combattants. Leurs katibas sont autonomes, le recrutement est totalement étanche, via le Kaboul Express. Je ne pense pas que nous puissions en obtenir beaucoup plus sur eux.

– Les services afghans les connaissent ?

– Mal. Tout ce que qu'ils nous ont donné est dans le dossier, vous verrez, il n'y a pas grand-chose. Il faudrait enquêter sur place.

– C'est un travail de longue haleine, remarque son patron, et nous avons peu de temps. L'Afghanistan, c'est comme la lune, et je n'ai qu'une dizaine d'agents sur place. Mais on a de bonnes relations avec le NDS.

Le colonel de la Gorce intervient :

– Le NDS ne sait pas fonctionner finement. Si on lui demande d'agir, il va faire une rafle dans l'entourage de Merwais, attraper puis torturer tous ceux qu'il peut. Un certain nombre d'entre eux mourront avant d'avoir parlé et leurs complices disparaîtront avant qu'on les ait identifiés.

– J'ai demandé au patron de la brigade criminelle de Kaboul de nous aider, dit Nicole. Pourquoi ne pas le laisser travailler en parallèle de l'enquête officielle ? Après tout, c'est lui qui a déniché cette affaire, il devrait légitimement pouvoir continuer.

– OK. Mais vous me rendrez compte tous les jours.

*

– Garons-nous, déclare Oussama. Cette voiture n'est pas assez discrète.

Ils se frayent un chemin dans les embouteillages kaboulis depuis une vingtaine de minutes, mais le gros

4 × 4 gris et sa voiture suiveuse se remarquent comme une mouche sur un verre de lait dans ce quartier populaire. Oussama, Chinar et Gulbudin descendent.

– Restez là, ordonne Oussama à ses gardes du corps.

Gulbudin enfile un chapeau traditionnel pachtoun et Chinar un turban, deux couvre-chefs prisés des talibans, puis les trois hommes s'enfoncent dans la foule compacte. Très vite, plus personne ne fait attention à eux. Collé à l'une des montagnes qui enserrent Kaboul, le quartier est construit en escalier, avec des maisonnettes en briques et torchis bâties à la va-vite, sans souci architectural ou d'urbanisme. Un peu plus haut se trouvent les ruines du mur d'enceinte de l'ancienne citadelle, vieux de plus de mille ans, mais à part un vieil archéologue français un peu toqué, personne ne se soucie de ces merveilles historiques. Ici, les gens sont pauvres, trouver de l'eau et de quoi manger occupe l'essentiel de leur quotidien. Ils se déplacent à pied ou à mobylette, dans un désordre complet. Il n'y a aucune femme sans burqa, signe que le quartier est probablement déjà sous la coupe d'un comité secret taliban. Comme partout à Kaboul, les rues n'ont pas de nom et Chinar s'arrête régulièrement pour demander son chemin à un enfant.

Progressivement, Oussama, Gulbudin et Chinar montent à flanc de colline, s'enfonçant dans le dédale de ruelles toutes identiques. Malgré sa jambe artificielle, Gulbudin fait bonne figure, essayant de masquer son boitement.

– On nous suit, lance-t-il tout à coup.

Discrètement, Oussama jette un regard par-dessus son épaule.

Un homme marche une dizaine de pas derrière eux, *pantou* sur les épaules, *pakol* vissé sur le crâne. Cela peut être n'importe qui : un informateur du NDS, un taliban ou simplement un habitant curieux. Sans l'œil exercé de Gulbudin, ils ne l'auraient sans doute pas remarqué.

Ils continuent ainsi sur presque un kilomètre, précédés par un énième garçonnet, quand celui-ci s'arrête devant une masure.

– C'est ici.

Oussama pousse la porte. L'intérieur est minuscule. Une pièce unique, sol en terre battue, fenêtres recouvertes de plastique. D'un dénuement frappant mais d'une propreté irréprochable. Une échelle permet d'accéder à l'étage.

– Il y a quelqu'un ? crie Chinar.

Des pas ébranlent le plancher, puis une paire de sandales apparaît, tandis qu'un homme descend l'échelle. Enfin, il atterrit, se retourne vers eux. Il fixe les trois hommes d'un air éberlué. Chinar, avec sa carrure d'ancien lutteur, et Oussama, avec ses deux mètres, occupent quasiment tout l'espace.

– Bienvenue, nobles étrangers. Que voulez-vous ?

Rapidement, Gulbudin exhibe sa carte plastifiée.

– *Polis*, brigade criminelle. Nous aimerions discuter de Merwais Golim.

L'homme se rembrunit.

– Ah ! mon neveu. Il n'est pas ici. Il a quitté l'Afghanistan il y a longtemps, Dieu soit loué. C'était un homme mauvais. Allah le punira pour ses crimes.

– Nous voulons simplement parler, dit Oussama. As-tu quelques instants pour prendre le thé ?

L'homme paraît stupéfait qu'on ne le rudoie pas. D'habitude, les flics le houspillent et le volent.

– Du thé ? Oui, mais je n'en ai que du déjà infusé.

– Nous serons heureux de le partager avec toi, répond Oussama tranquillement.

L'homme acquiesce, ravi. Sans doute n'a-t-il pas eu de visite depuis des lustres. Il disparaît par la porte arrière, des plaques de métal de récupération soudées les unes aux autres. Des bruits de vaisselle, le craquement d'un feu... puis il revient en portant quatre tasses ébréchées, une outre et un pot contenant du thé infusé. Il s'en va à nouveau pour réapparaître avec un brasero portatif et une théière cabossée qu'il pose directement sur les flammes.

– L'eau est bonne, elle vient du puits en contrebas, dit-il simplement tandis que l'eau chauffe.

Assis en tailleur à même la terre, les quatre hommes sont si proches que leurs genoux se touchent. Oussama se penche vers leur hôte.

– Parle-nous de Merwais Golim.

– Je le connais bien. Comme j'étais fonctionnaire aux Postes, j'étais le plus riche de la famille, alors mon frère, le père de Merwais, il me l'a souvent confié. Un bon petit. Il était très travailleur, il participait aux récoltes et à tous les travaux des champs. Il accompagnait les bêtes l'hiver, il n'avait peur ni de la neige ni des tempêtes. Quand sa femme est morte, mon frère s'est remarié avec sa nièce, mais elle est morte aussi, deux ans plus tard.

– Pour quelle raison ?

L'oncle hausse les épaules.

– Le froid. Ensuite, mon frère ne s'est pas remarié parce qu'il n'avait plus d'argent, et leur vie est devenue plus dure. Merwais a continué à travailler aux champs et avec les bêtes. Il voulait une femme, mais mon frère, il était trop pauvre, alors les pères des filles qu'il demandait en mariage refusaient. Et puis mon frère et deux de ses fils ont été tués.

– Par les Américains ?

– Oui. Un missile tiré du ciel. Inch Allah, que Dieu les punisse tous ! Ils étaient mauvais.

– Ils étaient talibans, n'est-ce pas ?

– Oui. – L'oncle donne un coup de poing sur le sol. – Allah soit loué pour leur mort, je hais les talibans !

Il se tait soudain, comme s'il avait peur d'avoir prononcé ce mot.

– Que s'est-il passé ensuite ? insiste Oussama d'une voix douce.

– Merwais a arrêté de travailler pour aller avec les terroristes. J'ai essayé de l'empêcher. Je voulais lui apprendre à lire et à écrire, pour qu'il obtienne un bon métier, mais il ne m'a pas écouté. Bah, ça faisait tellement longtemps qu'il travaillait pour eux…

– Attends, je ne suis pas sûr de comprendre, le coupe Oussama. Son père est mort en 2007, le NDS pense qu'il a rejoint les talibans cette année-là, ou celle d'après.

– Non, non ! corrige leur hôte en versant le thé fumant dans les tasses. Pas du tout ! Il était avec les talibans avant. Avant la chute des tours américaines. Il était très jeune.

– Pour suivre son père ?

L'oncle sourit, découvrant une bouche édentée.

– Le contraire. C'est lui qui a dit à son père et à ses frères de le suivre. C'est à cause de lui que tout est arrivé. Merwais, il était le plus enragé de tous.

Oussama digère l'information, s'efforce de mettre de l'ordre dans ses idées.

– Merwais prépare un attentat en Europe, nous devons en apprendre plus sur ceux avec qui il travaille. Que peux-tu nous dire ?

– Il était le chef d'un groupe d'une dizaine d'hommes. Je ne les ai jamais rencontrés. Merwais, il se méfiait de moi.

– S'il voulait organiser une opération à l'étranger, intervient Gulbudin, à qui Merwais ferait confiance ? On pense qu'il prépare une grosse opération.

– Grosse comment ?

– Comme le 11 Septembre…

– Ce n'est pas possible ! Merwais… il sait à peine lire son nom.

C'est dit avec une telle véhémence qu'Oussama doit se rendre à l'évidence : Nicole a raison, quelqu'un d'autre tire les ficelles.

– Qui pourrait nous donner plus d'informations ?

– Il y avait une sorte d'organisateur dans son groupe, mais je crois qu'il a déserté. Il s'appelle Artan. Peut-être qu'il sait quelque chose, Inch Allah. Je me renseigne pour voir si je trouve sa trace. Revenez plus tard.

En redescendant vers le centre-ville, Oussama fait le point sur le peu qu'ils ont appris. Combien de temps va prendre cet exercice délicat de la pelote ? On la déroule sans savoir s'il reste un mètre ou mille, une journée ou dix ans de recherche. Or Nicole a insisté sur l'urgence. Quelque chose de grave se prépare, il faut aller vite.

– Cet après-midi, nous allons faire le tour de nos informateurs dans le milieu taliban. Je veux trouver des gens qui connaissaient Merwais, priorité absolue. Vous laissez tomber toutes les affaires en cours.

– D'accord, patron.

Puis il repense à l'homme qui les a suivis lors de la montée vers le haut de la colline. Il lui a semblé le revoir au retour, caché dans une ruelle adjacente.

– Gulbudin, quand tu reviendras ici, prends un jeune avec toi, avec une kalach. Je n aime pas ce quartier. J'ai un mauvais pressentiment.

*

Najibullah Nafis patiente depuis des heures dans la salle d'interrogatoire des sous-sols de la DGSI lorsque Nicole entre. Elle l'a volontairement laissé macérer seul. Interpellé la veille par l'équipe régionale du RAID, il a passé la nuit au commissariat de Toul avant d'être rapatrié à Paris par avion militaire. Debout, appuyé au mur, il la regarde avec tout le mépris qu'il éprouve pour une femme : infini.

– Je veux pas parler à femme. Je veux parler à homme, déclare-t-il dans un français haché mais meilleur que ce à quoi elle s'attendait.

– Ce n'est pas vous qui décidez qui vous interroge, rétorque Nicole d'une voix froide.

– Alors, je parle pas.

– Pas de problème. Si vous ne parlez pas, je vous mets dans le premier avion pour Kaboul. Vous préférez discuter avec un bourreau du NDS ?

Le djihadiste accuse le coup.

– Maintenant, asseyez-vous, ordonne Nicole.

L'homme obtempère. Première victoire, minuscule, mais un interrogatoire réussi est une suite de microsuccès. Chacun doit en amener un autre, afin de banaliser le fait de coopérer et de pousser insensiblement le suspect à abandonner ses défenses.

C'est un art difficile dans lequel Nicole excelle : après ses années d'officier à la DGSE, elle a rejoint Interpol avant de passer vingt ans dans la police judiciaire, comme numéro deux, puis comme patronne de la Brigade nationale de recherche des fugitifs. Elle est l'une des flics les plus expérimentés de France.

– Comment vous appelez-vous ?

– Najibullah Nafis.

– Quand êtes-vous né ?

– 1975.

– Quand, précisément ?
– Je sais pas.
– Où habitez-vous ?
– Toul.
– Où exactement ?
– Boulevard Maréchal-de-Gaulle.
– C'est Général-de-Gaulle. Quel numéro ?
– 34.

Méthode classique. On commence par poser des questions factuelles qui amènent des réponses factuelles, ne nécessitant pas de mensonges. Puis on teste la réaction aux questions qui fâchent, afin de déterminer les tics de comportement quand le suspect ment.

– Qui appeliez-vous sur un numéro turc le 15 mars dernier à 14 h 12 ?
– Hein ? Euh, mon cousin.
– Le 17 mars ?
– Euh, oui.
– Le 15 ou le 17 ?
– Le 15.
– Comment s'appelle-t-il ?

Léger silence. Najibullah Nafis s'est préparé, mais mal, et sa réponse hésitante sera donc un mensonge, après les deux précédents.

– Hamid Barzati.
– Combien de temps avez-vous parlé ?
– Euh… je me souviens plus.
– Une heure ? Dix minutes ? Une minute ?
– Dix minutes.
– Que fait votre cousin dans la vie ? Quel travail ?
– Il est maçon.
– Pourquoi l'appeliez-vous ?
– Hein ?
– Pourquoi l'appeliez-vous ?

– Euh… savoir comment ça va.
– Le 17 mars dernier ?
– Euh… oui.
– Le 15 ou le 17 ?
– Le 15.
– Quelle était la dernière fois où vous aviez pris de ses nouvelles ?
– Je sais pas.
– Réfléchissez.
– Janvier, je crois.
– On va vérifier.

Nicole sort et rejoint la pièce munie d'une vitre sans tain qui jouxte la salle d'interrogatoire.

– C'est un tissu de conneries, déclare Antoine Magnet, à peine sa patronne entrée. En plus, il ment comme un pied. *Easy job*.

– On va le cuisiner. Prends la relève avec Luc et Kévin. Toutes les deux heures, vous le ramenez en cellule, avec un émetteur de sons aigus très discret pour l'empêcher de se reposer, puis vous le remontez ici. Cette nuit, vous le mettez en voiture et vous le transportez une heure avec une double cagoule sur la tête. Ensuite, vous le ramenez ici, toujours cagoulé, et vous le passez à la question dans la cellule grise, en faisant comme s'il avait été transporté ailleurs.

La cellule grise est une pièce dont la peinture a été volontairement vieillie. Le mobilier est réduit à un rectangle en béton brut pour s'allonger, mais il est hérissé de minuscules picots, invisibles au premier regard, qui meurtrissent le dos et empêchent de s'endormir. Il n'y a qu'un néon au lieu de cinq. Bref, cette cellule se rapproche le plus de l'endroit où un prisonnier émotif ou ignorant des lois françaises imaginerait facilement se faire torturer.

– On coupe l'eau et la ventilation ?

Les cellules individuelles sont équipées de toilettes à la turque. En coupant l'eau et la ventilation, l'odeur devient rapidement répugnante. Mais Nicole secoue la tête.

– Il s'en foutra, il a vécu dans une étable la moitié de sa vie. En revanche, désoriente-le. Toutes les trois heures, laisse-le debout, dans une cellule plus petite, toujours avec deux cagoules l'une sur l'autre, avant de le ramener dans la grise. Au fait, tu es OK pour continuer ? Si tu ne veux pas, je le comprendrais.

Antoine Magnet sourit. Comme elle, il sait que ce à quoi ils s'adonnent s'apparente à de la torture, interdite dans un service de police judiciaire comme à la DGSI. En cas de plainte, ils risquent la révocation.

– Patron, je suis avec vous. Mais je fais quoi, s'il demande un avocat ?

– Mens, dis qu'il n'y a pas droit. Fais-lui signer un papier dans lequel il renonce à tout défenseur. – Elle regarde le djihadiste à travers le miroir sans tain. – C'est un crétin et un faible. Il va craquer.

*

La dernière visite de l'après-midi d'Oussama est pour l'université polytechnique de Kaboul. Elle se dresse dans le quartier de Karte Mamourin, pas très loin de l'hôtel Intercontinental. Le style soviétique des bâtiments est indéniable, des blocs de béton brut jamais rénovés, mais les jardins qui les entourent sont agréables et bien entretenus, des étudiants y déambulent, par groupes de filles et de garçons, l'air tranquille. S'il n'y avait les militaires assis sur des blindés postés aux quatre coins du parc, on pourrait se croire dans n'importe quel campus du Moyen-Orient.

– C'est toujours aussi calme, ici, remarque Babour. Dommage que les talibans veuillent la faire sauter.

Les djihadistes n'acceptent pas qu'un lieu d'enseignement mixte puisse fonctionner à Kaboul. En outre, les plus extrémistes d'entre eux refusent les matières non islamiques, ce qui condamne théoriquement la quasi-totalité des filières scientifiques enseignées. Aussi l'université vit-elle en état d'alerte permanente, sachant qu'un jour un attentat-suicide plus sérieux que les autres la frappera.

Oussama et Babour se font annoncer à l'entrée. Le hall est petit, carrelé de blanc, les murs n'ont pas été repeints depuis des années. Un gardien les prend en charge jusqu'au bureau du recteur, à travers une série de couloirs empruntés par des élèves affairés. Enfin, ils se retrouvent devant une porte monumentale, puis on les introduit dans le saint des saints.

C'est une pièce immense, cent mètres carrés peut-être, dont les murs et le plafond sont couverts de panneaux de bois, selon le style soviétique affectionné à Kaboul dans les années 1970. Le sol est en marbre noir de la vallée de la Mahipar, le plus beau d'Afghanistan. Le recteur, qui a la réputation d'être compétent et honnête, ce qui est plutôt rare chez les cadres dirigeants afghans, se lève pour les accueillir.

– Bienvenue dans notre université. Que votre cœur soit fort, que vos actions soient pures.

– Pures aussi soient les vôtres, répond Oussama.

Les salutations traditionnelles un peu ampoulées sont de plus en plus usitées chez les Pachtouns, sans qu'Oussama sache si c'est par volonté de se différencier des autres groupes ethniques ou juste parce que les Kaboulis, pressés d'oublier les années noires de la guerre, ont de plus en plus le souci de la politesse.

Un secrétaire chafouin apporte des tasses et une théière sur un plateau. Oussama et le recteur feignent de se disputer le droit de servir le thé – en Afghanistan, c'est à celui qui est le moins élevé dans la hiérarchie sociale de le faire, mais il est d'usage que l'hôte puisse se charger de cette tâche s'il en a l'envie. Le thé est brûlant et très sucré. Ils le savourent en silence, l'étiquette, toujours elle, voulant que le recteur débute la conversation quand il le décidera.

– Qu'est-ce que la brigade criminelle cherche ici ? demande-t-il enfin.

– Nous enquêtons sur un double meurtre et sommes tombés sur des équations mathématiques très complexes. Nous soupçonnons un homme proche des milieux djihadistes de les avoir écrites.

– Hum, hum.

– Voulez-vous les voir ? Je crois savoir que vous avez été professeur de chimie.

– Je veux bien regarder.

Le recteur chausse ses lunettes et parcourt les feuillets retrouvés dans la cache. Cela dure presque cinq minutes, puis il les rend à Oussama en retirant ses lunettes, l'air contrarié.

– Aucun de mes élèves n'a jamais écrit de manière inversée, c'est incroyable. Ces équations sont en lien avec la fabrication d'une bombe, c'est évident. Elles ne peuvent avoir été conçues que par quelqu'un ayant un niveau réellement supérieur en mathématiques comme en physique. Je dirais au moins un PhD.

– C'est aussi notre avis.

– Vous soupçonnez quelqu'un d'ici ?

– Élève ou professeur. En réalité, nous n'avons aucune piste.

– Ce campus accueille environ neuf cents élèves. Sur l'ensemble de l'université, avec les troisième cycle, on en compte plus de deux mille. Les professeurs sont cent vingt-cinq. Cela fait beaucoup de suspects potentiels…

– La personne que nous cherchons est vraiment extrémiste. Elle a fait allégeance à Daech.

– Alors, c'est différent. Certains de nos élèves, et même de nos professeurs, sont très pieux, bien sûr. Pourtant je n'en vois aucun ayant jamais professé des idées conformes à celles de l'État islamique.

– Si c'était le cas, seriez-vous au courant ?

L'homme grimace.

– Nous entretenons des relations régulières avec le NDS. Si quelqu'un pose problème ou commence à tenir un discours favorable à Daech, nous sommes tenus de les informer. Je vous assure que je n'ai pas remarqué qui que ce soit de suspect ces dernières années, les seules personnes que j'ai signalées faisaient partie du personnel d'entretien ou de cuisine.

– Cela veut dire que l'auteur des équations ne vient pas de chez vous ?

– Tout est possible, mais… non, je ne crois pas. Vous connaissez l'*ayâm*, les islamistes pensent que le monde et toutes les créatures de la terre ont été créés en six jours. Une université de la qualité de la nôtre n'attirerait pas des gens comme eux. Pour eux nous sommes des cibles d'attentat, pas de recrutement.

Oussama se lève, déçu.

– À votre avis, ici, en Afghanistan, quelqu'un pourrait-il atteindre un niveau très élevé en mathématiques sans passer par cette université ?

Le recteur a une moue.

– Certains de nos étudiants viennent de milieux très modestes, c'est un miracle d'Allah qu'ils aient développé un cerveau aussi puissant alors que leurs parents sont souvent analphabètes. Mais ils ont tous eu la chance d'avoir été remarqués par quelqu'un, le plus souvent une ONG occidentale.

– Ce qui veut dire ?

– Que, bien évidemment, il existe dans notre pays beaucoup d'élèves brillants issus de provinces reculées qui ne dépasseront jamais le niveau secondaire, voire primaire. Leurs parents n'ont pas l'argent pour les envoyer à Kaboul, parfois ils n'en ont même pas l'idée. Mais de là à avoir un cerveau permettant d'écrire de manière inversée aussi naturellement ? À acquérir un niveau digne d'un PhD ?

*

Ce soir-là, Zwak ne peut fermer l'œil. Enfin, son rêve devient réalité ! Lorsqu'il a demandé à faire sa hijirah, le retour en terre d'islam, les Afghans de Daech l'ont éconduit. Zwak n'est qu'un adolescent mutique et chétif, sans le moindre poil au menton dans un monde où la foi se juge à la longueur de la barbe. Asthmatique, il ne peut pas et ne sait pas se battre. Quand on lui parle, il répond à peine ou pas du tout. Au début, les recruteurs du califat ont jugé avec méfiance cet adolescent bizarre, fan de mathématiques, de hamburgers et de jeux vidéo, qui n'avait quasiment jamais lu une ligne du Coran… mais qui était capable de calculer une trajectoire complexe sans ordinateur en quelques secondes. Zwak leur a offert autre chose de bien plus précieux : le plan. Ce projet pour frapper les infidèles au plus profond de leur dignité, il l'a imaginé pendant des années, peaufiné, précisé, structuré, organisé. Il en a vendu le concept à Merwais, qui l'a lui-même vendu à ses chefs. Il a argumenté, insisté. Finalement, il a convaincu.

Dix jours avant d'être expédié dans l'au-delà par un missile Hellfire américain, le chef de l'organisation djihadiste en Afghanistan a décidé d'envoyer Zwak au pays de Sham. Il a transmis un message personnel au patron de l'AAK, en Syrie, recommandant que l'on aide Zwak dans toute la mesure du possible.

C'était quelques mois auparavant, mais cela lui semble déjà une autre époque. Une éternité.

Seulement vêtu d'un slip, il se retourne sur son matelas, en sueur. Il fait encore plus de vingt-cinq degrés à onze heures du soir, la petite pièce sans fenêtre est une étuve dans laquelle règne une forte odeur de pieds et de transpiration. Il la partage avec Merwais, qui n'est pas vraiment un modèle de sophistication, et deux djihadistes français qui paraissent considérer le savon comme un objet satanique. Soudain, la porte s'ouvre.

– Vous venez avec moi.

L'inconnu a parlé d'un ton sec, avec un fort accent irakien. Zwak se lève. Il a entendu nombre d'histoires – il sait qu'elles sont véridiques – au sujet de jeunes combattants étrangers violés par les cadres de l'État islamique. Une sorte de rite initiatique, destiné à briser les nouveaux venus autant qu'à assouvir les pulsions cachées de quelques djihadistes. Il sait aussi que certains ne l'ont pas supporté et se sont suicidés. D'autres ont refoulé leur colère et leur humiliation, préférant se couler dans le moule du parfait combattant, d'autres, enfin, sont devenus violeurs à leur tour – comme dans l'Antiquité, les combattants de Daech exigent leur dû de chair fraîche à chaque ville gagnée.

Des avantages matériels, la possibilité de tuer et de torturer, et du sexe, voilà comment le califat récompense ceux qui combattent pour lui. Zwak sait tout cela, pourtant il obéit. Le djihadiste jette un coup d'œil méprisant à son corps malingre, aussi imberbe et rose que celui d'une crevette. Puis il se tourne vers Merwais.

– Toi aussi.

Comme Merwais commence à ramasser ses affaires, l'homme l'arrête.

– Comme ça. Sécurité.

On les conduit, en slip, jusqu'à une camionnette dont le moteur tourne.

– Montez.

Les vitres arrière sont occultées par du papier noir, fixé sur la vitre par de la colle qui a bavé en longues traînées jusqu'au plastique des portières. L'homme s'assied à côté du chauffeur, relève une plaque de bois afin de séparer l'avant de la camionnette du compartiment arrière.

– On va à l'endroit convenu ? demande le chauffeur.

– *Aiwa.* Tu roules sans t'arrêter.

Le chauffeur aussi parle avec un fort accent irakien. L'excitation gagne Zwak. Il n'y a presque que des Irakiens dans l'entourage proche d'Abou Bakr al-Baghdadi. Pour sa sécurité personnelle, sauf rare exception, le calife ne fait confiance ni aux Syriens ni aux djihadistes étrangers.

Ils roulent longtemps, tantôt sur des routes goudronnées, tantôt sur des pistes. Impossible de déterminer la direction qu'ils ont prise. Dans l'obscurité complète de l'arrière, Zwak et Merwais n'ont aucun moyen de se repérer. Puis le véhicule ralentit. Aux sons extérieurs, Zwak comprend qu'ils sont dans une ville de grande taille. Bientôt retentissent les appels lancinants de dizaines de muezzins pour la *salat al fajr*, la prière de l'aube.

Deir ez-Zor, Al-Bab, ou bien Raqqa s'ils ont tourné en rond. La camionnette vire dans une ruelle caillouteuse, projetant les occupants les uns contre les autres. Puis elle s'arrête. Ils entendent le son d'un volet roulant. La voiture s'avance et, enfin, le moteur est coupé. Les portières arrière s'ouvrent. On les fait descendre. Une dizaine d'hommes aux barbes fournies les entourent. Tous sont équipés de gilets de protection, de porte-équipements tactiques, d'armes dernier cri. Du matériel américain dont Zwak devine qu'il a été saisi dans les stocks de l'armée régulière irakienne. Un homme en costume et lunettes les palpe pendant de longues minutes, manuellement puis avec un appareil de détection, à la recherche d'éléments électroniques, d'une puce, de tout ce qui pourrait signaler leur présence aux drones américains qui pullulent dans toutes les zones de combat. Il s'attarde longuement sur leurs dents, leurs orifices naturels et leurs parties génitales. Un vrai pro qui sait que les fouilles corporelles sont trop souvent incomplètes, du fait de la pudeur de ceux qui les pratiquent. Lui n'en a aucune lorsqu'il s'agit de la protection de son chef : sécurité maximale.

Enfin, il hoche la tête. On leur tend des vêtements neufs : bas de survêtement, T-shirt à manches longues, une paire de sandales. Puis un autre homme leur fait signe de le suivre. Ils passent une porte, rejoignent un hall vétuste. Il s'agit d'un ancien entrepôt de matériel mécanique, comme en attestent de vieilles affiches commerciales, un peu naïves, au mur.

Partout, des hommes en armes.

Ils montent un escalier, traversent un premier sas, puis un second. Enfin, un homme pétrifié de respect les fait entrer dans une vaste pièce.

Un bureau derrière lequel quatre hommes sont assis. Deux chaises vides disposées en face d'eux. Quatre gardes du corps debout dos au mur, poignard à la ceinture, arme de poing dans un holster de torse.

L'homme de gauche à la table est Turki al-Binani, théologien réputé de l'organisation malgré ses trente-deux ans. Il est le successeur d'al-Adnani, le responsable des opérations extérieures de Daech. Celui de droite est Yasin al-Mouadidi, le nouveau ministre de la Guerre. Le troisième, Zwak ne le reconnaît pas.

Entre eux est assis l'homme le plus recherché du monde, le plus haï de la majorité de l'humanité, mais également le plus respecté par une autre partie de celle-ci – tous les islamistes radicaux qui, à voix haute ou dans le silence de leur cœur, approuvent sa pensée, son projet et son action.

– Asseyez-vous, dit-il.

Cette voix, Zwak et Merwais la connaissent, bien sûr. Comme tous les membres de Daech, ils ont visionné des centaines de fois la seule vidéo de leur chef, celle où Abou Bakr al-Baghdadi, vêtu de noir sur fond de marbre blanc, le doigt levé, déclare hiératiquement, depuis la grande mosquée al-Nuri de Mossoul, l'ère du califat.

Zwak obtempère, étrangement détaché. Merwais, lui, paraît transformé en statue de sel.

– J'ai appris ton plan spécial pour atteindre les apostats. J'ai visionné la vidéo. Décris-le-moi en détail.

Mais Zwak reste muet, comme paralysé. Merwais intervient :

– Ô calife ! Tu veux frapper en plein cœur la capitale des croisés et des apostats, Paris, avec une force comparable au 11 Septembre. Tu veux détruire la confiance que les impies ont en eux, introduire pour toujours la terreur dans leur cœur. Tu as les armes pour cela, les explosifs, les gaz toxiques, les combattants… mais personne pour te permettre de les déployer à grande échelle. Ce garçon apporte la solution.

– Tu es bien présomptueux. Oui, il a inventé une nouvelle méthode de dispersion de gaz toxiques, mais à part ça, qu'a-t-il que nous n'ayons déjà ?

Merwais se tourne vers Zwak. Mais, comme souvent, le garçon est complètement parti, quelque part dans un monde connu de lui seul.

– Un plan parfait. C'est ça qu'il t'offre.

– Vingt-cinq mille datas, déclare soudain Zwak. Cent soixante-neuf scénarios alternatifs.

Zwak se met à parler. C'est un discours étrange et décousu, un flot de paroles hachées et de chiffres débités d'un ton sec, entrecoupés de longues pauses. Faits, hypothèses, risques, nombre de morts. Cela dure près de vingt-cinq minutes.

Un des hommes assis derrière eux prend des notes, concentré. Enfin, Zwak s'arrête. Pas un instant le visage du calife ne s'est animé. Il se tourne vers Yasin al-Mouadidi.

– Du point de vue de l'islam, qu'en penses-tu ?

– Jamais on n'a eu un plan d'attaque aussi puissant. Seul le Prophète, *salla Allah alaybi wa salam*, peut l'avoir soufflé à ce garçon. Nous ne tuerons pas que des mécréants, mais il est licite de supprimer les ennemis du mouslim en grand nombre. Ô, Allah, Tu as écouté nos prières ! Nous le savons maintenant car les savants l'ont dit : « Qu'ils soient chrétiens, catholiques, protestants ou orthodoxes, qu'ils soient juifs orthodoxes, conservateurs ou progressifs, qu'ils soient bouddhistes, hindous ou sikhs, qu'ils soient capitalistes, communistes ou fascistes, ils se sont en fin de compte alliés les uns aux autres contre l'islam et les musulmans. »

Frappons-les sans pitié, Inch Allah, la louange et le mérite appartiennent à Allah !

Il s'adresse alors à l'homme que Zwak ne connaît pas. C'est un Français converti qui se fait appeler Abou Souleymane al-Faransi. Il est le chef de l'AAK, les services extérieurs de Daech. Ancien légionnaire, il est le premier non-Arabe à avoir été nommé à la tête d'une grande direction opérationnelle du califat. Comme tous les nouveaux fervents, il brûle de détruire le monde auquel il a jadis appartenu et s'est montré partisan du plan de Zwak dès le premier jour. C'est lui qui a épaulé Merwais et rendu possible tout le travail des derniers mois.

– Toi, qu'est-ce que tu en penses ?

– Vaut-il mieux cent attentats qui tuent mille personnes chacun ou un seul qui en tue cent mille d'un coup ? Il faut frapper les esprits, il faut une frappe unique et définitive. En vérité, la terreur doit s'abattre sur la France.

– Oui, un groupe ayant divorcé de la vie d'ici-bas doit s'avancer en cherchant la mort dans le sentier d'Allah et en humiliant nos ennemis, renchérit Yasin al-Mouadidi. Le cheick (qu'Allah l'agrée !) a frappé durement l'Amérique des juifs et des sodomites le 11 Septembre, puisse la France ne pas se relever du 2 mai ! Elle doit être punie pour être le pays des premières croisades contre notre religion sacrée, pour envoyer ses avions et ses soldats combattre nos frères ici au pays de Sham et là-bas, au Maghreb et en Afrique. Pour être le premier pays à avoir interdit le voile sacré, requis par la *char'ia* d'Allah, que la honte s'abatte sur la France, qu'Allah la brise !

Le calife se tourne vers Zwak.

– Pourquoi le 2 mai ?

– Allah m'a soufflé la date dans un rêve, béni soit-Il. Le 5 Shaban 1438 de l'Hégire, le 2 mai du calendrier impie.

– Qu'il en soit ainsi, Inch Allah ! Zwak, tu auras les explosifs, les produits chimiques et toute l'aide matérielle dont Merwais et toi avez encore besoin. Ce plan, nous l'appellerons « Aube noire ». Qu'Allah maudisse la France !

20 avril

L'explosion est lointaine mais tellement forte qu'elle fait trembler les vitres de la chambre, réveillant aussitôt Oussama et Malalai.

– C'était où ? demande-t-elle.

Triste routine. Tous les Kaboulis sont des vieux routiers des attentats. Quand une bombe explose, leur première question porte toujours sur le lieu, histoire de vérifier que ce n'est pas dans un quartier où vivent des proches.

– Ne bouge pas, je vais me renseigner.

Coup d'œil sur l'heure affichée au lecteur de DVD. 5 h 30. Le carrelage est chaud sous les pieds d'Oussama, il fait vingt degrés. Il allume la radio de police posée sur la commode. Déjà, le son de sirènes retentit au loin.

Il écoute les échanges entre le central et les patrouilles qui se mettent en route vers le lieu de l'attentat. Puis il rejoint Malalai.

– Il y a deux attaques simultanées, une *guest house* pour étrangers et l'hôtel Bali. La première est détruite, des talibans sont entrés dans le second, ils ont tué les gardes de sécurité et sont montés dans les étages, ils tirent sur tous les clients. Un carnage.

– Tu vas y aller ?

– Non, c'est le boulot du NDS.

Le bourdonnement du muezzin s'élève soudain dans le lointain pour le *sobh*, couvert par intermittence par les mugissements des sirènes. Allah pour qui certains tuent, Allah pour qui d'autres appellent à la prière… Oussama écoute tristement cette superposition ô combien habituelle à Kaboul.

Malalai a déjà filé dans la salle de bains, bouleversée. Elle ne supporte plus les attentats permanents, cette mort qui frappe au hasard. La seule religion de Malalai est la raison, son mantra est la science, elle est agnostique, crime puni de mort en Afghanistan. Lorsque Oussama la rejoint dans la cuisine après avoir pris sa douche et enfilé un vieux polo si usé que le coton en est devenu soyeux, elle a préparé le thé noir, des galettes avec du beurre frais et coupé le fromage.

– La télévision dit qu'il y a au moins dix morts et près de trente blessés, dont la moitié d'étrangers, annonce-t-elle en servant le thé.

– Les talibans sont de plus en plus audacieux, remarque Oussama en mordant dans une galette. Ils ont besoin de montrer à leurs troupes qu'ils agissent, sinon l'État islamique les leur prendra.

Soudain, Malalai pose sa tasse.

– Tu ne penses pas qu'on devrait quitter ce pays maudit ?

– Quoi ! C'est chez nous, ici.

Malalai prend les mains d'Oussama dans les siennes.

– Tout cela va mal finir. Pourquoi ne pas retrouver Artan en Australie ? Ou Nita au Canada ? On serait avec nos enfants, en sécurité.

– Et on vivrait de quoi ? Chauffeur de taxi ?

– Mon diplôme de médecine peut être reconnu en Australie, Bakou faisait partie de l'URSS à l'époque où je l'ai obtenu. Au Canada, il me faudrait repasser quelques examens, mais c'est tout à fait faisable.

– Tu leur as demandé ?

– Au consulat, oui. La semaine dernière.

Oussama se penche vers Malalai.

– Je ne comprends pas. Tu fais des recherches pour émigrer, comme ça, sans m'en parler ? Qu'est-ce qui se passe ?

Elle éclate en sanglots.

– Je n'en peux plus de devoir regarder derrière mon dos quand je marche dans la rue, d'avoir peur que quelqu'un me poignarde ou me vitriole parce que je ne porte pas le voile. De cacher à tout le monde à l'hôpital quelles sont mes vraies croyances. De me réveiller le matin au son des explosions, en sachant qu'une nouvelle boucherie vient d'avoir lieu. – Elle s'essuie les yeux. – Excuse-moi, je n'aurai pas dû dire cela.

Lorsqu'il arrive au bureau un peu plus tard, encore secoué par sa conversation avec Malalai, Oussama n'a pas le temps de s'asseoir que Gulbudin entre en trombe pour lui apprendre que l'oncle de Merwais interrogé la veille a été assassiné. Les voisins ont trouvé son corps sur le pas de la porte au petit matin, égorgé et la langue tranchée. Pas besoin d'explication, le message est limpide : on ne parle pas à la police. Ce sont donc les talibans, songe Oussama, furieux d'avoir été pris de vitesse. L'homme qui les suivait n'était qu'un tout petit rouage, un parmi des milliers de ces minuscules parties qui font des talibans un tout implacable, une machine mortelle. Il a rendu compte et quelqu'un au-dessus de lui a décidé de liquider l'oncle sans perdre une minute. Peut-être s'agit-il juste d'une mesure de précaution, peut-être y a-t-il autre chose : la peur d'une fuite d'information. Personne ne tue sans raison, pas même les talibans.

Oussama décide de retourner sur place. Cette fois-ci, outre Chinar et Gulbudin, il est entouré de ses gardes du corps, quatre Tadjiks qui se feraient tuer pour lui. Ils fouillent la maison, retournent la terre battue du rez-de-chaussée, éventrent les murs, démontent les poutres du plafond, soulèvent la tôle ondulée du toit. Finalement, ils trouvent la cache. Elle abrite une boîte en plastique contenant les maigres richesses de l'oncle. Sa tazkara, la carte d'identité que tout Afghan se doit de posséder s'il veut franchir les barrages routiers qui pullulent dans le pays. Une liasse de vieux billets, trente cinq mille afghanis, sans doute les économies de toute une vie. Gulbudin les passe à Chinar d'un air entendu – la moitié viendra grossir la caisse noire de la brigade, l'autre sera redistribuée aux membres de l'unité, comme bonus, car tout le monde, à part le qomaandaan Oussama Kandar, touche des pots-de-vin à Kaboul ; il faut bien vivre, les salaires dans la police étant misérables.

Au fond de la boîte, Gulbudin découvre quatre photos. Sur trois d'entre elles on voit l'oncle avec une femme en tchador et des enfants. La quatrième est une photo de guerre. Un jeune homme barbu et enturbanné pose, souriant, appuyé sur une kalachnikov. À ses côtés, deux autres guerriers. Tout dans leur pose signale que le premier homme est leur chef. Un quatrième individu se tient en retrait, un vieillard coiffé d'un pankol.

Gulbudin pose le doigt sur le premier homme.

– C'est lui. Merwais Golim.

Oussama hoche la tête.

– Il faut identifier le vieillard et les deux autres.

En rentrant au commissariat, assis à l'avant de sa voiture, Oussama songe aux options qui s'offrent à lui.

Toutes mauvaises. S'il demande l'aide du bureau du renseignement de la police de Kaboul, ses chefs seront mis au courant immédiatement. Or son ennemi intime, Khan Durrani, est toujours ministre de la Sécurité. Durrani n'a pas digéré les derniers camouflets infligés par Oussama et sa brigade et s'acharnera à saboter leur enquête. Même topo s'il s'adresse aux agents du NDS. Nicole a d'ailleurs pris soin de préciser qu'une action officielle étant menée avec eux par les Français, lui-même doit les éviter au maximum, au moins tant qu'il n'a pas de piste sérieuse.

– Qu'en penses-tu, Gulbudin ? demande-t-il à son adjoint par-dessus son épaule.

– La photo est assez récente, le papier paraît nickel, elle doit dater de quatre ou cinq ans maximum. Merwais Golim n'a pas plus de trente ans, là-dessus. On sait qu'à l'époque il était déjà taliban, donc les hommes qui posent avec lui ne pouvaient l'ignorer.

Oussama reprend la photo, songeur. Le vieillard semble vraiment très âgé mais en bonne santé, il est mince, hâlé. Un responsable de choura ou un chef de guerre ? Tout est possible.

– Il doit être connu des talibans. C'est à eux qu'il faut demander de l'identifier, poursuit Gulbudin.

– Tu veux que j'aille voir Mollah Bakir ?

– C'est l'évidence, non ?

*

Sarajullah Bramintani Bakir, dit Mollah Bakir, habite une vieille bâtisse adossée à la mosquée du cimetière de Shahe du Shamsera. Oussama est introduit dans le salon par le majordome, Sarajullin, un vieillard borgne et boiteux bien plus redoutable que l'impression qu'il donne.

C'est le conseiller occulte de Mollah Bakir, l'homme de beaucoup de secrets, la courroie de transmission entre son maître et de multiples personnes infréquentables.

Mollah Bakir a été ministre des talibans avant d'être exclu du mouvement à cause de son opposition à Ben Laden. Comme chef de file des talibans modérés, il est menacé de mort par les extrémistes, une partie de la choura de Quetta, par les plus bornés de l'ISI pakistanaise, par certains membres du gouvernement et des services qui n'envisagent aucune solution alternative à leur pouvoir susceptible de réduire leur capacité à s'enrichir. Et, bien sûr, Mollah Bakir est condamné à mort par l'État islamique au Khorasan : les djihadistes de Daech n'aiment pas les centristes.

– Il prie mais sera là bientôt, qomaandaan, annonce Sarajullin d'une voix onctueuse tandis qu'Oussama se déchausse. Attendez-le sur le sofa, s'il vous plaît, je vous apporte du thé.

La pièce n'a pas changé. Des livres et des revues scientifiques partout, une vaste table de travail en bois ancien, blond, des écrans Macintosh, car le mollah apprécie la marque à la pomme. Oussama accepte une tasse de thé et se cale contre les coussins, pestant contre la douleur lombaire qui le taraude.

L'amitié qui s'est nouée entre Mollah Bakir, l'intellectuel taliban raffiné, et lui, le sniper de Massoud, tueur de talibans, est l'un de ces événements intenses et improbables dont l'Afghanistan paraît avoir le secret. Ils ont bravé la mort ensemble, voyagé dans les terres les plus dangereuses de ce pays ensemble, échappé à la mort ensemble. Il est apparemment écrit que leur amitié ne sera jamais un chemin paisible.

Le mollah fait son apparition dans un froufroutement d'étoffes. Depuis leur dernière rencontre, il a encore grossi et marche en se dandinant légèrement, oscillant d'un côté puis de l'autre, mais il n'y a rien de ridicule en lui. Dans ses yeux pétille cet éclair particulier que l'on ne trouve que chez les chefs naturels, ces hommes nés pour commander.

– Oussama, mon cher ami. Quelle joie de vous revoir en pleine forme. Qu'Allah en soit remercié, gloire à Lui !

Le poids aidant, sa voix est encore plus nasillarde qu'à l'accoutumée. Les deux hommes s'étreignent avec sincérité et chaleur, puis le religieux s'assied à la droite d'Oussama.

– Vous venez me voir à cause de la mort de l'oncle de Merwais Golim ?

Oussama en reste sans voix. Mollah Bakir éclate de rire.

– Votre visite là-bas n'est pas passée inaperçue. Ne faites pas semblant de découvrir que je sais tout ce qui se passe dans cette ville.

– Dans ce cas, vous pouvez sans doute me dire qui est responsable de sa mort.

Le mollah hoche la tête.

– Cela ne vient pas de chez nous. Ni des autorités. Donc, c'est Daech.

– Ils ont un réseau actif à Kaboul ?

Le religieux incline la tête.

– Ils montent en puissance. Ils ont plusieurs cellules dans le sud de la ville, plusieurs autres dans l'est, et une dans l'ouest. Ils sont en train de siphonner le réseau Haqqani, lentement mais sûrement.

– Vous donnez l'impression de vous en réjouir.

– Pourquoi devrais-je m'en soucier ? Moins mes ennemis sont fréquentables, plus je le deviens moi-même, n'est-ce pas ? Encore quelques victoires de

Daech et tout le monde viendra me baiser la babouche. Mais trêve de politicailleries, dites-moi plutôt pourquoi vous cherchez Merwais Golim.

Oussama le lui explique.

– Je serais heureux de vous aider, et d'aider Nicole Laguna par la même occasion. Cette femme est une lionne, dit le mollah quand Oussama a terminé son résumé de la situation.

Oussama exhibe la photo trouvée chez l'oncle de Merwais.

– Connaissez-vous ces hommes ?

Le mollah chausse de petites lunettes.

– Celui au centre est Merwais Golim. Les jeunes sont deux frères qui faisaient partie des troupes d'élite de Gulbuddin Hekmatyar, j'ai oublié leurs noms mais je suis certain qu'ils ont été tués par les SAS anglais il y a deux ans. Le vieux, c'est Hamid Khan Langwalli, un des théoriciens de l'État islamique au Khorasan. Il est mort également, l'année dernière, d'un tir de drone.

– Ils sont donc tous morts ? demande Oussama, horriblement déçu.

– Tous, sauf Merwais, qui égorge à foison en terre de Sham, comme vous le savez sans doute déjà. Je vais voir si je peux tout de même vous aider.

D'une voix aiguë, il appelle son majordome :

– Sarajullin !

Le boiteux apparaît aussitôt, comme s'il était caché derrière la porte.

– Nous avons besoin d'informations sur la cellule de Daech du quartier de Bint Zeidour. Trouve-moi un nom.

– Voulez-vous que je revienne plus tard ou demain ? propose Oussama.

Le mollah sourit.

– Non, voyons. Vous allez repartir avec cette information.

Il leur ressert du thé. Il ne faut pas dix minutes au boiteux pour revenir, un petit papier à la main. Mollah Bakir le lit avant de le tendre à Oussama.

– C'est un maillon de bas de chaîne. Mais il pourra vous donner des informations pour progresser plus haut.

*

Ce même jour, Zwak et Merwais sont transférés dans un autre QG du califat, au sud-est de Raqqa. La ville s'appelle Nil-er-Zagya, c'est une bourgade minable, à peine dix mille habitants, mais une partie de l'état-major de Daech y réside en secret. Par la route, il faut seulement deux heures pour rejoindre Raqqa et onze pour Mossoul. Peu de troupes sont stationnées en ville et la Coalition n'en a, du coup, pas compris l'importance stratégique : il n'y a eu que trois frappes aériennes, toutes sans grand effet sur l'organisation.

On attribue immédiatement aux deux hommes une grande villa du centre, précédemment occupée par une famille du régime. Le sol est en marbre, les salons de réception abritent des meubles tarabiscotés aux pieds dorés à l'or fin, les chambres de grands lits moelleux, la cuisine est vaste et les deux salles de bains sont carrelées de céramique. Zwak découvre tout ce luxe avec sa réserve habituelle, mais Merwais exulte. La maison est fournie, comme il se doit, avec trois esclaves yazidies qui pourvoiront au ménage, à la cuisine et au sexe. La plus jeune a dix ans, la plus vieille treize, et dans leurs yeux se lit toute l'horreur accumulée par deux ans de maltraitance. Pour les djihadistes de Daech, les yazidis sont des adorateurs d'idoles. Leur religion, vieille de près de mille ans, est un syncrétisme de religions polythéistes et monothéistes avec, tout en haut de leur panthéon, l'archange Taous – l'ange paon, émanation de Dieu. Dans la vision du monde de Daech, elle est déviante et perverse. Les hommes yazidis sont systématiquement torturés et exécutés, les femmes violées et réduites à l'esclavage sexuel.

En découvrant les petites servantes, Zwak hésite. Il est encore puceau, c'est l'occasion unique de devenir un homme. Pourtant, quelque chose l'arrête, une blessure dans le regard de bête prise au piège des filles. D'un geste, il fait signe à Merwais qu'il lui laisse la place, il file vers sa chambre et ouvre brusquement son ordinateur. Il a craqué le dernier *Watch Dogs* et il a envie de jouer, de se vider la tête. D'oublier le regard des esclaves.

– On bouffera plus tard, crie Merwais. Là, je veux m'amuser.

Zwak l'entend emmener une des filles dans la chambre, malgré ses supplications, puis les bruits d'une violente correction, suivis par ceux d'un premier viol. Il met ses écouteurs et le volume à fond pour s'immerger dans son jeu vidéo. Bientôt, les sons se transforment en vagues orange et vert pomme qui passent sur lui comme des caresses. Les cris s'évanouissent dans une brume de clarinette et de viola organista, une composition du XVIe siècle qu'il repasse dans sa tête inlassablement. C'est peut-être cela l'amour, ces caresses ondoyantes sur fond de mélodie. Bizarrement, lui qui n'a aucun sentiment croit à l'amour.

Des portes claquent, brisant le sentiment de sérénité qui s'est emparé de lui. Merwais est parti chercher les autres filles. Enfin, il en a fini – il n'a pas tenu très longtemps. Il apparaît bientôt sur le pas de la porte de Zwak, encore dépenaillé, dégoulinant de sueur, les cheveux collés au front.

Les vagues, les couleurs et les notes s'évanouissent.

– Par Allah, grogne Merwais, c'était bon. Tu veux pas en profiter ?

– Non.

– Tu devrais. Elles supplient, ces mécréantes, mais elles finiront par comprendre la chance qu'elles ont de satisfaire un vrai combattant de l'islam. Et puis, la maison des fatwas l'a dit, on a le droit. – Il s'éponge le front, récite : – « Après la capture, les femmes yazidies et les enfants sont divisés selon la charia parmi les combattants islamiques. Un cinquième de ces esclaves est transféré aux autorités pour être distribué en tant que *ghanima*, butin. » – Il s'arrête, se met à rire. – C'est juste des yazidies, des filles de Satan. Les sages l'ont écrit, il est licite de les consommer.

– Je n'en veux pas.

Il est deux heures de l'après-midi, Zwak a faim, mais il faut attendre que Merwais aille prier. Enfin, son complice est de retour, toujours en nage. Il a l'air très content de lui et commande un copieux déjeuner à l'une des filles qu'il vient de violer, sans même la regarder. Ils se mettent à table. Merwais mange goulûment avec les doigts. De la main droite, celle qui sert aux tâches nobles, il prend de petites poignées de riz, serre très fort pour égoutter la sauce, et les porte à la bouche en faisant des bruits de succion. Zwak, lui, utilise une fourchette et un couteau : sa mère lui a appris à manger à l'occidentale. Le mouton est délicieux. Merwais plaisante tandis que graisse et sauce coulent de ses lèvres. Zwak se sent mal de partager sa table avec ce porc inculte et violeur.

Mais il a besoin de lui, alors il continuera à faire semblant. Il fait semblant depuis toujours.

Régulièrement, une des esclaves vient vérifier qu'ils ne manquent de rien, ni de pain, ni de soda, et qu'ils sont satisfaits. Elles font le service tête baissée, l'esprit encore plein des images de leur agression. Merwais parle toujours, un vrai moulin. Il n'a que les performances sexuelles comparées des trois yazidies à la bouche. Zwak sent la nausée monter de plus en plus fort, mais Merwais ne s'en rend pas compte.

Enfin, la dernière pâtisserie dégoulinante de sucre est avalée. Ils s'étendent sur les coussins pour fumer un narguilé.

Merwais se gratte les pieds. Il est sur un petit nuage. C'est encore mieux que dans les DVD indiens de contrebande achetés au bazar de Kaboul, où l'on découvre la vie des riches et des puissants : cette maison est ce qu'il a vu de plus beau dans toute son existence. Il rote, avale une bouffée de vapeur, siffle une canette de soda, repu. Puis il va faire une nouvelle prière. Allah est de son côté, sinon comment imaginer qu'Il lui offre une telle vie de splendeurs ?

Zwak en profite pour regagner sa chambre, avide d'échapper à cette atmosphère sordide. Lorsqu'il revient, un inconnu l'attend dans le salon. Grand, imposant, l'air très sûr de lui. D'un geste il lui fait signe de le rejoindre.

– Je suis Abou al-Ghadiya.

Zwak reconnaît sans peine le mythique chef de la logistique du califat, un des cadres les plus puissants de Daech. Syrien, dentiste de formation, c'est un ancien compagnon de route d'al-Zarqaoui, le fondateur de l'EI, un des rares à avoir échappé à la mort. C'est lui qui veille sur l'approvisionnement en carburant et en nourriture du royaume, lui qui organise la noria de camions qui trafiquent tout ce qui peut s'acheter et se vendre entre les rares territoires encore sous son contrôle, les cellules secrètes et les pays voisins.

L'homme le plus utile à Zwak pour accomplir son œuvre.

– Ta mission est prioritaire, je le sais. Abou Souleymane m'a dit de te fournir tout ce que tu veux, déclare Abou al-Ghadiya. De quoi tu as besoin, maintenant que tu as utilisé sans autorisation mes meilleurs mécaniciens et « emprunté » trois de mes camions ?

En prononçant ces paroles, il a l'air plutôt énervé. Il ne connaît pas encore le plan de Zwak et cela le vexe. Et puis, en bon ex-membre de la nomenklatura syrienne, il en a assez de travailler avec des Afghans, des Maghrébins et des convertis, qu'il considère comme des sous-hommes.

– Cinquante tonnes d'explosif militaire, dit Zwak. Du Semtex. Pour le gaz, le calife m'a approvisionné, je n'ai pas besoin de toi.

Al-Ghadiya éclate de rire.

– Cinquante tonnes de Semtex ? La moitié de nos réserves. Rien que ça !

– J'ai dit cinquante tonnes.

Le djihadiste comprend que le jeune avorton assis en face de lui est dangereux, en dépit de son teint blanchâtre et de sa silhouette malingre.

– Qu'est-ce que tu vas en faire ? Je veux connaître le plan.

Abou al-Ghadiya a le droit de connaître la vérité, Zwak le sait – ordre du calife. Néanmoins, il aimerait bien conserver encore un peu le secret, ne serait-ce que pour montrer son pouvoir, mais la prudence le dissuade de jouer au plus malin. Al-Ghadiya est réputé pour avoir égorgé toute une famille, nourrisson compris, parce qu'il la soupçonnait de tiédeur religieuse. Ce n'est pas le genre d'homme avec qui l'on joue. Aussi, il appelle Merwais :

– Tu lui parles.

Al-Ghadiya écoute, attentif, les explications de Merwais. Le califat utilise des camions piégés tous les jours, mais les charges d'explosifs oscillent entre deux cents et cinq cents kilos, excédant rarement la tonne. Et encore, il s'agit le plus souvent d'explosifs artisanaux, comme le TATP. Il n'a jamais entendu parler de l'utilisation d'une telle quantité de Semtex pour un attentat. Quant à la partie chimique, c'est comme passer d'un attentat à la grenade à Hiroshima : un autre monde.

Lorsque l'Afghan en a fini, al-Ghadiya prend les mains de Zwak.

– Béni soit Allah pour t'avoir inspiré ce plan sacré ! Tu vas hisser haut le saint drapeau du *Tawhîd*. Paris ne sera jamais plus la Ville lumière. Pour la gloire du Prophète, les louanges et la gloire soient sur Lui, ce sera la Ville des cendres ! Pour toujours.

*

Il est près de quatre heures de l'après-midi et le soleil est déjà bas sur l'horizon, caché par les montagnes environnantes. Maintenant que Chinar connaît l'existence d'une cellule de Daech, il est nerveux : il pensait que les djihadistes n'étaient présents que dans le nord du pays. Il a revêtu une tunique ample pour cacher son pistolet et, par sécurité, il s'est muni de plusieurs chargeurs de rechange, a glissé un poignard de combat à lame de tungstène dans un étui de mollet. L'homme dont Mollah Bakir a donné le nom à Oussama s'appelle Ramin Baftasariloun et n'est pas répertorié comme extrémiste par le NDS. Grâce à son abonnement téléphonique, la brigade d'Oussama a récupéré son adresse et une photo de lui – c'est bien leur suiveur du jour précédent.

Chinar s'arrête pour boire une gorgée d'eau tirée d'une petite bouteille en plastique. Le sol est jonché d'ordures, il jette la bouteille par terre au milieu des autres et reprend son ascension, derrière le garçon à qui il a promis quelques afghanis pour le conduire chez le djihadiste.

Plus ils montent et moins il y a de passants dans la rue. Phénomène classique à Kaboul : en bas, près des points d'eau, vivent ceux qui ont de l'argent, en haut s'entassent les familles les plus pauvres dont les membres travaillent ailleurs, de l'aube à la nuit, enfants compris, ce qui donne à ces quartiers un aspect de désert urbain. Enfin, le garçonnet s'arrête devant une « maison » composée d'un conteneur en acier sur le côté duquel a été ajoutée une tente. Tout en se demandant comment on a bien pu monter un conteneur aussi haut dans la côte, Chinar donne son billet au garçon – ne jamais payer d'avance ce type de service – et frappe à la porte aménagée dans la paroi après avoir vérifié que son pistolet coulisse bien dans son holster.

Il entend un bruit de pas sur le métal et un homme d'une trentaine d'années fait son apparition. Quand il reconnaît l'un de ceux qu'il a suivis, son visage se ferme.

– Que voulez-vous ?

– *Polis*. Je suis de la Crim. Tu ne me laisses pas entrer ? Il faut que je sorte mon arme ?

À regret, Ramin Baftasariloun fait signe à Chinar de le suivre. L'intérieur est une fournaise, il doit faire quarante-cinq degrés dans la boîte en métal. Le fond a été transformé en une chambre sommaire – Chinar aperçoit deux matelas derrière un drap tendu –, la première partie est reconvertie en salon, avec des tapis rapiécés et quelques coussins. La pièce d'eau est dehors, sous la bâche. L'odeur des latrines s'infiltre par l'ouverture creusée dans le métal.

L'homme s'assied, l'air apeuré et hostile.

– Que me veut la police ? Je n'ai rien fait.

– Hier, tu nous as suivis quand on est allés voir l'oncle de Merwais Golim, et ce matin, il était mort.

Chinar se penche vers l'homme de Daech. Sortant son poignard d'un geste coulé, il en pose l'extrémité sur son ventre.

– Je ne fais pas partie du renseignement, je te l'ai dit. Soit tu me racontes tout ce que je veux savoir et personne n'apprendra notre conversation. Soit je préviens le NDS après t'avoir travaillé comme il se doit, et tu sais ce qui va se passer. Ils te tortureront à la perceuse et à l'acide pendant des semaines, avant de te liquider.

Ramin Baftasariloun est livide. Chinar sent que celui-là n'est pas de l'étoffe des héros, qu'il va parler.

– Dépêche-toi, insiste-t-il. Moins longtemps je reste chez toi, moins il y a de chances qu'un de tes « amis » me repère.

– D'accord. C'est moi qui ai prévenu le réseau que des flics s'intéressaient à l'oncle de Merwais.

– Le réseau ? Tu veux dire l'État islamique au Khorasan ?

– L'EIK, oui.

– Pourquoi est-ce qu'ils l'ont liquidé ?

– Ils avaient peur qu'il sache quelque chose.

Chinar frappe l'homme du plat de son poignard, en pleine face.

– Tu me racontes des salades ! Menteur !

– Non, c'est vrai. – Ramin Baftasariloun se met à pleurnicher. – Merwais Golim, il dirige une katiba au pays de Sham. C'est un combattant célèbre, il connaît personnellement le calife. Il faut le protéger.

– C'est tout ce que tu as à dire ! Parle, sinon...

Les coups se mettent à pleuvoir sur le djihadiste. Ancien champion de lutte afghane, Chinar sait frapper là où cela fait mal et Ramin est bientôt couvert de sang.

– Attendez ! Attendez !

Nez, bouche et pommettes éclatés, le djihadiste est prêt à dénoncer père et mère pour sauver sa peau.

– Il y a un membre du mouvement, un ami de Merwais. Il a pas pu partir au Sham parce que tous les hommes de sa famille sont morts et qu'il faut quelqu'un pour travailler. Il est infirmier dans un dispensaire, un peu plus bas, vers Qalab Khan Homani.

– Quel dispensaire ?

– Le Croissant-Rouge.

– Comment il s'appelle, cet infirmier ?

– Mahmoud. Il est facile à reconnaître. Il a une grande blessure sur la joue.

Chinar approche son visage de celui du djihadiste.

– Je vais aller le chercher moi-même maintenant, et je l'interrogerai. Tu n'as pas intérêt à le prévenir, sinon je te coupe en morceaux.

*

Tous les sens en éveil, Gulbudin et Chinar observent le misérable dispensaire au travers du pare-brise de leur 4 × 4. Ils sont garés à une trentaine de mètres, dans l'obscurité naissante, pour ne pas attirer l'attention. Régulièrement, des gens sortent du bâtiment, souvent des hommes seuls, mais aucun ne ressemble à celui qu'ils guettent. Une femme apparaît, plusieurs enfants accrochés à sa burqa, puis un vieil estropié. Enfin, un homme en uniforme d'infirmier passe le seuil. Une longue balafre barre tout le côté gauche de son visage. Il s'arrête pour allumer une cigarette, et Gulbudin remarque qu'il en profite pour jeter un coup d'œil professionnel à cent quatre-vingts degrés autour de lui.

– Il surveille ses arrières, ce bâtard. Il se méfie.

Leur cible tire une bouffée avant de partir dans la direction opposée.

– On le suit. Dès qu'il s'est un peu éloigné, on le tape. Accrochez vos badges en évidence.

Gulbudin a obtenu d'Oussama de diriger lui-même cette partie de l'enquête. Parfois, son chef est étrangement naïf : comment peut-il imaginer qu'un combattant expérimenté de Daech va parler sans qu'on le torture ? Pourtant, c'est ce qu'il a eu l'air de croire. À lui, Gulbudin, de travailler désormais. À lui d'obtenir des résultats. Il a toute la nuit pour cela.

L'infirmier tourne, s'engage dans un boulevard.

– Maintenant !

Le chauffeur accélère. Il bloque l'homme contre le trottoir. Aussitôt, Chinar et Gulbudin bondissent. Sans avoir le temps de comprendre ce qui lui arrive, l'infirmier est embarqué à l'arrière du véhicule et jeté brutalement au sol sous une grêle de coups.

– Au secours !

– Ta gueule. – Chinar lui assène un coup de bâton sur la tête. – C'est la *polis*.

– Pourquoi vous m'arrêtez ?

– Tu le sais, pourquoi. – Nouveau coup de bâton, sur l'arête du nez cette fois. – On veut te parler d'un de tes vieux copains. Merwais Golim.

Le djihadiste blêmit.

– On l'emmène où ? demande le chauffeur. Au commissariat ?

– Non, dit Gulbudin. Prends à droite.

À l'intérieur du 4 × 4, l'ambiance s'est brusquement tendue. Le djihadiste, le visage en sang, regarde successivement Chinar puis Gulbudin. Instinctivement, il a compris qu'il n'a aucune pitié à attendre de ces deux-là. Surtout de Gulbudin. Le vieux flic dévoile sa prothèse en titane et le frappe violemment à la bouche avec la crosse de son arme, faisant sauter plusieurs dents.

– Cadeau de tes copains terroristes, en 1995. Tu comprends pourquoi je vous hais ?

Il le frappe encore une, deux, trois fois. Recroquevillé sur le tapis de sol, le djihadiste couine à chaque coup. Gulbudin se penche sur lui.

– Profites-en. Tout à l'heure, ce sera pire.

La voiture a pris la route de l'est, bientôt elle sort de Kaboul. Les phares éclairent des maisons calfeutrées. Les talibans rôdent la nuit, la mort est partout. Soudain, Gulbudin indique un chemin sur la droite.

– Tourne ici !

Le véhicule s'engage à la lueur de ses phares dans un chemin pierreux à flanc de montagne. Ils roulent encore une bonne dizaine de minutes.

– Où on va ? demande le chauffeur.

– Là.

Du doigt, Gulbudin indique un ensemble de bâtiments abandonnés, à demi détruits par un incendie.

– C'est une ancienne ferme qui appartenait à l'armée. Tous les hommes qui y travaillaient ont été tués par des talibans il y a une dizaine d'années. Une famille de retraités de l'armée a voulu s'y installer ensuite, mais les hommes ont été massacrés aussi. Depuis, l'endroit est vide. Personne ne nous entendra.

Ils traînent leur prisonnier jusqu'à un ancien puits. L'homme hurle, se débat, mais Chinar a une force prodigieuse et toute résistance est vaine.

– Qu'est-ce que je fais ?

– Flanque-le dedans, ordonne Gulbudin. Les pieds d'abord.

D'un seul mouvement puissant, Chinar agrippe l'infirmier et le lance par-dessus le rebord. Ils entendent un bruit sourd, suivi d'un cri. Intéressé, le chauffeur vient regarder.

– Je vais le remonter, propose-t-il aimablement.

Il s'entoure d'une corde, puis Chinar le fait descendre. Le puits mesure au maximum quatre mètres de profondeur et il exhale une puissante odeur de pourriture. L'homme gît sur le côté, une de ses jambes formant un angle impossible avec le reste de son corps. Brisée net. Le chauffeur se détache, accroche la corde autour du torse du blessé. Aussitôt Chinar le remonte. Le chauffeur suit le même chemin quelques instants plus tard.

– Alors, tu parles ? demande Gulbudin, une cigarette plantée au coin des lèvres. – Il aspire une bouffée. – Tu vas faire des vols planés jusqu'en bas autant de fois qu'il le faudra pour te desserrer les lèvres. Tu me comprends ?

L'homme ne répond pas, il gémit de douleur, blême, au bord de l'évanouissement. D'un regard, Gulbudin ordonne à Chinar de recommencer. D'un seul mouvement ce dernier agrippe le prisonnier et le bascule pardessus la margelle. Le bruit est plus horrible encore, et les hurlements redoublent. Gulbudin braque une torche sur le fond du puits. Fracture ouverte : le tibia pointe en dehors de la jambe telle une sculpture surréaliste.

– Il est mûr pour parler, maintenant, dit Gulbudin d'un ton satisfait en enroulant la corde autour de lui. Descendez-moi. Nous prierons ensuite.

21 avril

Le jour se lève à peine sur Kaboul lorsque le convoi d'Oussama emprunte la route de l'aéroport. Direction la prison de Pul-e-Charki, pour y interroger un homme dont l'infirmier a révélé le nom après l'interrogatoire musclé de la veille. L'établissement pénitentiaire se trouve à une vingtaine de kilomètres de Kaboul, au bout d'un chemin parsemé de postes de contrôle. Des centaines de soldats gardent la prison, qui est devenue un centre d'enfermement pour de nombreux djihadistes. Les plus dangereux transitent souvent quelques mois par Bagram, la grande base américaine située plus loin, dans la plaine, avant de finir ici. La route qui y mène est dangereuse, car sur une portion assez importante elle traverse des zones infiltrées par les talibans : gare à qui s'y engage sans escorte armée, il risque l'enlèvement ou la mort. Oussama et ses hommes sont suivis par une voiture de protection dans laquelle ont pris place quatre gardes du corps. Une mitrailleuse Douchka a été montée sur l'affût arrière, servie par un tireur aguerri qui n'hésitera pas à ouvrir le feu. C'est ainsi, pense Oussama tristement. Il y a dix ans, il venait ici seul, sans même une arme longue. Puis il a fallu progressivement durcir la sécurité, au fil des attaques perpétrées sur la route par des djihadistes de plus en plus audacieux, et maintenant il doit se déplacer comme s'il rejoignait une zone de guerre. À moins de vingt kilomètres de Kaboul…

L'infirmier a donné un nom intéressant : celui de Marjan Gilkuni, réputé être un des plus proches acolytes de Merwais. L'homme, leur a-t-il dit, était de tous les combats de Merwais et si quelqu'un sait des choses sur ses projets secrets, c'est probablement lui. Ils sont chanceux sur ce coup-là, Marjan Gilkuni ayant le bon goût d'être à portée de main, en section disciplinaire à Pul-e-Charki.

*

Al-Ghadiya a réveillé Zwak dès potron-minet pour l'emmener à une trentaine de kilomètres de là. Ils sont trois, plus le chauffeur, dans une vieille Nissan qui affiche 650 000 kilomètres au compteur et grince abominablement. La voiture de protection avec les gardes du corps d'al-Ghadiya se trouve plus d'un kilomètre derrière eux, pour éviter d'attirer l'attention des drones de la Coalition. La rançon de la sécurité : en tant que cadre dirigeant de Daech, al-Ghadiya doit changer de voiture tous les jours, de crainte d'être repéré. Pourtant, son chauffeur, nerveux, examine le ciel avec inquiétude.

– On a entendu un drone au-dessus de la ville ce matin, se justifie-t-il.

Quotidiennement, une meute de redoutables Predator et Reaper équipés de missiles Hellfire patrouille au-dessus de la Syrie et de l'Irak, à la recherche de nouvelles proies. Cette mort sans visage venue du ciel, qui frappe et tue sans signe avant-coureur, est la hantise des djihadistes.

Ils rejoignent une zone industrielle en pleine activité. Une nuée de véhicules circulent dans tous les sens, camionnettes, engins de chantier, camions, bus, véhicules de particuliers… La zone abrite plusieurs ateliers, dont un d'embouteillement de sodas, qui tournent à plein régime. En outre, c'est le jour du marché aux bestiaux, des bergers houspillent leurs bêtes, rassemblées dans de petits enclos, tandis que les acheteurs tournent autour. Pas une femme n'est visible. De-ci, de-là, des membres de la hisbah, la police religieuse, patrouillent, attentifs à ce que tout se déroule selon les règles du Coran. Zwak aperçoit un homme embarqué de force dans un pick-up. Il s'en tirera avec quelques coups de bâton si l'arrestation est due à une barbe trop courte ou autre délit mineur, subira l'amputation ou la mort si le délit est plus grave et ses gardes de mauvaise humeur.

– Nos ennemis sont partout, énonce al-Ghadiya d'un ton docte, indifférent à l'air terrifié du pauvre homme. N'ayons aucune pitié, *sallah Allah alaybi wa salam.*

Ils passent ensuite devant une place aux lampadaires desquels plusieurs corps mutilés sont pendus. Des écriteaux sont accrochés à certains d'entre eux : « Agent des Kouffars », « Juif », « Safavide ».

L'effondrement du califat sous les coups de boutoir de la Coalition exacerbe la folie meurtrière des djihadistes, pour autant que cela soit possible. Tout civil est considéré comme un traître en puissance, même les combattants actifs doivent se méfier, la moindre dénonciation calomnieuse pouvant leur être fatale.

Enfin, ils tournent dans un chemin et rejoignent un hangar sur le fronton duquel est inscrit : « Transports Ahmed ». Derrière la grande porte en fer rouillée se trouvent plusieurs 30 tonnes. Des Volvo en majorité, mais aussi des MAN et quelques Renault. Puis la porte se referme derrière eux dans un grincement, plongeant le lieu dans la pénombre. Un homme sort de l'obscurité, barbe broussailleuse teinte au henné, costume dépareillé.

– Ahmed fait partie de notre organisation depuis sa création, déclare al-Ghadiya après l'avoir étreint. Il est sûr.

Le nouveau venu salue Zwak avant d'annoncer :

– J'ai suivi tes instructions. J'ai sélectionné un Volvo et un Renault. Et aussi un Mercedes.

– Récents ? Construits après 2010 ? demande Zwak. Respect de la norme d'émission Euro 5. Risque de contrôle routier moins important.

L'homme sourit, découvrant ses dents en or.

– Allah m'est témoin, j'ai fait comme tu m'as dit. Ce sont mes meilleurs camions, les plus neufs. Mais pourquoi tu as voulu des marques différentes ?

– Pour éviter l'effet convoi.

L'homme hoche la tête d'un air satisfait.

– Les trois camions sont déjà à Harbaqa.

Merwais les interrompt. Il est accompagné d'un jeune homme qu'il présente :

– Mon frère, Malang, je t'en ai parlé. Il conduira le troisième camion.

Al-Ghadiya prend le nouveau venu par les épaules.

– Malang, tu es devenu célèbre par ton courage. Toi aussi, tu es digne de Merwais. Qu'Allah soit loué de t'aider à tuer encore plus d'infidèles ! Que la paix d'Allah soit sur toi !

– La paix éternelle est celle d'Allah ! répond Malang. Dans son arabe emprunté – il ne l'a appris que depuis son arrivée en Syrie –, il ajoute : On a tous les deux notre permis, mais on n'a jamais conduit un gros camion. Notre formation, ça suffit ? Trois semaines, c'est tout.

– Votre formateur est très satisfait. – Ahmed se tourne vers Zwak. – Ton camion sera conduit par mon propre frère, Zaccaria.

Il met ses mains en porte-voix, crie un nom. Un homme d'une trentaine d'années s'approche. Cheveux en broussaille, yeux noirs profondément enfoncés dans leurs orbites. Il s'incline sans un mot

– Zaccaria est comme toi, pas bavard. Il ne te gênera pas. Il a beaucoup de courage, il s'est libéré de l'*hayat al dunya*, la vie terrestre. Il t'accompagnera jusqu'au bout. Il sera un *inghimasi* exemplaire.

Zwak ne se sent nullement l'âme d'un « martyr ». Mourir, pour lui, c'est inscrire une date dans l'Histoire en lettres de sang, pas monter au paradis. Il parvient au prix d'un effort à masquer le sourire méprisant qui lui vient aux lèvres.

– Merci, Zaccaria, dit-il.

Prononcer ce prénom semble lui écorcher la bouche.

– Allez ! intervient Merwais. On n'a pas que ça à faire. – Il désigne Malang. – Il peut rester ici ?

– Bien sûr, répond Ahmed. Personne n'habite ici, sauf le gardien. Il est de ma famille. Mais Malang ne devra pas sortir quand il y a des employés, sinon ils risquent de se rendre compte qu'il ne parle pas bien notre langue.

Tour à tour, al-Ghadiya étreint Ahmed, Malang et Zaccaria, puis ils remontent dans la vieille Nissan, rejoint par Merwais qui se cale comme il peut à l'arrière.

– Maintenant, direction Harbaqa, prévient al-Ghadiya. Deux heures de route, au moins.

*

Le convoi d'Oussama ralentit à cause d'un poste de contrôle. Il a été annoncé par le précédent, mais on ne sait jamais comment les soldats vont réagir : certains, fatigués ou confiants, se contentent de saluer de la main les personnes autorisées, d'autres les arrêtent pour vérifier méticuleusement leur badge ou tenter de leur extorquer un peu d'argent. Tout avocat qui se risque ici pour aller voir ses clients sera systématiquement dépouillé de quelques afghanis à chaque arrêt.

Enfin, ils arrivent en vue de la prison. Construite par les Russes dans les années 1970, c'est un groupe de bâtiments en étoile, d'apparence moderne lorsqu'on le contemple à distance. De près, l'édifice accuse son âge et présente les stigmates d'une construction à la soviétique : les murs, d'un jaune pisseux, sont fissurés, la tôle ondulée des miradors est trouée, tout est délabré, abîmé, donnant à l'ensemble l'aspect triste d'un paquebot rouillé échoué sur une plage de sable grisâtre.

Après l'accueil, ils franchissent une première porte blindée, puis une grille, suivie d'une seconde porte blindée. Leur progression est accompagnée du claquement du métal et du bruit des grosses clefs de laiton tournant dans les serrures rouillées.

Au détour d'un couloir, Oussama découvre une grille flambant neuve, équipée, elle, d'un dispositif d'ouverture électrique. Les Américains ont imposé leurs directives de sécurité, effrayés à l'idée d'une évasion massive comme il s'en est produit des années plus tôt : des contrôles périmétriques modernes ont été installés un peu partout, de même que des grilles électroniques fonctionnant sur un système électrique séparé.

On les installe dans une petite salle d'attente au plafond bas rongé par l'humidité. Oussama attend l'un des gardiens en chef, qu'il a connu dans la résistance aux talibans. Officiellement, il a déposé une requête pour voir un autre condamné, un homme qu'il a arrêté pour deux meurtres et dont l'exécution est proche.

Il entend des bruits de pas et son ancien frère d'armes approche. Ils s'étreignent. Le gardien-chef a perdu un bras à la guerre. La pénitentiaire offre un refuge sûr à nombre d'anciens blessés graves des combats contre les talibans, leur handicap étant compensé, aux yeux des gouvernements qui se succèdent depuis 2001, par une loyauté sans faille chèrement prouvée.

Oussama explique sa demande à son ami, qui acquiesce.

– Je m'en occupe. Venez avec moi, je vais vous trouver un endroit discret pour l'interroger.

Ils s'enfoncent dans un couloir étroit, éclairé par quelques néons clignotants, bordé des deux côtés par des portes en métal vert clair jamais repeintes depuis l'origine. L'odeur de renfermé, de cuisine rance et de crasse est indescriptible, le vacarme encore plus. Les invocations à Allah se mêlent aux cris de toutes sortes, dans une cacophonie infernale. Rangin titube, au bord de l'apoplexie.

– Première pour le gamin ? interroge le gardien avec un sourire complice.

– Oui. Ça frappe, au début.

De sa main valide, l'ancien combattant tapote le crâne du jeune homme.

– Bah, c'est le métier qui rentre. Tu imagines l'enfer ? Tu y es, gamin. L'enfer sur terre.

Ils bifurquent, descendent quelques marches pour rejoindre un corridor presque complètement plongé dans l'obscurité. Cent cinquante mètres de béton brut, sol, mur et plafond. Des hurlements retentissent, déformés par l'écho, par-dessus les psalmodies de quelques fous. L'impression est saisissante.

– Je ne connais pas cette partie de la prison, s'étonne Oussama.

– C'est le quartier disciplinaire, normalement, personne de l'extérieur n'y entre. – Du menton, le gardien désigne les portes en bois qui semblent centenaires. – On y confine certains condamnés pervers, les malades mentaux et les prisonniers qui ont attaqué un gardien ou tué d'autres prisonniers. Ce qui se passe ici, tu ne peux pas l'imaginer, c'est pire que tout. Il y a des mutilations tous les jours, et chaque fois qu'on ouvre une porte on risque de se faire attaquer.

Devant une cellule, ils aperçoivent un homme nu, la bave aux lèvres, maintenu au sol par deux gardiens, un long filin sanguinolent pendouillant derrière lui.

– Celui-là, c'est un vrai fou. Il se sort les intestins par le derrière presque tous les jours, on n'arrive pas à l'en empêcher.

Ils doivent s'arrêter pour laisser Rangin vomir, puis reprennent leur chemin. Ils passent une nouvelle grille, empruntent un couloir, aussi long que le premier, dans lequel règne une ambiance calme, presque morbide.

– Le couloir de la mort, précise le gardien sobrement.

Enfin ils se retrouvent dans une cour d'une trentaine de mètres carrés recouverte d'un filet métallique. Au centre trône un échafaud.

– C'est là qu'ont lieu les exécutions. Les autres gardiens détestent venir ici. Enfin, il y en avait un qui passait ses journées là, je l'ai même surpris en train de se masturber sur la potence, on a demandé son renvoi. Il est à Koundouz, maintenant.

Il ouvre une énième porte derrière laquelle se trouve une salle pourvue d'un lourd fauteuil en bois équipé de sangles, d'une table couverte de taches brunâtres et de quelques chaises pliantes. L'atmosphère est humide, en dépit de la chaleur sèche qui règne sur Kaboul.

– Ici, on prépare les prisonniers avant… le… enfin… avant de les pendre, quoi. Personne ne vous verra, personne ne vous entendra, vous pouvez faire ce que vous voulez.

Son ami pense qu'il va torturer le prisonnier, songe Oussama, et il se dit que l'ancien combattant, autrefois un homme droit et bon, a passé trop de temps dans cet enfer de métal et de béton, au contact de criminels, de déments et de désespérés.

Le gardien lui tend une liasse de feuillets.

– Son dossier. Lis, comme ça tu sauras tout sur lui.

*

Le jour s'est levé depuis plus de trois heures sur la capitale française mais les participants à la réunion ont les traits tirés de ceux qui se sont couchés trop tard et levés trop tôt. Assemblée normale de flics sur les dents dans un pays en alerte terroriste : le même genre de scène se joue probablement à la même heure quelque part à Tel-Aviv, Ryad ou Amman. Mais à Paris ? Certains, dans la salle, sont encore étonnés de ce qui se déroule sur le sol de leur pays, autrefois douce France. Une guerre pourrie qui ne dit pas son nom, menée par des hommes et des femmes qui veulent détruire la civilisation qui leur a tant donné, à eux et à leurs pères. Une guerre qui ne devrait pas s'y dérouler.

– Alain, tu nous fais le point, ordonne le directeur de la DGSI.

Un homme affublé d'un costume trop large pour sa carrure étroite et d'un ridicule nœud papillon rose est assis en bout de table. Il salue les autres d'un mouvement de la tête. Alain Rubano est âgé d'une cinquantaine d'années, longiligne, avec un visage austère éclairé par des yeux légèrement globuleux, cachés par d'épaisses lunettes. Quand il ne travaille pas dix heures par jour dans son petit bureau du troisième étage de la Centrale, il participe à des compétitions de triathlon. Il est normalien, possède une agrégation de physique nucléaire. Il est surtout le responsable de la cellule d'évaluation stratégique de la DGSI – la CES –, une petite équipe de « bac + 12 » experts en statistiques et plans tortueux, à qui les directeurs ont l'habitude de poser des questions du genre « Inventez-moi un plan pour tuer le président le 30 juin prochain » et d'obtenir les réponses les plus pointues qui se puissent concevoir. Alain Rubano ne sera jamais nommé directeur de la DGSI, mais ses patrons successifs feront appel à lui jusqu'à sa retraite car son intelligence est indispensable aux hommes qui se succèdent à la tête de cette maison, son imagination étant aussi vaste que son sens du détail est pointilleux.

– D'après nos analyses, commence-t-il, une attaque à l'explosif de grande ampleur à Paris est tout à fait envisageable. Deux scénarios sont possibles : première hypothèse, la fabrication d'un camion piégé sur notre territoire, auquel cas il ne pourra contenir qu'une faible quantité de produits détonants. En effet, compte tenu des contrôles et de la méfiance de ceux qui vendent les produits chimiques destinés à la fabrication d'explosifs artisanaux type TATP, une équipe de terroristes islamistes ne pourrait pas en produire plus d'une dizaine de kilos sans se faire remarquer. On pourrait envisager un mélange bouteilles de gaz plus TATP, mais son pouvoir de destruction ne serait pas très important, il n'aurait rien à voir avec les calculs des papiers de Kaboul. Je penche donc pour la seconde hypothèse : l'importation de véhicules piégés préparés à l'extérieur de notre territoire, en Syrie.

– Pourquoi en Syrie et pas en Irak ? demande un participant.

– La Syrie a une frontière de plus de huit cents kilomètres avec la Turquie, qui est elle-même en union douanière avec l'Europe : tout véhicule qui passe en Turquie est quasi assuré, ensuite, de passer en Europe, pourvu qu'il ait la bonne plaque. En outre, l'État islamique y détient des stocks cachés de plus deux cent trente tonnes d'explosifs militaires, et des centaines de tonnes de produits chimiques permettant la fabrication d'explosifs artisanaux. Notre modèle statistique évalue à 98,4 % la probabilité qu'un camion piégé franchisse sans encombre toutes les frontières entre la Turquie et la France, pour autant que le chauffeur bénéficie de faux papiers de bonne qualité et d'un chargement crédible.

– Et si ces deux conditions n'étaient pas remplies ? demande le directeur de cabinet.

– La probabilité tombe à 48,6 %. Mais au vu des quantités d'explosifs envisagées et de la qualité des équations trouvées à Kaboul, on peut être certains que l'ensemble du plan est organisé de manière professionnelle.

– L'État islamique n'a encore jamais mené un attentat aussi sophistiqué, insiste le directeur. Quel profil faudrait-il pour l'organiser et le mener à terme ?

– Le profil technique importe moins que l'intelligence. Or, de toute évidence, le QI de la personne qui a produit les équations trouvées à Kaboul est supérieur à 160. Si l'on corrèle le niveau d'instruction des sympathisants de Daech au nombre de djihadistes actifs, on obtient 71 % de probabilités qu'au moins un individu membre de l'État islamique au QI supérieur à 150 ait échappé à nos frappes.

– 71 %, pas moins ? ironise l'un des participants.

– Le taux exact est de 71,4 %, répond, imperturbable, Alain Rubano, ses gros sourcils faisant du yoyo derrière ses loupes.

Malgré toutes ses qualités, le normalien est totalement dénué d'humour.

– Pour en finir, je dirai que la probabilité de succès d'un tel événement, dès lors que nous disposons d'indices sérieux qui le confirment, est de 83 %.

L'accablement s'empare de la salle.

– Bien, conclut Jalvar. Établissez-moi une liste détaillée des différentes cibles envisageables.

*

Oussama ferme le dossier du prisonnier.

L'homme qu'ils s'apprêtent à interroger a rejoint la katiba de Merwais en 2006. Il a combattu à ses côtés puis avec d'autres membres du même groupe pendant près de huit ans, avant d'être arrêté en 2013 à soixante kilomètres de Kaboul, dans un village, au cours d'un accrochage avec des parachutistes européens. Blessé, il a été transféré à Pul-e-Charki, où il est incarcéré depuis. Le dossier indique de multiples tentatives de rébellion les premières semaines, qui se soldent par un placement permanent en quartier disciplinaire. Le prisonnier est désormais considéré comme « PSP » et il n'est plus fait mention de la moindre incartade. PSP : Oussama ignore à quoi correspond cette classification.

Il sort une photo qu'il dépose entre ses hommes et lui. Elle date de l'entrée de Gilkani à Pul-e-Charki. Le djihadiste a les cheveux noir de jais, un regard farouche, une barbe fournie. La photo prise à deux ou trois mètres de distance dévoile un torse puissant couvert de poils noirs. Une vraie bête de combat.

– Je me demande de quoi il a l'air aujourd'hui, remarque Chinar, qui, en policier expérimenté, a compris ce que signifie la mise en isolement à Pul-e-Charki.

Ils attendent un quart d'heure le retour du gardien, annoncé par le claquement des clefs et des portes, devenu bizarrement familier après moins d'une heure dans les lieux. La porte s'ouvre sur le gardien, qui pousse devant lui l'homme qu'ils sont venus interroger. Il dévoile sa montre d'un air entendu.

– Gardez-le autant de temps que nécessaire. Oussama, tu m'appelles sur mon portable quand tu veux que je revienne le chercher.

Le djihadiste ne ressemble plus en rien au glorieux guerrier de la photographie. Bien qu'il ait à peine quarante ans, ses cheveux sont devenus blancs, ses épaules se sont affaissées et il n'a presque plus de muscles. Il est vêtu de haillons qui dévoilent par endroits un corps décharné, ses pieds nus sont couverts de plaques rouges, de même que ses bras. Tout le bas de son visage est mangé par une pelade qui a fait tomber sa barbe par touffes entières. On dirait un mort-vivant, brisé par l'obscurité, les coups, l'absence de vitamines, les diarrhées permanentes qui sont le lot de l'isolement complet qu'on fait subir aux fortes têtes.

Oussama lui indique la chaise.

– Assieds-toi.

Docilement, le prisonnier obtempère.

– Tu peux parler ?

– Oui.

La voix est chevrotante, presque un murmure.

– Comment t'appelles-tu ?

– Matricule 56789-7.

Il a prononcé distinctement « cinq soixante-sept quatre-vingt-neuf tiret sept » et Oussama devine qu'il doit répéter ces mots plusieurs fois par jour. Il n'est plus un homme, juste un numéro.

– Non, ton vrai nom.

– Hein ?

Il semble éberlué.

– Je t'ai demandé comment tu t'appelles. Le nom que tu utilisais avant d'entrer ici.

– Euh… Gilkani. Marjan.

– Y a-t-il quelque chose que tu voudrais, Marjan ? En signe de notre amitié ?

Oussama se tourne vers Chinar, qui ouvre sa sacoche.

– On peut te donner un cadeau, annonce l'ancien lutteur. Des cigarettes ? Du chocolat ? Une revue porno ? Les trois ?

L'homme regarde, les yeux écarquillés, la tablette de chocolat dans son bel emballage blanc, le paquet de cigarettes pakistanaises entouré de sa pellicule brillante de plastique transparent et la revue avec sa couverture vulgaire. Il se met à pleurer.

– Je sais pas. Je sais pas.

Oussama adresse un mouvement de tête à Chinar qui ferme la sacoche d'un mouvement sec. Aussitôt, les sanglots redoublent, comme ceux d'un enfant. Oussama lit la honte sur les traits de ses deux adjoints. Lui-même n'en mène pas large.

– Tu auras tout cela, Marjan, si tu me dis ce que je veux savoir. Je suis ton ami. Tu te souviens de Merwais Golim ?

– Oui. Il était mon chef.

– Vous avez fait des choses interdites ensemble, n'est-ce pas ?

– Oui. – L'homme, tête baissée, parle sans lever les yeux, dans un souffle à peine perceptible. – Merwais, je croyais qu'il me ferait évader, au début. Mais il m'a laissé tomber. Et moi je crève. – Il se met à tousser comme un damné. – Je tombe par morceaux, je suis plus qu'un tas d'os.

– Il paraît que Merwais est sur un gros coup. Tu en as entendu parler ?

– Non. J'ai plus de contacts.

– Merwais, il avait des idées sur ce qu'il voulait faire contre les infidèles ?

– Il voulait les tuer tous.

– Il avait un plan précis ?

– Je me souviens pas.

– Il n'aurait pas su en inventer un ?

– Hein ? Je comprends pas.

– Il y avait quelqu'un qui avait des idées pour lui ? Qui lui disait quoi faire ?

– Il y avait un garçon. – Il renifle. – Il avait des idées, oui, tout le temps.

– Des idées ? Du genre ?

– Faire un massacre.

– Un garçon ? Qu'est-ce qu'on en a à foutre, d'un garçon ? intervient Chinar d'une voix dure.

– Je l'ai dit au NDS quand ils m'ont interrogé, gémit Gilkani. Ils m'ont pas écouté non plus.

– Qu'est-ce qu'ils n'ont pas écouté, Marjan ? demande Oussama d'une voix calme, après avoir fait signe à Chinar de ne pas s'énerver.

– Le garçon, il était pas normal.

– Comment ça ? Explique-toi.

– Je sais pas ! Il était bizarre, il voyait des chiffres dans le ciel, il dessinait des trucs… Merwais, il croyait en lui, il disait : « Je vais le présenter aux chefs. »

– Quels chefs ?

– Les grands chefs. Ceux qui décident des attentats.

Sur un signe d'Oussama, comme dans un ballet bien réglé, Chinar rouvre la sacoche, sort une cigarette du paquet et l'offre au prisonnier. Il la lui allume et Gilkani inspire une longue bouffée, comme si c'était la chose la plus importante de sa vie.

Peut-être est-ce le cas, d'ailleurs.

– C'est bon !

Oussama le laisse tirer encore deux taffes. La main du prisonnier tremble tellement que la cigarette disperse des cendres un peu partout.

– Tu parlais de chefs. Qui ? Qui ils sont ?

– Ben, les chefs, quoi. Du mouvement.

– Les talibans ou l'État islamique au Khorasan ?

– Le califat.

Oussama déchire l'emballage de la plaque de chocolat, casse une rangée qu'il pousse vers le prisonnier. Ce dernier l'enfourne dans sa bouche, lâche un cri de douleur : ses dents sont pourries. Avec le doigt, il pousse les morceaux vers le fond de sa gorge avant de se remettre à mâcher avec ses molaires intactes, les yeux exorbités. Il pousse un grognement.

– C'est bon... Muuuummm... C'est bon...

– Merwais et le garçon, ils les ont vus, les chefs ?

– Ils devaient. J'ai été arrêté avant. – Il baisse la voix. – J'ai entendu que le garçon, Allah lui avait soufflé un plan pour faire beaucoup de mal aux kouffars. Un truc spécial.

– Qui te l'a dit ?

L'homme baisse la tête.

Chinar sort la revue de la sacoche.

– Tu as vu la fille ? Et sur les pages d'après, on voit le reste. Ses seins et toute son intimité ! Tu ne veux pas voir comment est son intimité, Marjan ?

Timidement, le prisonnier soulève une page, découvrant un corps de femme nu. Il semble frappé par la foudre.

– Celui qui me l'a dit, c'est un frère qu'est venu me voir.

– Ici ? Dans cette prison ?

– Les visites, c'est interdit, mais en payant tu vois qui tu veux. C'est comme ça.

– Qui t'a rendu visite ?

– Un frère.

– Un membre de ton groupe de combat ?

– Oui.

– Son nom ? Allez, dis-le.

Le prisonnier s'empare avidement de la tablette de chocolat, de la revue porno et du paquet de cigarettes qu'il cale contre son torse, pour éviter qu'on les lui reprenne.

– Muhamad Khan Fatan.

– Il est important ? Où il est, en Syrie ?

– Non, il pouvait pas, il boite.

– Il pourrait nous parler des plans de Merwais ?

– Je sais pas. Mais le garçon, je suis sûr, lui, il le connaît.

– Où il habite, ce Khan Fatan ? À Kaboul ?

– Non. Dans la Kâpîssâ.

Chinar et Oussama se regardent. Cette vallée est connue comme l'un des pires nids de talibans.

*

Cela fait près de trente heures que Najibullah Nafis est en cellule et cela se voit. L'Afghan a le visage chiffonné, les cheveux en bataille. L'absence de sommeil et les changements constants d'environnement l'ont désorienté, il a perdu une partie de son assurance.

– Qu'en penses-tu ? demande Nicole à Antoine Magnet.

Ils contemplent le prisonnier par la glace sans tain qui sépare la salle d'interrogatoire du couloir.

– Pas encore mûr. Il est juste attendri.

Nicole fait une totale confiance à Magnet. Dix ans à la BAC ont conduit son adjoint à envoyer des centaines de voyous en cellule, à en interroger encore plus. En quelques mois de travail avec lui, elle a compris qu'il possède une incroyable sensibilité, une capacité rare à comprendre les ressorts des djihadistes qu'ils interrogent. Il est vrai que la plupart sont d'anciens voyous au parcours judiciaire chargé.

– Combien de temps ?

– Je dirais… encore vingt-quatre heures et il est cuit.

– Tu proposes quoi ? De le renvoyer direct en cellule ?

– Non, non. Il faut quand même l'interroger. Il peut lâcher quelque chose d'intéressant malgré lui.

Alors qu'elle fait mine d'entrer dans la pièce, il l'arrête.

– Attends. – Il lui passe une petite boîte de Vicks. – Mets ça sous tes narines, il schlingue vraiment trop, ce mec.

Elle s'exécute avant d'entrer dans la pièce, suivie par Magnet.

– Levez-vous.

Le prisonnier obéit.

– Nom, prénom.

– Najibullah Nafis.

– Ça, c'est « prénom, nom ». Réponds dans le bon ordre, connard, lance Magnet méchamment.

– Nafis Najibullah.

– Je ne suis pas ton copain. Appelle-moi, monsieur.

– Nafis Najibullah, monsieur.
– Bien, approuve Nicole. Nous en étions à Merwais Golim. Quand l'avez-vous rencontré ?
– À arrivée de moi.
– Où ?
– À la mosquée.
Elle prend un air exaspérée.
– Quelle mosquée ? Des mosquées, il y en a plein.
– La mosquée de rue Barcadier. Je connais pas une autre.
« Bien, note-t-elle. Il commence à se justifier. »
– Merwais Golim, il avait d'autres amis ?
– Je sais pas, nous toujours seuls quand on prend thé.
– Toujours ?
– Oui.
Elle pousse une photo devant lui, une interception du SCRT lorsqu'il était sous surveillance. On y voit Merwais Golim, Najibullah Nafis et un barbu en train de discuter à la terrasse d'un café.
– Et lui, c'est qui ?
– Mon imam.
– Menteur ! Tu nous dis que tu le voyais toujours seul et là, on a une photo qui montre que c'est faux, intervient Magnet.
– Mais… il est juste mon imam.
– Qu'est-ce qu'on en à foutre, de ton imam ! hurle Magnet. Tu te fous de notre gueule. – Il empoigne le djihadiste. – Je vais t'arracher la tête, fils de pute. Tu vas crever.
– Antoine, calme-toi.
Nicole fait semblant d'être ennuyée. Ils ont discuté avant, décidé qu'elle surjouerait le rôle de la mère protectrice, lui celui du flic irascible, prêt à tout pour faire avouer le suspect. Ce n'est pas un scénario très original,

mais il marche souvent sur des prisonniers fatigués par leur garde à vue, prêts à s'accrocher à toute parcelle d'humanité. Encore plus sur un homme originaire d'un pays où le duo gentil flic, méchant flic n'existe pas : en Afghanistan, une séance d'interrogatoire se termine presque toujours en torture.

En ronchonnant, Magnet recule.

– Cet imam, qui est-ce ? demande Nicole.

– Euh, il s'appelle Muhamad. C'est un professeur.

– Professeur ? Professeur mon cul, oui ! Professeur de djihadisme, crie à nouveau Magnet. C'est un terroriste, ton imam. Comme toi.

– Non, c'est pas vrai. Il est un homme bon.

Comme Magnet se lève, la main dressée, faisant tomber sa chaise à la volée, Nicole se met debout, interceptant son collègue.

– Antoine, laisse-moi seule avec lui.

Le geste de crainte qu'a esquissé le prisonnier ne leur a échappé ni à l'une ni à l'autre. Ils ont réussi la première partie de leur manœuvre : désormais, Najibullah Nafis a peur de Magnet. Maintenant, il faut créer la seconde partie de la tenaille : une relation de confiance avec Nicole. Elle fait un signe apaisant au prisonnier avant de rejoindre son adjoint dans le couloir. Il arbore un sourire victorieux. Ils viennent de marquer un point important, il le sait.

– Je lui parle seule à seul ? demande-t-elle.

Il a une moue.

– Trop tôt. Il sera encore méfiant. Apporte-lui plutôt une boisson et de la bouffe, mais laisse-le, ensuite.

– Un café ?

– Non, choisis quelque chose de plus régressif. Genre Coca-Cola et tartine au Nutella, ces cons de djihadistes, ils kiffent tous la bouffe de gamin. Mais j'ai encore une petite surprise pour lui, tu vas voir.

Il attend que Nicole ait donné sa nourriture au prisonnier pour entrer à son tour, après qu'elle a quitté la salle d'interrogatoire.

– Désolé de m'être emporté, dit-il, l'air contrit. Tiens, je t'ai apporté un sandwich.

– Dedans, il y a quoi ? demande le prisonnier, suspicieux.

– Du bœuf aux épices. *Halal*, pas de souci.

Affamé, Najibullah Nafis avale une première bouchée, puis une autre. Magnet attend qu'il ait finit goulûment son sandwich pour éclater de rire.

– Alors, tu l'as aimé, mon casse-croûte, connard ? Tu sais ce qu'il y avait dedans ? Et bien, je te le dis : du porc. Ouais, mon pote, du hachis de porc breton, du bon porc tout rose, mon spécial haram, juste pour toi.

Le prisonnier devient livide, s'enfonce immédiatement les doigts dans la bouche, vomit à longs traits devant lui, tandis que Magnet quitte la pièce, secoué de rire.

Nicole l'attend devant la vitre sans tain.

– On ne va pas un peu loin, là ?

– *Bad cop* jusqu'au bout, c'est le scénario. J'ai déjà fait ce coup-là à un gars, à Perpignan, un braqueur. Après, il était dingue contre moi, il voulait me flinguer. Maintenant, pour cet enfoiré, je suis le diable. C'est ce que tu voulais, chef, non ? *By the way*, c'était vraiment du bœuf aux épices, je suis un salaud, mais pas à ce point.

Ils remontent à leur bureau. Elle n'est pas assise depuis cinq minutes que sa ligne directe retentit.

– Pouvez-vous monter ? demande Jalvar de son habituelle voix cassée.

Au huitième étage, le directeur de la DGSI occupe un bureau moderne sans aucun charme ni style, dont le seul luxe réside dans une salle de réunion attenante aux murs desquels sont exposés fanions et objets divers, dont une incroyable collection de vodkas, offerts par ses interlocuteurs étrangers au fil des années passées dans l'antiterrorisme.

Elle s'assied dans le fauteuil en cuir marron face à sa table de travail. En six mois, Jalvar a pris des rides qui font ressortir le blanc de ses cheveux coupés en brosse comme ceux d'un militaire, mais il a toujours l'air aussi impressionnant, même s'il ne dort pas assez. Nicole connaît la pression qui pèse sur lui en permanence. D'ailleurs, qui dormirait bien avec une *fatwa* de Daech sur la tête, le risque incessant d'attentats, des ministres prêts à vous faire sauter au moindre problème et seulement quatre mille flics pour surveiller plus de quinze mille profils à risque ?

– Asseyez-vous. – Il prend un e-mail imprimé. – Je viens de recevoir cela. La criminelle enquête sur un cadavre retrouvé il y a une semaine dans les fondations d'un chantier de HLM aux Batignolles. Un homme. Tué d'une balle dans la tête, mais il avait sans doute fait l'objet d'une sévère séance d'explications avant : il présente des plaies importantes au crâne et au visage, causées par un objet en métal, sans doute la crosse d'un pistolet. Il n'a aucun papier d'identité, quelqu'un lui a coupé tous les doigts pour éviter une identification. Post mortem, le légiste en est certain, car il n'y a pas eu de saignement, contrairement aux autres blessures.

Nicole reste muette. Elle sait qu'on vient de retrouver Redane Abdelrazak[1] et qu'elle va subir une tempête sans

1. Voir *Baad*, du même auteur, collection « La Bête Noire », Robert Laffont, 2017, et « Points Policier », n° P4530.

nom. « Bon sang, comment se fait-il que les journaux n'en aient pas parlé ? »

– On a eu du bol qu'un jeune flic de la Crim habite dans l'immeuble voisin, continue Jalvar, comme s'il avait lu dans ses pensées. Quand il a vu les blessures sur le corps, il a tout de suite compris que c'était sérieux. Il a pris les choses en main avant l'arrivée de la PP en mettant une bâche sur le cadavre et en faisant croire que c'était un SDF. Du coup, il n'y a pas eu de brouhaha médiatique, c'est passé inaperçu. – Il reprend sa lecture. – La Crim a fait pression pour avoir une analyse ADN rapide et on a un match, confirmé depuis par les empreintes dentaires. Un certain Redane Abdelrazak. Un petit voyou, ancien trafiquant de drogue, avec un pedigree long comme mon bras.

– Abdelrazak ? J'ai déjà entendu ce nom, dit Nicole en prenant l'air surpris. Je me suis renseignée sur lui via la BNRF l'année dernière, je ne me souviens plus exactement quand.

Elle sait que nier ne sert à rien et qu'il vaut mieux prendre les devant.

– Effectivement, il y a une demande d'information sur lui dans les fichiers, via le mot de passe de Jules Makar, votre successeur à la tête de la BNRF.

– Jules est à Villejuif, dit Nicole. Son cancer a beaucoup progressé ces dernières semaines.

– Il est dans le coma, mais il a eu le temps de dire aux enquêteurs de la Crim qu'il avait fait cette interrogation fichier à votre demande. Il n'a pas eu la force d'être plus précis et je pense qu'on n'en saura pas davantage, vu son état.

Il écarte la feuille comme si c'était un objet sans importance et plante son regard bleu dans le sien.

– Il y a quelque chose que je dois savoir ?

– On parlait de dealers devant l'école de ma fille, Garance, qui proposaient de la dope aux gamins. Le nom d'Abdelrazak est sorti, j'ai voulu me renseigner. Mais ça ne pouvait pas être lui, il était en taule.

– Il est sorti de Fleury le lendemain de votre interrogation fichier et n'a jamais réapparu. La Crim pense que quelqu'un l'attendait. Qui, ils ne savent pas. Ils n'auront rien par les caméras de la prison, les bandes ne sont conservées qu'un mois.

Nicole note qu'il a l'air soulagé en disant cela. Il lève les yeux vers elle et, en une fraction de seconde, elle comprend qu'il sait. Oh, bien sûr, il n'a aucun élément précis mais son instinct de flic d'élite, habitué à voir des suspects lui mentir depuis trente-cinq ans, ne le trompe pas. Il *sait* qu'elle est impliquée, d'une manière ou d'une autre.

– La Crim va vous contacter. Un certain capitaine Justin. Je me suis un peu renseigné, il paraît que c'est un teigneux, limite obsessionnel.

– Pas de souci. Je n'ai rien à cacher.

Il hoche la tête, l'air sincèrement désolé.

– Je voulais juste vous prévenir.

Elle se lève. Comme elle passe la porte, il la hèle :

– Nicole...

– Oui, patron ?

– J'ai besoin de vous à cent pour cent sur le Kaboul Express, alors je ne veux pas que ce Justin vous empêche de faire votre boulot. Débarrassez-vous de lui, et fissa.

*

Revenu au commissariat, Oussama peut consulter le dossier de l'homme dont il a appris l'identité en prison, Muhamad Khan Fatan. Le cousin de Chinar a rapporté discrètement son dossier du MDS à la brigade. Il s'agit d'un ancien taliban passé à l'État islamique, et il est bien connu de l'antiterrorisme, constate-t-il. Un parcours classique : naissance à Fal Talbuni, au beau milieu de la vallée de la Kâpîssâ, dans une famille de paysans pachtouns pauvres. Scolarisation interrompue à dix ans, première arrestation à vingt-quatre ans, pour avoir distribué des tracts pour les talibans. Il est arrêté une seconde fois avec une grenade dans sa poche. Il refuse de dénoncer celui qui lui a demandé de la transporter et écope de six mois dans une prison locale. Il est victime de nombreux sévices pendant son incarcération et en ressort encore plus fanatique. Il intègre ensuite divers groupes talibans, où il se fait remarquer pour son extrême violence. Il est éjecté successivement de deux d'entre eux, ce qui témoigne d'un niveau assez remarquable quand on connaît le mépris des islamistes pour la vie humaine… La police locale date de 2010 son basculement dans le groupe dirigé par Merwais Golim. Il est alors inscrit sur la liste des djihadistes recherchés mais, n'ayant pas un rôle de premier plan, il n'est pas poursuivi de manière intensive et réussit à esquiver toutes les tentatives d'arrestation. Dénoncé par les talibans, il échappe de peu à un commando de l'ANA début 2016 et s'en sort par miracle après que des combattants qui l'accompagnaient tirent à la roquette sur le blindé de ceux venus l'arrêter. Depuis, il est en fuite.

– On est certain qu'il n'a pas rejoint son chef en Syrie ?

– Certain, parce que le ministère n'a jamais émis de passeport pour lui. S'il avait réussi à entrer au Pakistan clandestinement par les zones tribales, il n'aurait pas pu se rendre en Turquie sans papier, sauf à être enregistré comme réfugié, ce qui n'est pas le cas.

– Même en passant à pied, par l'Iran ?

– Trop dangereux pour lui. Il est connu comme membre de l'État islamique : les Iraniens ne rigolent plus avec les soldats du califat maintenant qu'ils font la guerre en Syrie par Hezbollah interposé. Ils les exécutent immédiatement quand ils les attrapent. Il n'y a que les gros poissons qu'ils laissent parfois volontairement filer, pour emmerder les Américains.

Oussama lève les mains en signe de reddition.

– D'accord.

– Ça ne nous mène nulle part. Il est dans la Kâpîssâ, et il faut mettre la main dessus, ce que ni le NDS, ni les Français qui géraient la zone, ni les Américains n'ont été capables de faire, résume Chinar.

– Je vais revoir Mollah Bakir, conclut Oussama.

*

La route pour Harbaqa est monotone, dans ce paysage plat et ocre du sud de la Syrie. Zwak est soucieux. Il est en route pour rencontrer l'ingénieur qui a préparé son camion pour recevoir le chargement d'armes chimiques, mais son cerveau est déjà tout entier tournée vers une autre tâche : les faux papiers. Il espérait rencontrer le faussaire dans la soirée, seulement on vient de lui apprendre qu'il devra attendre le lendemain. D'après Merwais, ces faux papiers sont fabriqués par un expert, un ex-membre des moukhabarat de l'ancien régime. Cet homme était autrefois chargé des documents utilisés par les exécuteurs personnels de Saddam Hussein. Zwak sait que l'ancien dictateur ne tolérait aucune imperfection, sous peine de mort : c'est bon signe pour le professionnalisme de son travail.

Ses réflexions sont interrompues par un nouveau ralentissement. Al-Ghadiya, Merwais et lui ont déjà été arrêtés deux fois par des barrages de la police islamiste à la recherche de traîtres ou de fuyards, mais leur laissez-passer spécial leur a permis de les franchir facilement, avec les honneurs dus à la présence d'un dirigeant de Daech. Enfin, ils entrent dans Harbaqa. Le marché est encore en pleine effervescence et les rues sont encombrées, les voitures se croisent dans une pétarade incessante qui recouvre tout d'un nuage de gaz d'échappement. Sur le côté de la place centrale, deux cadavres sont accrochés à des lampadaires, des traîtres pendus pour une raison quelconque par la police islamique, un panneau avec la mention « Hypocrite » attaché à leur cou. Les adultes passent devant sans y prêter attention – peur ou habitude –, mais Zwak remarque un instituteur accompagné d'une dizaine de petits garçons, en pleine explication devant le macabre spectacle. Dans le monde de Daech, la mort fait partie intégrante de la vie quotidienne, on ne la cache pas, au contraire : elle est mise en scène pour l'édification du peuple.

Sur un ordre d'al-Ghadiya, la voiture s'arrête.

– Écoutons cette leçon. Le califat béni doit enseigner à nos enfants à s'éloigner du *chirk* et des *tawâghît*, à être de bons musulmans, déclare-t-il d'un ton docte.

– Cet homme était un fornicateur qui n'a jamais été marié, honte sur lui, béni soit Allah qui a permis que s'abatte sur lui la juste punition de la *char'ia* ! est en train d'expliquer l'instituteur comme s'il était en transe, les yeux exorbités, les bras tendus devant lui.

Un des enfants lève le doigt.

– C'est quoi, la punition, monsieur ?

– La lapidation. Elle est établie dans la *sounnah* et par l'unanimité des gens de science, ou, s'il y a un doute, le bâton. Voulez-vous que je vous dise comment est appliquée la peine bénie du bâton ?

– Oui, oui ! s'exclame le petit groupe d'une même voix.

– Abou Othmân raconte qu'un homme fut amené à Omar (Allah l'agrée !) pour que la peine lui soit appliquée. On lui apporta un bâton, Omar dit : « Je veux un bâton moins dur. » On lui apporta un bâton tendre, il dit : « Je veux plus dur que cela. » On lui en apporta un entre les deux, il dit alors : « Frappe-le et qu'on ne voie pas ton aisselle et frappe partout sur chaque membre. »

Comme quelques garçons applaudissent, l'instituteur conclut d'un ton sévère :

– Maintenant, répétez le verset 2, sourate 24, sans vous tromper.

Aussitôt, les enfants se mettent à réciter en chœur :

– « Et ne soyez point pris de pitié pour eux dans l'exécution de la loi d'Allah – si vous croyez en Allah et au jour dernier. Et qu'un groupe de croyants assiste à leur punition. »

Zwak tourne la tête, écœuré – il n'a pas l'habitude des cadavres ni de cette violence froide. Ils remontent en voiture après qu'Al Ghadiya a félicité l'instituteur.

– Allah est dur en punition. La paix est venue et le faux a disparu, déclare-t-il en claquant la portière.

La Nissan quitte la zone du marché pour rejoindre un quartier populaire, empruntant des rues étroites et non asphaltées. Les immeubles lépreux ont piètre allure avec leur ciment grisâtre et le linge qui pend partout aux fenêtres, mais ici, nulle trace de la guerre : la ville est tombée aux mains de Daech sans combats et la Coalition est encore loin.

Enfin, la voiture pénètre dans un garage mécanique attenant à une station-service. Le chauffeur descend et ferme le rideau derrière lui. Zwak descend à son tour, s'étire : les amortisseurs cassés de la Nissan rendent le voyage fatigant.

Un homme s'approche, une vingtaine d'années, l'air rusé. Il donne l'accolade à al-Ghadiya. Ce dernier le présente fièrement à Zwak.

– Voici Mohamed, c'est l'un de nos meilleurs ingénieurs-artificiers. C'est lui qui a préparé les camions.

L'autre approuve.

– On travaille sur assez peu de véhicules, moins d'un par semaine. Comme ça, on reste discrets. Mais les plus gros véhicules, ceux utilisés dans les attaques les plus importantes contre les safavides ou les idolâtres, sont préparés ici, dans cet atelier.

– Qu'est-ce que tu fais, exactement ? demande Merwais, intéressé.

– J'installe des turbos spéciaux. Ils donnent un coup de boost au moteur sur une courte distance, comme ça on peut frapper nos cibles avec plus d'efficacité.

Il s'approche d'un petit semi-remorque dont le capot est ouvert.

– Avec le turbo, on atteint un maximum de vitesse en un minimum de distance. Sur une installation d'origine, un camion met environ deux cents mètres pour atteindre 100 kilomètres à l'heure. Ça ne permet pas de défoncer des défenses de sécurité comme des plots en béton. Préparé par moi, un 30 tonnes peut atteindre 100 kilomètres à l'heure en moins de soixante-dix mètres.

Il rit.

– Bien sûr, ça bousille le moteur, mais comme il ne servira qu'une fois…

Zwak se penche sur le capot, concentré. Il ne connaît pas grand-chose à la mécanique et ne distingue rien de particulier dans l'enchevêtrement de cylindres, réservoirs, fils et filtres divers du moteur.

– Et si un douanier ouvre le capot ?

– Je ne comprends pas ta question.

Zwak montre le second turbo, relié à des tubes de couleurs différentes du reste du moteur.

– Anormal.

L'ingénieur réfléchit.

– Je n'y avais pas pensé parce que personne n'a jamais ouvert le capot d'un de mes camions. Ton camion doit passer une frontière ? Il va en Turquie ?

– C'est possible, répond al-Ghadiya à la place de Zwak.

– Je peux installer mes turbos de manière qu'on pense qu'ils sont d'origine. Peut-être que je mettrai un logo dessus. Et du fil électrique d'origine, ça nous prendra deux heures de boulot, pas plus.

Il se frotte les mains en se tournant vers Zwak.

– Bien, tu veux voir ton camion ?

– Oui.

Mohamed l'entraîne au fond du hangar, où le Mercedes est garé. Il tape sur le capot.

– Le voilà. J'ai fait la préparation spéciale que tu as demandée. La cabine est maintenant étanche et pressurisée.

Il tend à Zwak une clef USB.

– J'ai suivi toutes tes instructions. Les aérations de la cabine sont hermétiquement bouchées puis recouvertes de cinq épaisseurs différentes de plastique. Je les ai fait fondre aux extrémités pour assurer l'étanchéité. Ensuite, j'ai installé le compresseur pour mettre la cabine en légère surpression, ça évitera que l'air extérieur y entre quand tu actionneras tes diffuseurs de gaz. J'ai aussi installé une bouteille d'oxygène dans le compartiment arrière. Il te faut un certificat médical pour le justifier, disant que tu es asthmatique. Enfin, j'ai fabriqué tous les joints en caoutchouc que tu voulais, tu n'auras qu'à les coller à la super glu au dernier moment sur les vitres des portières latérales. On ne pourra plus les ouvrir, mais elles deviendront étanches, exactement comme prévu.

– C'est bien.

– Tu te rends compte que tu ne pourras pas tenir plus de deux heures dans la cabine étanche ? Même avec une bouteille d'oxygène.

– Une heure suffit. Juste, l'air extérieur ne doit pas rentrer dans mon camion.

– Il n'y rentrera pas, Inch Allah. Les prosternations nous aideront, aussi, je ferai deux *rakat* supplémentaires par jour pour que tout se passe bien.

Les trois hommes se saluent.

– Le Prophète soit loué, *salla Allah alayhi wa salam.*

*

– Aider la police de Kaboul à capturer un membre de l'État islamique, c'est quelque chose de parfaitement envisageable, affirme Mollah Bakir après avoir écouté la requête d'Oussama.

Ils sont dans la salle à manger privée attenante à la vieille mosquée, et le majordome est en train de déposer de petites assiettes remplies de victuailles sur le tapis. Le visage du religieux baigne dans une demi-obscurité, ce qui lui donne un air énigmatique.

– Je n'ai plus le droit de manger de viande, remarque le mollah en contemplant l'amoncellement de plats. Mon cholestérol est beaucoup trop élevé. Les médecins m'ont interdit le sucre, le miel, le beurre, le fromage et tous les plats frits. – Il s'attarde un instant sur l'assortiment de légumes étalé devant eux. – Sincèrement, j'hésite :

faut-il vivre comme on aime pendant une durée courte ou comme on ne l'aime pas pendant une durée longue ? Qu'en pensez vous, mon cher qomaandaan ?

– Eh bien…

– Non, inutile de me répondre, l'interrompt le mollah. – Il pose un doigt boudiné sur le ventre plat d'Oussama, dur comme une plaque de métal. – Vous vous nourrissez de pain noir, de fromage sec et de dattes depuis trop longtemps pour comprendre ce que je veux dire.

Il avale une cuillerée de carottes.

– Quelle ignominie !

Les larmes lui en monteraient presque aux yeux. Ils mangent ainsi en silence pendant quelques minutes, puis le religieux repousse son assiette d'un air dégoûté, s'essuie la bouche avant de se tourner vers Oussama.

– Ce que je vais vous révéler est un secret bien gardé, mais vous êtes digne de connaître la vérité. Depuis deux ans, pratiquement tous les dirigeants de l'État islamique au Khorasan ont été éliminés par des commandos ou par des attaques de drones occidentaux. Voilà pourquoi Daech a tant de difficultés à s'imposer ici. – Il prend l'air satisfait. – Les premiers à avoir été tués le furent en février 2015, en même temps qu'Abdul Rauf Khadim, le numéro un de Daech dans notre pays. La quasi-totalité de l'état-major de l'EIK en Afghanistan. Puis il y a eu d'autres éliminations ciblées, dont celles de Shahidullah Shahid, à l'été 2015, suivie de celle de Gul Zaman, le porte-parole. L'appareil militaire a ensuite été décapité début 2016. En juillet 2016, Hafez Saïf lui-même, le chef de l'État islamique au Khorasan, a été supprimé. Depuis, il ne s'est pas passé un seul mois sans qu'un membre important de leur nouvelle direction ne soit tué.

– Pardon, mollah, mais je sais tout cela. Il n'y a nul secret.

Mollah Bakir lève un doigt pour interrompre Oussama.

– Le secret réside non dans ce qui s'est passé, mais dans les raisons pour lesquelles ces hommes ont tous été frappés aussi efficacement.

D'un mouvement de main dédaigneux, il écarte les coupelles de légumes et frappe dans ses mains. Sarajullin apparaît avec un plateau sur lequel sont posés une théière fumante et deux verres superbement ouvragés. Il s'éloigne aussitôt.

– Quelle est la raison de cette efficacité ?

– Tous ces hommes ont été signalés à qui de droit par notre mouvement.

– Quoi ! Vous voulez dire que les talibans les ont dénoncés au NDS ?

– Non, pas au NDS, à la SAD, la Special Activity Division de la CIA, la branche chargée des opérations noires, des exécutions. – Le religieux a un sourire cruel. – Pour être totalement franc, je suis à l'origine de cette opération : une unité secrète dédiée à l'identification, à la localisation puis à la suppression des membres de l'État islamique. Un tout petit nombre de membres de mon mouvement, que je connais tous personnellement, l'ont rejointe, et ce dans chaque région du pays. Ils enquêtent discrètement puis établissent des listes comportant tous les éléments dont nous disposons : nom, adresse, numéro de téléphone portable, statut et niveau hiérarchique au sein de Daech, habitudes, histoire familiale, expérience opérationnelle, etc. Objectivement, ce n'est pas une tâche insurmontable dans la mesure où quatre-vingt-dix pour cent des membres de Daech sont des transfuges de chez nous. Les informations me remontent, je les trie avec mon responsable du renseignement, puis je transmets les plus intéressantes à mon traitant au sein de la SAD, un Allemand. Un homme charmant, d'ailleurs. Officiellement, il est l'actionnaire d'une entreprise de sécurité qui travaille un peu à Kaboul. Il fait la navette tous les trois mois depuis Francfort pour recevoir mes informations en main propre, nous en discutons car il tient à valider lui-même chacune de mes cibles. Ces gens sont très méfiants, n'est-ce pas, ils ne veulent pas d'intermédiaire qui ne soit pas de leur monde... Ensuite, ses amis, ou parfois lui-même, tuent ceux que je leur ai désignés. Il n'y a eu aucun échec depuis que mon unité secrète agit.

Comme beaucoup, Oussama a déjà entendu des rumeurs selon lesquelles les talibans avaient dénoncé certains membres de Daech, mais jamais il n'aurait imaginé qu'il s'agisse d'une opération d'élimination massive organisée et structurée, avec des agents dédiés, sous la direction de son ami.

– Vous n'avez jamais eu de bavures ? De victimes innocentes ?

– Disons que quelques membres du mouvement taliban ont pu se glisser dans ces *Kill List* par erreur... – Le sourire de Bakir s'élargit. – Des gens très méchants, bien sûr, au comportement haram, des opposants à mes idées réformistes.

Oussama comprend alors que le mollah manipule à l'occasion la CIA pour faire éliminer certains de ses détracteurs au sein des talibans. Il n'aurait jamais pensé qu'il puisse aller aussi loin.

– Ne prenez pas cet air courroucé, qomaandaan. La politique est parfois un art cruel, et il ne faut pas s'y livrer dans un pays comme le nôtre si l'on n'a pas la capacité de prendre certaines décisions... disons... difficiles. Ces hommes étaient des membres du courant le plus rétrograde de notre mouvement, leur mort est un bienfait. D'ailleurs, je suspecte mon interlocuteur à la SAD de n'être absolument pas dupe de ces écarts. Ces Allemands, comme tous les Occidentaux, peuvent être très pervers, vous savez.

Il finit son verre et ajoute à voix basse :

– Qomaandaan, cette information ne doit *jamais* parvenir aux oreilles du pouvoir actuel. Ils la rendraient publique immédiatement pour me détruire.

Oussama est furieux. En l'informant, Bakir l'incrimine malgré lui, il l'associe, il le rend complice par consentement tacite de ses agissements, puisqu'il sait que jamais Oussama ne le dénoncera.

– Allah nous est témoin que punir le vice n'est pas péché, conclut le mollah, satisfait de voir qu'Oussama a tout saisi. La branche morte, il faut la couper, la branche infestée de vermines, il faut la brûler ainsi soit-il, par la bonté et la grâce d'Allah.

Calmé, il semble soudain comprendre qu'il est allé trop loin.

– Comment s'appelle l'homme que vous recherchez ? reprend-il de son habituel ton onctueux.

– Muhamad Khan Fatan.

Le mollah inscrit le nom sur un papier, puis il hèle son majordome.

– Sarajullin, va jeter un œil dans le fichier « D ». Rapporte-nous ce que nous avons sur cet homme.

Oussama a vu Sarajullin à l'œuvre sur le terrain et il sait qu'il partage la plupart des secrets de son maître.

Ils ont le temps de finir la théière avant que le majordome réapparaisse avec une feuille A4 fraîchement imprimée que le mollah tend à Oussama sans la lire.

Muhamad Khan Fatan.
Dirige une katiba de l'EI en Kâpîssâ ouest par délégation de Merwais Golim, dit Merwais el-Afghani, parti combattre au Sham.
Se cache à Gur Dan, village de deux cents habitants environ au bord de la rivière Gulan, à cinq kilomètres de la passe d'entrée de la vallée.
Le village étant presque totalement acquis à l'EIK, Khan Fatan a pris la place d'un combattant, également parti pour le Sham avec sa famille. Il gère sa ferme, qui est la dernière maison au nord du village. Il y habite avec sa mère, sa femme et ses six enfants, ainsi que le père et la mère du propriétaire.
Son groupe compte vingt-deux membres actifs, lui compris, car la plupart des combattants du canton sont déjà partis pour la Syrie avec leur ancien chef. Cette katiba ne possède pas d'armes lourdes, juste quelques kalachnikovs, des Lee Enfield, un ou deux RPG et des munitions. Les armes sont dissimulées chez Muhamad Khan Fatan, dans deux caches : la première aménagée sous le grillage du poulailler, la seconde dans le mur du puits, à mi-hauteur. Khan Fatan est un homme cruel qui aime tuer, les femmes et les enfants comme les hommes, et n'hésite jamais à mutiler ses ennemis pendant qu'ils sont encore en vie, mais c'est un piètre combattant. Il tire mal et n'est ni endurant, ni très courageux. A4-D4.

– Que veut dire A4-D4 ?
Bakir hausse les épaules.
– C'est la classification que mon responsable du renseignement a inventée pour ce fichier. Comme beaucoup d'anciens membres du KHAD il a été formé par les Russes, il en a gardé la manie des fichiers bien tenus. Donc, A, c'est le niveau hiérarchique dans l'État islamique ; il est classé de 1, le plus élevé, à 6, le plus faible. D représente le niveau de dangerosité tel que nous

l'évaluons, avec la même échelle de 1 à 6. Par exemple, A1D1 s'applique à dix des douze chefs de la choura secrète de l'État islamique au Khorasan, A6D1 à des informateurs de base, comme des secrétaires de ministre, possédant un très fort pouvoir de nuisance. A4-D4, c'est du menu fretin. Cela explique que je n'ai pas encore jugé bon de transmettre son nom à la SAD : cet homme ne mérite pas que nos amis américains gaspillent un missile à trente mille dollars pour l'éliminer. Voilà, maintenant, vous savez où il est. Alors, qu'allez-vous faire ? Monter une opération pour l'enlever ?

– Quelque chose de ce genre.

Le mollah a un rire sardonique.

– Mes hommes ne pourront malheureusement pas vous aider sur place pour une opération commando, cela ferait mauvais genre. Pour vous comme pour moi. Il va falloir que vous vous organisiez vous-même, frère Oussama, avec vos propres soldats.

– C'est ainsi que je le concevais. Mais un des vôtres qui connaît le terrain devra tout de même m'emmener par des sentiers détournés jusqu'au bon village.

– Qu'il en soit ainsi, louange et paix. Je vais essayer.

– Merci pour votre aide, mollah.

Mollah Bakir prend ses mains dans les siennes.

– Faites parler ce chien et, ensuite, n'oubliez surtout pas de lui tirer une balle dans la tête.

– Vous savez que je ne tue jamais personne qui ne soit en situation de se défendre.

– Oh, j'oubliais : le qomaandaan Kandar et ses principes moraux !

– Mes principes sont la seule chose que personne ne peut me prendre.

– Détrompez-vous, mon ami. De la vie aux principes, Allah peut reprendre tout ce qu'Il a donné.

*

Le responsable de la cellule d'évaluation de la DGSI, Alain Rubano, porte une veste marron et un nœud papillon rouge, le tout sur une chemise jaune mal repassée. L'ensemble pourrait prêter à sourire mais personne n'a le cœur à s'amuser autour de la table. La nuit tombe, les services n'ont aucune piste sérieuse, les regards sont graves, les traits gonflés de fatigue.

– Vous m'avez demandé une liste exhaustive des cibles parisiennes susceptibles d'intéresser l'État islamique, dans le cadre d'un attentat de grande ampleur impliquant un véhicule chargé de vingt-cinq tonnes de TNT, commence Rubano. Pour la dresser, nous sommes partis des objectifs recherchés par nos ennemis. Ils sont au nombre de trois. – Il compte sur ses doigts : – Objectif numéro un : causer le maximum de morts. Objectif numéro deux : assurer une publicité maximale de leur action partout dans le monde. Objectif numéro trois : nous démoraliser, de sorte que la punition soit à la fois immédiate et durable.

Comme animés d'une vie propre, les gros sourcils du chercheur semblent pris de folie derrière ses loupes, ils font du yoyo au gré de ses mimiques.

– Nous tirons donc comme conclusion qu'ils chercheront à frapper des sites touristiques afin de tuer non seulement un grand nombre de Français mais également des étrangers de diverses nationalités. Ils chercheront des lieux à forte concentration de population, pour causer le maximum de dégâts. Enfin, ils chercheront des lieux symboliques, dont les images de la destruction feront le tour du monde.

– Ça fait beaucoup de cibles, remarque Jalvar. Vous les avez hiérarchisées ?

– Tout à fait. En tête, nous plaçons la tour Eiffel. Ensuite, dans l'ordre : Notre-Dame de Paris, le Sacré-Cœur, le Centre Pompidou, les Galeries Lafayette, l'opéra de Paris, l'Élysée. Le château de Versailles, le Louvre et l'Arc de triomphe sont trop massifs pour être détruits par une charge de vingt-cinq tonnes d'explosifs, mais ils pourraient être sérieusement endommagés, toutefois ils sont en queue de liste dans la mesure où nous n'avons conservé que des lieux susceptibles de s'effondrer s'ils étaient atteints par une charge explosive de l'ampleur de celle étudiée dans les calculs de Kaboul. C'est la raison pour laquelle nous avons également exclu les places ou avenues commerçantes, comme les Champs-Élysées.

– C'est l'avenue la plus fréquentée de Paris. Vous ne la considérez donc pas comme une cible ? demande un participant d'une voix acide.

– Si, bien sûr, pour d'autres types d'attaques : voitures béliers, voitures piégées – cinquante kilos d'explosifs et quelques sacs de clous suffisent à créer le chaos –, ou encore terroristes à pied équipés d'armes automatiques. Quant à une attaque chimique, elle serait surtout efficace dans les réseaux de métro et de RER, qui sont, à notre connaissance, inaccessibles à des camions.

Chacun a le temps de digérer ces paroles avant qu'une représentante de la préfecture de police demande :

– Pourquoi les avez-vous classés dans cet ordre ?

– Nous disposons d'un algorithme très sophistiqué qui croise et analyse des centaines de milliers de données, comme les occurrences de requêtes dans Google sur les lieux touristiques de Paris, en pachtoun et en arabe, les publications de photos de cibles par les djihadistes de l'EI ou leurs sympathisants sur Internet, les menaces avérées déjà proférées par des islamistes contre des monuments français, plus tous les facteurs de risques spécifiques qui ressortent de nos interceptions et de celles de nos alliés. Notre classement en découle directement. – Il a une moue. – Par ailleurs, si vous me demandiez ce que, moi, je déciderais de détruire si je devais frapper les esprits, je répondrais dans le même ordre : la tour Eiffel en un, Notre-Dame en deux, le Sacré-Cœur en trois.

– Merci, Alain, prenons cela pour acquis. – Jalvar pose ses grosses mains sur la table et dévisage les participants un à un. – Nous allons travailler sur l'ensemble de ces cibles, en priorisant les trois premières. Revenez avec des scénarios d'attaque et les contre-mesures à prendre pour une protection maximale.

*

Oussama et Gulbudin sont penchés sur une carte d'état-major. Ils ont passé la fin de la journée à préparer leur action et savent déjà l'essentiel : ils vont risquer leur vie pour un résultat aléatoire. La vallée de la Kâpîssâ mesure une centaine de kilomètres de long sur cinquante de large à son point le plus étendu. Elle culmine à cinq mille mètres d'altitude, c'est une zone aride et dure, dans laquelle les populations vivent misérablement. Située à moins de cinquante kilomètres de Kaboul, elle commence juste à côté de la passe de Panshir, mais c'est déjà un autre monde, celui des talibans. Impossible pour un étranger de s'y rendre sans risquer de se faire enlever ou tuer, même avec une escorte armée. Toutes les routes sont dangereuses, les informateurs djihadistes et les groupes armés pullulent. Ils vont donc devoir utiliser un hélicoptère. Le village qu'ils ciblent, Gur Dan, est en outre presque inaccessible : niché sur un promontoire, à environ soixante-dix kilomètres de la passe nord qui débouche directement sur la Rijani, un autre nid de talibans il ne comporte qu'un seul sentier d'accès entouré de hautes montagnes.

Un ordinateur devant eux, ils alternent entre Google Earth et la carte d'état-major. À partir de cette dernière, Gulbudin calcule les altitudes et les dénivelés à l'aide de son iPhone, tandis qu'Oussama scrute la réalité du terrain sur l'écran. Ils cherchent le meilleur endroit pour entrer dans le village, et ce n'est pas chose facile.

Finalement, Oussama décide qu'ils se feront déposer en hélicoptère au nord, derrière la ligne de crête, à cinq kilomètres, puis qu'ils marcheront par des sentes de berger jusqu'à la dernière montagne qui surplombe le village. Il leur faudra circuler de nuit par des chemins dont ils ignorent tout, notamment s'ils sont minés. Sans un villageois pour les aider, ils n'ont aucune chance.

– Espérons que mollah Bakir trouvera un homme pour nous guider, conclut Gulbudin, résumant l'avis général.

Et qui ne nous trahisse pas, songe Oussama. Vingt ans de combats dans les montagnes le lui ont appris mieux que tous les discours : là-bas, perdus au milieu de nulle part, sans personne pour les aider, ils seront des proies faciles.

*

Le capitaine Justin ressemble à peu près à l'idée que chacun se fait d'un officier nazi : grand, maigre, un visage glabre, régulier, éclairé par des yeux bleus, le cheveu clair et ras. Il est habillé de manière très sobre, jean noir, polo Ralph Lauren, baskets italiennes en daim. Nicole et lui se trouvent Porte de Champerret, au fond de la salle vide d'un café, les néons éclairant leurs visages d'une lueur blafarde et déprimante. Ils sont réunis pour une « discussion informelle », ainsi que l'a qualifiée le capitaine Justin, mais Nicole sait qu'en fait de discussion, c'est un interrogatoire qui ne dit pas son nom. Comme dans les mauvaises séries américaines, chaque mot qu'elle prononcera pourra être retenu contre elle. Ils commandent une boisson et discutent quelques instants de tout et de rien. Tandis qu'elle porte sa tasse à la bouche, elle remarque le regard du capitaine sur sa main mutilée. Les gens ont toujours des réactions très contrastées devant son ancienne blessure. Certains détournent les yeux, d'autres ont du mal à s'en détacher, certains, plus rares, lui demandent ce qui s'est passé. Justin fait semblant de ne rien voir. Puis il passe à l'attaque.

– On parle de Redane Abdelrazak ?

– Volontiers.

– Vous avez fait une demande d'information sur lui l'année dernière.

– Oui.

– Pouvez-vous me dire comment ?

– Grâce à mon successeur.

– Plus précisément ?

– Il m'a autorisée à utiliser son code sur un ordinateur du service de la BNRF.

Vieille technique de flic : répondre par des faits à des questions factuelles. Ne pas biaiser, ne pas faire de roman : moins elle parle et moins elle courra de risques de se couper dans ses mensonges. Car il est exclu qu'elle dise la vérité.

– Pourquoi ne pas utiliser le sien ?

– Parce que je ne faisais plus partie de la police nationale et que je n'avais pas le droit de me connecter au réseau.

– Vous aviez conscience de commettre un délit en le faisant ?

– Oui.

Le capitaine balaie l'air d'un mouvement méprisant. Nicole se fait la réflexion qu'il a encore plus l'air d'un officier nazi.

– Là n'est pas le sujet. Je ne suis ni à l'IGPN, ni à l'IGS, je ne suis pas là pour vous taper sur les doigts pour ce genre de problème.

Il la fixe, l'air bienveillant, mais elle ne se laisse pas avoir par ce numéro de séduction de « bon flic » qu'elle a joué trop souvent avec des suspects avant lui.

– Je ne comprends pas le changement d'ordinateur. Que ce soit le sien ou celui d'une de ses collaboratrices, c'est le même problème légal. Donc pourquoi ne pas vous prêter son propre appareil ? Il craignait que votre requête pose un problème particulier ?

– Il y avait des dealers autour de l'école de ma fille. Donc, des requêtes, j'aurais pu en faire plusieurs. C'était plus pratique d'utiliser cet ordinateur.

– Je comprends.

Il hoche la tête comme si tout cela était évident. Mais son ton indique bien son scepticisme. Il ne comprend pas. Il ne la croit pas.

– Des requêtes, vous en avez passé d'autres ?

– Oui.

– Vous souvenez-vous d'autres noms ?

– De dealers ? Non.

– Aucun ?

– Aucun.

– Pourtant, vous vous souvenez d'Abdelrazak.

– Je m'en souviens parce qu'il vient de ressurgir. Par vous.

– Bien sûr, bien sûr.

Il a un bon regard, s'essuie soigneusement les lèvres avec sa serviette en papier. Elle comprend qu'elle vient de rater son coup. D'un œil indifférent, il observe quelques instants le patron qui passe le balai à l'autre bout de la salle, puis se lève, l'air encore plus suspicieux qu'en arrivant.

– Merci pour ce moment. Nous allons nous revoir.

*

Il est près de vingt-deux heures lorsque l'hélicoptère s'arrache au tarmac de la base militaire de l'aéroport de Kaboul. C'est un Mi-8 antédiluvien, qui fait un boucan d'enfer, dont la peinture écaillée révèle la tôle rouillée.

La seule machine qu'Oussama a trouvée.

Ils sont douze à l'intérieur, en plus des deux pilotes. Oussama a fait jouer ses relations auprès du chef d'état-major de l'armée de l'air, un ancien de chez Massoud. Le prêt de l'appareil n'est enregistré nulle part, les mécaniciens qui ont préparé l'avion ont fait comme si c'était un vol officiel, même si aucun n'est dupe. Oussama devrait se réjouir d'une telle facilité, preuve de la puissance de son réseau relationnel, mais tel n'est pas le cas. L'Afghanistan n'est plus un État, pense-t-il tandis que l'appareil survole les premières montagnes qui bordent la capitale. Il n'est plus que la juxtaposition d'ethnies rivales et de groupes aux intérêts antagonistes. Dans ce patchwork, les anciens de l'Alliance du Nord représentent l'un des plus puissants : avoir résisté aux Russes puis aux talibans crée des liens que même la mort ne peut effacer. Les hommes qui se sont occupés de l'appareil sont les enfants de combattants, ils ne connaissent de cette époque que les récits épiques de leurs pères, mais cela suffit pour les inscrire dans une lignée, une histoire à laquelle ils resteront fidèles jusqu'à leur dernier souffle. C'est malheureusement pareil dans l'autre camp, chez les djihadistes : même attachement à l'histoire, à la culture familiale, même volonté de se montrer digne des anciens.

Tadjiks contre Pachtouns, haine des infidèles et de l'Occident d'un côté, détestation des salafistes de l'autre : cela ne s'arrêtera jamais.

Une guerre de mille ans.

L'hélicoptère tremble, s'élevant toujours plus haut dans la nuit, turbines hurlantes. Le ciel est clair et sans vent. Une nuit parfaite pour se battre ou mourir. Outre Chinar, Oussama a emmené le chef de sa garde et six de ses hommes, tous membres du même village du Panshir, ainsi que trois soldats des forces spéciales, anciens de l'Alliance du Nord. Il y a beaucoup de cheveux gris dans la carlingue, tous ces hommes ont déjà combattu, tué et survécu. Le qomaandaan sait qu'aucun ne flanchera. Ils sont armés de kalachnikovs AK12, dont seules quelques unités d'élite sont aujourd'hui équipées. Oussama tient son fidèle Hecate, fusil de sniper français, entre ses jambes, espérant qu'il n'aura pas à s'en servir. En bon flic habitué au combat urbain, Chinar a choisi un Molot, un fusil à pompe russe semi-automatique, arme peu précise mais redoutable à courte distance.

Dans l'appareil, le silence règne tandis que l'hélicoptère accélère et freine, passant d'un trou d'air à un autre, ballotté continûment entre des falaises à côté desquelles sa massive silhouette métallique paraît dérisoire.

Le silence de combattants concentrés dans une carlingue d'hélico avant un raid : un moment si intense qu'il est impossible à décrire à quiconque ne l'a pas vécu, songe Oussama alors qu'ils frôlent d'immenses parois rocheuses, si verticales qu'il semble impossible à une machine de les franchir. Voler en hélicoptère dans cette partie de l'Afghanistan, c'est presque un rite initiatique et Chinar essaie de faire bonne figure, mâchoires serrées, lui qui n'a aucune expérience en la matière.

Brusquement, une lumière rouge s'allume dans l'habitacle, l'un des pilotes se tourne vers eux et brandit une main, trois doigts levés.

– Parés au combat ! Trois minutes, trois ! hurle un des commandos, vétéran des raids héliportés.

Tout s'accélère. Les hommes enfilent leurs gants de combat, les lunettes de vision nocturne, vérifient les gilets tactiques. L'appareil tout entier est envahi de bruits métalliques, claquements des culasses, engagement des chargeurs. Il survole une énième crête avant de plonger d'un coup au fond de la vallée.

Atterrissage tactique : le sol arrive à toute vitesse. Le pilote décélère, freine brutalement. Encore quelques secondes et il se pose avec une douceur étonnante. Les pales tournent pendant près d'une minute, de plus en plus lentement, dans un chuintement qui devient imperceptible, avant de s'arrêter, si basses à leur extrémité qu'elles semblent toucher le sol. Plusieurs commandos poussent les portes extérieures avec un ahanement, mais l'une d'elles se bloque au bout de dix centimètres et ils doivent finalement tous débarquer par le même côté : vicissitude habituelle des vols en hélicoptères militaires russes.

L'un des pilotes balaie les environs avec ses lunettes de vision nocturne. Soudain, il pousse un sifflement.

– Homme en approche à quinze heures.

Son fusil à la main, Oussama s'avance vers le nouveau venu qui sort de l'obscurité, à quelques mètres d'eux. Maigre, longue barbe teinte au henné, visage buriné par les labeurs extérieurs, l'homme est engoncé dans un manteau de laine car il fait frais la nuit dans ces montagnes, malgré la saison. Arrivé près du groupe, il s'incline à peine, sans saluer.

Un taliban, qui ne doit pas particulièrement apprécier de risquer sa vie pour les hommes d'un régime qu'il exècre. Or sans lui cette mission ne pourrait avoir lieu. Oussama se félicite une nouvelle fois de l'efficacité de son ami Bakir : le mollah a mobilisé ses réseaux les plus secrets pour leur trouver un guide rapidement.

Voyant que le groupe est prêt, le taliban leur fait signe de le suivre. Il s'engage presque aussitôt sur un sentier, invisible à dix mètres. Ils marchent ainsi dans le silence pendant plus d'une heure. Régulièrement, Oussama vérifie la direction sur sa vieille boussole. Ils vont bien au sud-ouest, comme prévu.

Des milliards d'étoiles illuminent les montagnes presque comme s'il faisait jour, dévoilant leurs silhouettes. Un de ces paysages sauvages et grandioses que seul l'Afghanistan peut offrir. Pourtant les hommes n'ont pas le cœur à l'apprécier, mentalement, ils sont tout à leur mission. Ils traversent bientôt une forêt de conifères et la chaleur chute encore, leurs corps dégagent une buée étrange. Les brindilles craquent parfois sous leurs pieds, ils débusquent régulièrement des animaux, ici des mouflons, là des chèvres, là encore des lièvres. Ils sortent de la forêt, empruntent un autre chemin qui part en parallèle, presque à pic, vers la crête suivante. Ici plus d'arbres, juste un monde minéral et mort de pierres noires qui paraît sorti d'une autre planète. Le taliban s'arrête.

– Attention, chuchote-t-il, tout est miné ici. Ne vous écartez du chemin sous aucun prétexte, même d'un demi-mètre. Les Russes ont lancé des engins partout dans le coin, il y a des milliers de sous-munitions…

Ils reprennent leur escalade, tendus. Dans ces zones à risque, un glissement de terrain peut faire dévaler des engins explosifs sur des sentiers prétendument sûrs. Cela arrive tous les jours. Les guerres passées continuent à tuer partout en Afghanistan, comme pour rappeler aux malheureux habitants qu'ils devront encore porter longtemps le fardeau de leur libération.

Une autre demi-heure passe, seulement marquée par le bruit des respirations, celui des cailloux qui roulent dans la pente et, parfois, le juron d'un homme qui a failli sortir du chemin. Malgré la pente, le manque d'oxygène et le danger, Oussama se détend progressivement. Il se sent bien, revit des moments mille fois traversés dans sa jeunesse : marche, embuscade, coups de feu, l'adrénaline du combat, la mort autour de lui, puis l'immense coup de fouet de se sentir vivant, d'avoir été plus fort que l'ennemi, plus fort que sa propre peur. Ce passé de combat dans les montagnes s'est fondu pour toujours en lui, le transformant à jamais.

Enfin, ils atteignent la ligne de crête. Le taliban leur indique de s'arrêter, puis il fait signe à Oussama de le rejoindre. Accroupis derrière un rocher, ils examinent ensemble le panorama à leur pied. Un bourg endormi, comme il y en a partout dans le pays. Une trentaine de maisons, les plus grosses entourées de murs. Une sente pierreuse qui file vers la vallée, encore plus bas. Pas de fil électrique ni de poteaux téléphoniques : le village vit encore à l'heure traditionnelle, sans le confort moderne.

Le taliban désigne la maison la plus proche d'eux, à environ un kilomètre.

– C'est celle-là, chuchote-t-il. Votre homme y habite. Il ne sera pas dangereux, il aura juste un couteau. Toutes ses armes sont cachées au fond de son jardin.

– Sous le poulailler et dans le puits, on le sait.

– C'est ça.

Le chef de la garde les rejoint. En silence, ils analysent les lieux encore quelques instants, s'attardant sur les détails. Il y a environ quatre cents mètres de dénivelé, la descente sera facile mais la remontée beaucoup plus compliquée car les pierres sont coupantes. Dix minutes dans un sens, peut-être trente dans l'autre, s'ils n'ont aucun blessé.

– On y va.

Ils enveloppent leurs chaussures de linges soigneusement noués, puis se mettent en route, Oussama en premier. Ils laissent le taliban derrière eux en compagnie de deux soldats, équipés l'un d'un fusil à lunette et l'autre d'une mitrailleuse Minimi. Ils les couvriront pendant leur remontée ; toutefois, en cas de problème grave, cela ne suffira pas à les protéger, l'espace n'offrant aucun abri. Si on les canarde d'en bas, du village, pendant leur remontée, des hommes mourront. Tous ces combattants aguerris le savent, mais nulle anxiété ne transparaît sur leurs visages.

Malgré leurs efforts, ils font un peu de bruit dans la pente caillouteuse. Personne ne se réveille : il n'y a pas de chien pour aboyer dans le hameau. C'est à cela qu'on reconnaît les villages talibans : leur haine des chiens, animal haram selon le Coran, est plus forte que leur propre sécurité. Combien de djihadistes ont-ils été surpris puis tués dans leur sommeil par des commandos de la Coalition pour cette raison ?

De près, leur cible s'avère être une maison assez spacieuse, deux rectangles de briques superposés, un premier de vingt mètres sur dix, un second posé sur le premier, peut-être cinq mètres sur trois. Le mur d'enceinte, recouvert d'un vieux torchis, est troué, la porte est cassée, ils pénètrent sans le moindre problème dans la cour en terre. Elle mesure une centaine de mètres carrés, avec le fameux poulailler et le puits tout au fond, à côté duquel un garage sommaire a été bricolé pour abriter une Jinao 125 cm^3 à laquelle il manque un pneu. S'y trouvent aussi une carriole à bras, des bidons vides et des matériaux de construction entassés à la va-vite, sans compter des ordures abandonnées ici et là et une latrine à ciel ouvert, sans même un rideau pour protéger le trou dans la terre, d'où dépassent les restes de semaines de besoins humains non nettoyés.

Oussama et Chinar échangent un regard, malgré la tension. La tente où vivait Oussama avec ses parents et ses frères et sœurs était un modèle d'ordre et de propreté, et il sait combien Chinar attache, lui aussi, d'importance à la rigueur dans la vie quotidienne. L'homme qu'ils s'apprêtent à interroger n'est qu'un porc, un paresseux négligent et sale, en plus d'être un tueur sadique.

Ils s'accroupissent devant la porte de la maison, tandis qu'autour d'eux les hommes prennent position, canon de leur arme pointé vers le bas, aux aguets.

Pas un bruit.

Chinar sort une petite lampe torche de sa poche, éclaire brièvement la serrure. C'est un modèle typique des campagnes afghanes, robuste mais simple. Il s'est muni d'un passe-partout et il ne lui faut pas une minute pour que le pêne bouge et s'ouvre avec un petit clic. Ils entrent dans la maison, en file indienne, laissant les autres dehors. L'intérieur est chaud, il exhale une odeur d'étable et de ragoût de mouton. Un ronflement résonne, en provenance de l'étage. Ils prennent l'escalier, attentifs à ne pas faire craquer les marches, ouvrent la porte, qui grince. La femme se redresse aussitôt, mais Chinar se précipite et plaque une main sur sa bouche.

– Tais-toi, murmure-t-il.

Il sort son poignard, en promène la lame devant son visage terrifié.

Aussitôt, elle incline la tête pour signifier qu'elle se taira. Une odeur d'urine envahit la chambre : elle vient de faire sous elle. Son mari, lui, dort toujours. Sur un signe d'Oussama, Chinar l'extirpe brutalement du lit avant de le coller au mur avec une clef de cou. Le djihadiste essaie vainement de crier, mais Chinar resserre sa prise.

Oussama approche son visage du sien.

– Nos hommes sont partout, autour de la maison et au-dessus, sur la crête, chuchote-t-il. Si tu cries, tu meurs et nous tuerons tous ceux qui tenteront de nous gêner. Tu comprends ?

L'homme cligne des yeux.

– Dis-moi oui, à voix basse. Ce serait dommage de réveiller tes enfants.

La femme gémit et Chinar tourne vers elle son visage féroce.

– Tu m'as compris ? insiste Oussama.

– Oui. Je ne crierai pas.

L'homme est aussi terrifié que sa femme. Il les prend pour des exécuteurs du NDS, la terreur des islamistes : quand ces commandos du régime ne vous tuent pas tout de suite, ils vous enlèvent pour des semaines, parfois des mois de torture.

– Qu'est-ce que vous voulez ?

La voix est chevrotante, presque implorante. On est loin du glorieux guerrier d'Allah.

– Te parler du passé. Du temps de Merwais Golim.

L'homme se raidit.

– Je ne sais pas où il est.

– Nous, on sait. Il est en Syrie. Tu es au courant de ce qu'il prépare ?

– Je ne sais rien. Je le jure par Allah.

D'un geste, Oussama donne l'ordre à Chinar d'agir. Aussitôt, ce dernier enfourne un vieux torchon dans la bouche du djihadiste avant de lui tordre violemment le bras.

– Si tu ne parles pas, je te brise les os un à un, lui murmure-t-il à l'oreille.

Il accentue la pression et l'homme se met à gémir encore plus fort. Encore un peu plus de pression et il tente de hurler derrière son bâillon.

– Alors ? Je continue ?

L'homme se débat, grogne pour avertir qu'il veut parler. Chinar détend sa prise et dégage le bâillon, juste un peu.

– Merwais, avant de partir en Syrie, il m'a parlé d'une attaque pour frapper les kouffars. Mais il ne savait pas si ça pourrait se faire.

– Quand ? Comment ?

– Je sais pas.

Chinar resserre sa prise.

– Je vais te casser le bras, pourriture.

– Attends ! Il y a le gamin. Il sait, lui !

Oussama et Chinar échangent un coup d'œil. Encore le garçon.

– Quel gamin ? Qu'est-ce qu'un gamin a à foutre avec ça ?

– C'est lui qui a tout préparé. Il a un plan.

– Quel plan ?

– Il l'a appelé Aube noire. Avec Merwais, ils vont frapper la France. Une attaque de plusieurs martyrs, avec des explosifs et des gaz toxiques.

– Quelle ville en France ? Paris ?

– Je sais pas.

– Le nom du garçon ?

– Zwak.

– Zwak comment ?

– Je sais pas.

– Tu te fous de nous ?

L'homme se met à geindre :

– Je vous dis que je sais pas. Je le jure par Allah. Mais il avait un instituteur. Lui, il doit savoir.

– L'instituteur habite ici ?

– Non, à Mahmoud-é-Râqi.

Cette ville, Oussama la connaît. C'est la capitale de la province, une cité infestée de talibans. Il y avait rencontré un commandant moudjahid du temps de la guerre contre les Russes, il s'y était même caché quelques jours.

– Donne-nous son nom.

– Je sais pas.

Ils ne tireront rien de plus du djihadiste, alors ils l'entravent et le musellent. L'homme pleure et supplie derrière son bâillon, persuadé que sa dernière heure est venue. Enfin, ils l'assomment, avant de descendre au rez-de-chaussée en poussant l'épouse devant eux. Ni les enfants ni les grands-parents n'ont été réveillés et la maison est toujours aussi calme. Oussama se penche à l'oreille de la femme.

– Tu vas attendre ici jusqu'au lever du soleil et seulement à ce moment-là tu iras délivrer ton mari. On vous laisse vivants, mais si tu tentes quoi que ce soit, il y aura des tirs et tout le monde mourra dans cette maison. Tu as compris ?

Puis ils quittent le village aussi discrètement qu'ils sont arrivés.

22 avril

Ils n'arrivent à l'hélicoptère qu'aux premières lueurs de l'aube. Le taliban ne fait aucune remarque en les voyant passer le col, il ne cille même pas, muré dans son mutisme. Dans son monde, les autres ne sont pas vraiment un sujet d'intérêt, seul compte Allah. Oussama informe les pilotes qu'ils vont faire un saut à Mahmoud-é-Râqi avant de se poser à Kaboul, la ville est sur le chemin du retour. Ils redécollent dès que le soleil est un peu plus haut dans le ciel, vers six heures et demie. Le temps est dégagé et la Kâpîssâ défile sous la carlingue, austère et superbe, vergers et forêts de conifères alternant avec des zones arides, ocre et orange, en un kaléidoscope étrange et bariolé.

Puis la ville apparaît.

En fait de capitale régionale, Mahmoud-é-Râqi n'est qu'une bourgade à flanc de collines, sept mille habitants tout au plus répartis entre plusieurs îlots d'habitation qui ne forment pas une vraie ville et des groupes de fermes fortifiées disséminés sur des kilomètres, entre champs et vergers.

Le pilote se pose en lisière de la route qui relie la ville à Kaboul, derrière un minuscule poste militaire composé d'un cube de béton entouré de barbelés et d'un mur de sacs de sable de deux mètres de haut. Les talibans l'ont déjà attaqué à plusieurs reprises, blessant et tuant chaque fois quelques soldats. Ces militaires le savent : ils ne sont que des morts en sursis. Le responsable local, un capitaine bedonnant, les attend, tout intimidé de cette arrivée spectaculaire. Oussama et Chinar le prennent à part pour lui demander une voiture civile. Ils quittent le poste dans une vieille Corolla plus discrète qu'un pick-up Ford officiel, un soldat au volant, le chef de la garde devant, Oussama et Chinar derrière.

À peine ont-ils tourné sur la route qu'un homme enfourche une moto pour les suivre à distance, un téléphone collé à l'oreille. Sa barbe fournie et ses yeux maquillés au khôl le distinguent clairement comme un taliban. Dans cette partie de la vallée plus ou moins acquise à l'insurrection, les islamistes se cachent à peine.

Le manque de sommeil commence à se faire sentir, pourtant Oussama tient, il a l'habitude, alors que Chinar, moins endurci, lutte visiblement de toutes ses forces pour ne pas s'endormir. Ils passent le bazar, la foule se presse sur les trottoirs et la rue centrale défoncée, puis pénètrent dans ce qui tient lieu de centre, typique avec ses maisons basses, la plupart recouvertes de torchis beige ou de peinture délavée, les autres en béton brut. Située à mille cinq cents mètres d'altitude, la cité est relativement fraîche, mais ils doivent tout de même baisser les vitres pour laisser entrer de l'air, leur voiture n'ayant pas de climatisation.

Ils atteignent un bâtiment minable collé à une échoppe de réparation de motos à gauche, un petit immeuble d'habitation à droite. C'est le bureau local du ministère de l'Éducation, où ils espèrent trouver la trace de l'instituteur de ce garçon, Zwak. Le directeur régional est présent, c'est un homme chaleureux, un ancien professeur de lettres monté dans la hiérarchie administrative. Il est tadjik et Oussama repère aussitôt la photo de Massoud posée sur son bureau. Lorsqu'il se présente, le fonctionnaire semble ébahi.

– Vous êtes vraiment Kandar, le sniper de Massoud ? L'homme qui n'a jamais manqué sa cible ? Par Allah, j'ai tellement entendu parler de vous ! – Il fait le tour du bureau, empressé, et serre Oussama contre lui. – Vous êtes un grand héros ! Attendez, j'appelle mon petit-fils.

Quelques instants plus tard, un gosse d'une dizaine d'années fait son apparition. Le directeur lui explique qui est Oussama et l'enfant sort aussitôt un téléphone qu'il brandit au-dessus de lui, collé contre Oussama.

– Vous êtes trop grand, explique le directeur, pourriez-vous l'aider à faire un selfie ?

Oussama, ignorant de ce qu'est un selfie, se fait expliquer la chose.

– C'est comme cela que font les jeunes, qomaandaan, conclut Chinar. Ensuite, il le postera sur son compte Facebook ou Instagram.

Oussama ne connaît ni l'un ni l'autre, malgré tout il se prête au jeu, un peu gêné de jouer les célébrités. Les selfies s'enchaînent, le gamin a l'air ravi tandis qu'Oussama se fait l'impression d'être un dinosaure, complètement dépassé par l'évolution de la société. Enfin, l'enfant s'en va et il peut poser la question qui l'intéresse :

– Je cherche un instituteur. Combien d'écoles avez-vous dans la ville ?

– Une seule. Pourquoi le cherchez-vous ?

– Nous aimerions lui parler d'un élève, Zwak, un garçon un peu étrange, d'une grande intelligence, que nous suspectons d'avoir rejoint l'État islamique.

– Zwak, je vois qui c'est. Le problème, c'est que l'instituteur qui s'en occupait a quitté le pays, il est réfugié quelque part maintenant, je ne sais pas où.

Devant l'air déçu d'Oussama, il ajoute :

– Je ne l'ai pas connu, mais on m'a souvent parlé de Zwak. Un cas unique, un gosse bizarre, un génie. Pas d'amis, il ne parlait à personne, ou presque. Il était dans son monde, noircissait des cahiers d'équations toute la journée, il adorait écrire à l'envers, il le faisait aussi facilement que vous écrivez normalement, paraît-il. Mais d'après ce qu'on m'a raconté, il n'était pas du tout proche des islamistes ! C'était un garçon moderne et ouvert, sa famille était très modérée, sa mère ne portait pas la burqa, juste un voile.

– Pouvez-vous retrouver des informations administratives sur lui ? Son nom de famille ?

– Je vais consulter nos archives pendant que j'envoie chercher un collègue de son ancien instituteur. Peut-être se souviendra-t-il de quelque chose d'utile pour vous.

*

Ce matin-là, Merwais et Zwak sont à l'arrière d'une vieille Peugeot 407, 800 000 kilomètres au compteur. Les amortisseurs sont morts depuis longtemps, la voiture bondit à chaque cahot sur cette route secondaire jamais réparée depuis que le régime a dû fuir la région.

– Où on va ? demande Merwais.

– Zun Dabir, répond leur garde du corps, assis au côté du chauffeur. On y sera dans trente ou quarante minutes, Inch Allah.

Zwak commence à trouver le temps long. Ce n'est pas ce qu'il imaginait : en fait de califat, Daech se révèle être une organisation monstrueusement bureaucratique.

Théoriquement, Abou Bakr al-Baghdadi a tous les pouvoirs, mais dans la réalité ses ministres veillent jalousement sur leurs prérogatives. Chacun sait qu'une frappe de la Coalition peut, à tout moment, modifier le fragile équilibre qui prévaut à la tête de Daech, ce qui entretient tant les ambitions que la paranoïa de ses dirigeants. Les difficultés de communication liées aux écoutes permanentes par les grandes oreilles américaines, britanniques et françaises, ainsi que les frappes incessantes, rendent tout échange difficile. Zwak et Merwais doivent donc constamment se déplacer en personne, circuler sur des routes dangereuses d'un point à l'autre du territoire mité contrôlé par Daech. Les chefs étant dispersés un peu partout, la fatigue des voyages commence à se lire sur leurs visages. Déjà maigre, Zwak a encore perdu deux kilos. L'Internet a été en panne toute la soirée précédente, ce qui l'a empêché de jouer à ses jeux vidéo, et il est de fort méchante humeur. Merwais, lui, a violé les trois petites yazidies, il somnole, repu.

Sur la banquette défoncée, Zwak regarde les volutes bleues et roses qui le frôlent, l'enlacent, aux sons d'une harpe délicate. S'il parlait de ses visions, on le traiterait de fou, on risquerait de suspendre son projet, alors il dodeline de la tête en rythme, tendant parfois les mains devant lui pour toucher les apparitions en forme de nuages.

La climatisation ne marche plus depuis belle lurette, l'habitacle se transforme rapidement en sauna, couvrant les quatre passagers de sueur. Il est impossible d'ouvrir les fenêtres à cause de la terre sèche soulevée par la voiture sur la piste.

Les volutes disparaissent et Zwak a maintenant l'esprit plein d'images d'explosions en couleur. Level ultime : la tour Eiffel qui s'effondre, les habitants qui courent dans les rues, pris de panique, comme au ralenti, Paris qui se couvre de poussière et le monde horrifié qui contemple son œuvre…

Le voyage se poursuit dans un paysage morne de désert sale, la monotonie du vide n'étant rompue que par des villages aux maisons carrées sans toit pour les égayer, dont les seules décorations sont les antennes satellites, les tas de détritus et les drapeaux noirs du califat. Peu d'arbres, rien pour distraire la vue. Puis des carcasses de pick-up et de véhicules blindés commencent à parsemer les bas-côtés. Une académie militaire du régime syrien était autrefois installée à proximité et les combats pour la prendre ont été acharnés. Leur ligne de ravitaillement coupée, à court de vivres, de carburant et de munitions, les forces du régime et leurs supplétifs iraniens ont dû battre en retraite, abandonnant derrière eux plus de trois cents morts.

– J'ai combattu ici pendant deux mois, annonce fièrement Merwais. Toute notre katiba. Un de nos frères martyrs a fait sauter le mur d'enceinte avec un camion piégé, qu'Allah l'accueille près de Lui ! Sept semaines de siège, et on était dans la place. Tous les safavides que j'ai égorgés ! Allah nous a donné une victoire appréciable.

– Gloire à Lui, louange à notre Prophète, répond mécaniquement le chauffeur.

Deux pick-up en piteux état ferment la route. Un barrage. Une dizaine de combattants se tiennent devant, AK 47 bien en évidence.

La Peugeot roule au ralenti jusqu'au premier véhicule. Un homme s'avance, l'air méfiant. En apercevant la plaque de Raqqa, son visage se ferme encore plus.

– Qu'est-ce que vous foutez ici ? Descendez !

Visiblement, il les prend pour des déserteurs ou, pire, des espions.

Doucement, Zwak sort de sa poche son laissez-passer et le présente par la vitre ouverte à un autre milicien. Celui-ci commence à lire le document… à l'envers. Sans un mot, il le présente au responsable du barrage, qui le parcourt également à l'envers. Puis il le froisse et le jette par terre d'un geste furieux.

– C'est un faux ! Vous êtes des traîtres, des *taghuts* ! Sortez !

Il ouvre la portière, projette brutalement le chauffeur au sol avant de le bourrer de coups de pied en hurlant. Zwak a peur, une sensation horrible, comme il n'en a jamais éprouvé. Son front se recouvre d'une fine pellicule de sueur. Puis Merwais sauve la situation. Calmement, l'Afghan descend, très lentement, bras levé. Il se met à parler au responsable du barrage, sans élever le ton, d'une voix qui ne laisse transpirer aucune émotion. Progressivement, le responsable se calme. Le garde du corps intervient à son tour, exhibant sa carte de la police secrète du régime islamiste. Enfin, après quelques minutes, tout rentre dans l'ordre. Zwak récupère son laissez-passer froissé et ils repartent vers Zun Dabir, dont ils aperçoivent les faubourgs au loin. À un moment, le chauffeur grimace, se retourne et fixe le pantalon de Zwak d'un air ironique. Une grosse tache humide macule le tissu. Zwak a uriné sous lui, de peur.

*

Le taliban qui a suivi Oussama et son équipe s'est installé à la terrasse d'une *tchaikana*, un bar à thé, non loin du petit bâtiment officiel. Il a vu arriver l'hélicoptère, descendre les hommes. D'après lui, le plus âgé, silhouette immense, est le chef. La présence dans l'hélicoptère de près d'une dizaine de gardes du corps équipés de kalachnikovs dernier cri prouve qu'il est puissant, très puissant. Une onde d'excitation le parcourt. C'est un flic, pas un militaire, il le sent. Il a déjà été arrêté plusieurs fois et il sait reconnaître un flic entre mille. Cette façon de regarder autour de soi, d'appréhender l'environnement comme un chasseur en terrain conquis, cette méfiance implicite : seuls les flics se comportent de cette manière. Pour être autant protégé, celui-là doit faire partie de la police secrète. L'homme plus petit aux épaules de lutteur en est également un, il en est certain.

Il sort son appareil pour passer un nouveau coup de téléphone. Il attend deux autres talibans, des hommes sûrs. C'est la première fois qu'il a la possibilité de s'attaquer à de hauts gradés du régime.

– Alors ? demande son interlocuteur.

– On le fait. On laisse pas passer une occasion pareille

– D'accord. Viens chez moi après. Je te cacherai dans une grotte.

– Allah soit loué !

– Gloire à Lui !

Sa décision, il l'a prise à la seconde où il a vu Oussama descendre de l'appareil. Il va tuer ce valet des Américains avant qu'il remonte dans son hélicoptère maudit.

Attablé, il commence à imaginer le plan d'attaque. Ses deux complices le rejoignent. L'un est très jeune, moins de vingt ans, la rage, la confiance en soi et la fougue qui vont avec. L'autre est un paysan d'une quarantaine d'années, qui travaille aux champs quand il ne combat pas les infidèles. Israël a inventé les citoyens soldats, l'Afghanistan les paysans combattants : la faux la journée, la kalachnikov la nuit.

– Ils sont toujours là ? demande le plus âgé des deux, à peine assis.

– Toujours.

Ils observent l'adjoint du directeur sortir du bâtiment à toute allure et filer sur sa mobylette.

– Il va chercher quelque chose ou quelqu'un. Comme ça, on a un peu de temps pour s'organiser.

Il louche sur le sac que le jeune a posé à côté de lui.

– Tu as pris les armes comme je t'ai dit ?

L'autre l'entrouvre. À l'intérieur, il y a un vieux pistolet-mitrailleur CZ Scorpio, reconnaissable entre tous avec sa poignée en bois, sa crosse repliable et son chargeur courbe de quinze balles. Il aperçoit aussi une grenade, deux pistolets Makarov piqués de rouille et une cinquantaine de munitions supplémentaires jetées en vrac au fond du sac.

– Je n'ai pas pu prendre la kalach, le percuteur est cassé.

– On n'a pas de chargeurs de rechange ?

– Pas dans cette planque. Mais j'ai pris toutes les balles qu'on avait.

Il faudra donc qu'ils rechargent eux-mêmes s'ils n'ont pas la chance de finir le boulot avec un premier chargeur. C'est un exercice périlleux en pleine fusillade, mais le taliban estime que c'est un risque à prendre. Éliminer un chef de la police du régime, peut-être un responsable du NDS, c'est l'assurance de grimper rapidement dans la hiérarchie.

– On les tue dès qu'ils sortent.

Il se penche, enfourne la grenade et un pistolet dans une de ses poches tandis que les deux autres s'emparent discrètement des armes qui restent.

– Tirez jusqu'à ce qu'ils tombent. Ensuite, on file et on se retrouve chez Hamid.

– Qu'est-ce qu'on fait s'il y a des civils autour d'eux ?

– Allah les protégera.

*

À des milliers de kilomètres de là, à l'intérieur d'un des conteneurs climatisés de la base aérienne de l'US Air Force de Nellis, aux États-Unis, un pilote de drones hèle son superviseur.

– Mark, tu peux venir ?

Depuis leurs baraquements, ces soldats gèrent une armada de plusieurs centaines d'appareils, des Reaper et des Predator hérissés de caméras et de détecteurs tous plus sophistiqués les uns que les autres.

– Que se passe-t-il ?

– Cette bagnole, je la surveille depuis une heure, de loin. Elle vient de Nil-er-Zagya. Elle a été arrêtée à un barrage mais elle est repartie après une scène étrange.

Il se tourne vers un second pupitre et lance l'enregistrement qu'il vient de faire. On voit distinctement un homme jeter un papier à terre, puis la discussion qui s'ensuit, un des occupants de la voiture brandir quelque chose au visage d'un des gardes du barrage, puis le même ramasser le papier et la voiture repartir quelque temps après.

– Un laissez-passer ?

– Ça y ressemble. Je surveille ce barrage depuis deux ou trois jours, d'habitude, les voitures sont bloquées plus longtemps, genre vingt minutes au moins. Là, ça a été vraiment rapide. C'est bizarre.

– Ils sont où, maintenant ?

– En pleine ville. Ils se sont arrêtés devant un immeuble, le chauffeur est resté dans la voiture, les trois autres sont descendus.

– On connaît l'endroit ?

– Implantation Daech, a priori c'est un centre de commandement logistique. On n'a pas encore pu les frapper. Il y a une école avec un internat juste à côté, avec des gosses jour et nuit.

– Pratique…

– Qu'est-ce que tu crois, ils sont malins !

À l'écran, le chauffeur paraît calme, affalé contre la carrosserie, une cigarette au bec, une bouteille de soda à la main. De temps à autre, il lève le nez vers le ciel.

– Je ne suis qu'à trois mille neuf cents pieds, je pense qu'il a entendu le moteur.

– Remonte à sept mille deux cents pieds. Fais un point fixe sur ce véhicule et ne le lâche plus. Moi, j'appelle le Pentagone.

– On les liquide ?

– Si j'ai le go, ouais.

*

Zwak est tout étonné d'avoir ressenti une telle peur, lui qui n'éprouve d'habitude aucun sentiment. Assis, un peu trop droit, dans un fauteuil dans l'entrée de l'immeuble, il reprend ses esprits, indifférent au brouhaha ambiant.

– On a eu chaud !

– Hein ?

Merwais lui sourit gentiment.

– On a eu chaud, tu as eu la trouille, c'est pas grave. Tu verras, bientôt tu t'en moqueras. Moi, je lui ai échappé tellement souvent, à la mort, qu'elle me fait plus peur. Allah me protège.

Zwak regarde le plafond sans répondre.

Puis on les fait entrer dans une pièce sombre, où un bureaucrate du califat commence à leur expliquer à quel point le passage de la frontière par les camions va être difficile. Jusqu'à récemment, la frontière avec la Turquie n'était qu'une ligne sur le papier, un élément théorique. Daech contrôlait plusieurs portions de territoire côté syrien, les Turcs fermaient les yeux de l'autre côté, et tout était pour le mieux dans le meilleur des mondes. Tout passait : armes, munitions, combattants, pétrole de contrebande, nourriture, pièces de rechange... Un gigantesque espace de libre-échange, une zone franche capitaliste qui ne disait pas son nom, sans inspection ni droit de douane.

Mais ça, c'était *avant*.

La paranoïa et l'arrogance des djihadistes les ont poussés à attaquer les Turcs, pour se venger des quelques mesures symboliques de vérification que ceux-ci avaient instaurées à la frontière sous la pression des Américains et des Russes. Les attaques-suicides sur le territoire turc, de plus en plus meurtrières, ont fini par produire l'effet inverse de celui recherché par la secte. La Turquie a mis toute sa puissance dans la balance, fermé la plupart des postes-frontières, attaqué les caravanes clandestines, tué les passeurs. Maintenant, la frontière est quasi étanche.

Daech est isolé. Le califat va crever, coupé de ses bases de ravitaillement et des ressources dont il a un besoin désespéré pour survivre. Voilà ce que pense Zwak.

– Est-ce que mes camions peuvent franchir cette frontière ? demande-t-il.

– C'est presque impossible, lui répond-on. Il faut voir Boukra, le responsable des frontières. Lui seul a la solution.

Merwais exige qu'on les conduise à lui et, après vingt minutes de palabres, on leur annonce qu'ils vont être reçus. Une porte dérobée est ouverte, on les fait rejoindre un petit immeuble de bureaux, coincé entre une école maternelle et une boutique d'épices, derrière le premier immeuble où on les a reçus. Un gardien pousse alors une porte en verre dépoli, anonyme, ils se retrouvent sur un petit palier en mosaïque terne, protégé par un milicien assis sur un pliant, kalachnikov sur les genoux.

– On vient voir ton chef, dit Merwais. Ahmed Boukra.

L'homme se lève sans un mot, tire la grille blindée qui barre le passage. Quelques instants plus tard, il revient, suivi par un homme en *didchara* blanche. Grand, chauve et maigre, avec un nez busqué, il ressemble à un oiseau de proie. Ahmed Boukra est le responsable de la police des frontières de Daech. Ancien membre des moukhabarat irakiens, il aurait, selon les rumeurs, été emprisonné à Camp Bucca en même temps qu'Abou Bakr al-Baghdadi. Leur proximité daterait de cette époque.

Belle idée des Américains, en effet : après la révélation des sévices subis par les prisonniers à la prison d'Abou Ghraib, à Bagdad, puis la fermeture de celle-ci, des milliers de détenus islamistes furent regroupés dans le sud de l'Irak, dans une prison à sécurité molle dite Camp Bucca, du nom d'un pompier mort dans les tours du 11 Septembre. Circulant à peu près comme ils le voulaient dans l'enceinte, les détenus eurent tout le loisir de s'organiser, structurant à cette occasion le cœur nucléaire de ce qui allait devenir l'État islamique.

Une erreur magistrale de plus de l'administration américaine en Irak.

Ahmed Boukra les guide dans un couloir que bordent des dizaines de bureaux. De l'extérieur, on ne voit pas que l'immeuble, étroit sur la rue, est immense : en forme de triangle, il s'étire en réalité sur un pâté de maisons. Il y a beaucoup de monde à l'intérieur, uniquement des hommes en civil, arborant la tenue traditionnelle des djihadistes, pantalon relevé sur les chevilles et *kamiz* bouffante.

– On ne met plus d'uniforme pour ne pas attirer l'attention des nazaréens, explique Ahmed Boukra. Ils ont déjà attaqué deux de nos installations.

Ils rejoignent un grand bureau, garni des habituels meubles tarabiscotés autrefois chers aux cadres du régime baasiste. Le portrait de Bachar el-Assad a été enlevé, il reste juste une trace du cadre sur le mur.

Le djihadiste commande du café pour tout le monde et ils attendent en silence qu'un de ses hommes l'apporte. Puis il se tourne vers Merwais :

– Alors ?

– On a des camions à faire passer en Turquie. Trois.

– Quels modèles ?

– Des 30 tonnes.

La réponse d'Ahmed Boukra fuse :

– Impossible. La frontière est de plus en plus étanche.

Il se lève, montre d'un geste ample l'immense carte qui occupe presque tout un pan de mur.

– Il n'y a pas longtemps, on avait des centaines de points de passage rien qu'entre Azaz, Jarabulus et Kamechliyé. Il en restait encore une dizaine quand les Turcs ont commencé à resserrer leur contrôle. Mais on a perdu ces trois villes, alors les points de passage sont tombés avec elles.

– Le ravitaillement et les hommes passent encore, objecte Merwais. Ça, ça veut dire que la frontière, elle peut être franchie.

– C'est vrai, elle est beaucoup trop longue pour être contrôlée efficacement. Mais trois camions de 30 tonnes, tu crois que ça se voit pas ? Si tu t'imagines que ça va être facile de les faire passer de l'autre côté, tu te trompes. Pourquoi vous n'utilisez pas des camions turcs ?

– Nos camions, on les fait préparer ici, au Sham, par nos hommes. C'est plus sûr, répond Merwais. De toute façon, ce qu'on veut faire passer, c'est ce qu'il y a *dans* les camions.

– Je comprends. Je vais essayer de trouver une solution, Inch Allah.

Ils se resservent du café.

– J'ai encore des points de passage pas trop compliqués, finit par concéder Ahmed Boukra. Ça dépend de la cargaison. Les hommes et l'argent, pas de problème, on prend des sentiers. Pour les camions, on paie des bakchichs de l'autre côté, mais les contrôles sont souvent poussés. Les douaniers turcs fouillent et se servent, même si on les paie.

– Personne ne doit voir ce qu'il y a dans ces camions. Personne ! Personne ! intervient Zwak, les yeux fixés sur le plafond.

– Et qu'est-ce que tu crois que je peux y faire ?

– Nous organiser un passage sécurisé. Accord du calife.

Ils restent silencieux quelques instants.

– Il y a bien un poste de contrôle un peu spécial. À l'est de Jarabulus, sur une route secondaire. Il est tenu par la douane et non par l'armée. Le chef de poste côté turc fait partie de notre mouvement, comme deux de ses hommes, qu'Allah les bénisse ! De temps en temps on l'utilise, mais seulement pour des cargaisons uniques, très spéciales. Je ne veux pas le griller.

– *C'est* une cargaison très spéciale,

– C'est pas moi qui décide, Zwak, répond Boukra d'une voix doucereuse. Trois camions de 30 tonnes, ce n'est pas rien, ça va attirer l'attention. Si on perd ce point de contrôle, on n'en aura plus d'aussi sûrs avant un bon moment.

Il se lève.

– Je vais demander moi-même l'autorisation. Revenez me voir demain.

– Trop long.

– Pourtant, va falloir que tu patientes. Je veux l'accord du calife lui-même.

Il les congédie d'un mouvement de main méprisant. Comme Zwak s'apprête à insister, Merwais l'empoigne avant de le faire sortir précipitamment du bureau.

– Calme-toi. Tu es fou ! Ce type tue comme il respire. On peut attendre. Frapper après le 2 mai.

– Non ! Le 2 mai !

– Pourquoi ? Qu'est-ce qu'il a de spécial, le 2 mai ?

– C'est comme ça. Allah m'a soufflé cette date, on ne peut pas la changer.

La vraie raison, Zwak ne peut l'avouer à personne, pas plus à Merwais qu'à un autre. Personne ne pourrait la comprendre.

Lorsqu'ils atteignent le trottoir devant l'entrée de l'immeuble, la rue est vide.

– Qu'est-ce qui se passe ?

– On a entendu un drone tourner au-dessus de la ville, répond un milicien. Les habitants se cachent, ils ont peur qu'il tire un missile.

Zwak observe la Peugeot, le chauffeur qui baye aux corneilles, l'air épuisé et peu concerné par la paranoïa ambiante.

– On change de voiture, dit-il.

– Mais…

– On change de voiture.

Résigné, le milicien rentre dans le bâtiment.

*

À Nellis, l'opérateur qui a pris en charge la Peugeot la regarde démarrer. Il y avait quatre passagers lorsqu'elle s'est garée, et ils ne sont plus que trois à repartir. La voiture descend la rue, tourne dans une transversale. La circulation est intense mais la résolution de la caméra est telle qu'il est certain de ne pas la perdre au milieu du trafic.

Son superviseur arrive.

– Alors ?

– Elle quitte les lieux. J'ai eu confirmation que l'immeuble pourrait être un centre de commandement logistique important de Daech. École ou pas, on va sans doute le détruire dans les jours qui viennent.

– Les passagers de la voiture ?

– J'ai un doute, il en manque un, c'est peut-être d'autres gars qui sont montés, ils ont des turbans alors que ceux qui en sont descendus n'en avaient pas. Par contre, l'un des nouveaux passagers a une kalach.

– Ah ! Tu es certain ?

– Affirmatif.

– OK. On les tape.

Le califat a rétabli l'ordre dans son territoire, personne ne s'aviserait de s'y promener avec une kalachnikov sans une autorisation en bonne et due forme. En fait, toute personne repérée avec une arme longue est considérée comme une cible par les drones de la Coalition mais, heureusement, les djihadistes ne semblent pas l'avoir compris…

– On la laisse sortir de la ville, ordonne le responsable à son pilote. Dès qu'elle est seule, tu tires.

Plusieurs minutes s'écoulent. La Peugeot traverse les faubourgs, double un camion, accélère.

– C'est bon, vas-y.

Le pilote entre les coordonnées de tir.

– Je la locke. C'est bon. Paré au tir. 45 secondes.

Il appuie sur le bouton de mise à feu.

– Go.

Mille mètres au-dessus de la surface de la terre, le drone lâche son Hellfire. Conçu au départ comme un missile antichar, précis et peu onéreux, il s'est révélé l'arme parfaite pour les éliminations ciblées.

À l'écran, le pilote regarde la voiture bien calée dans son viseur, tandis que défilent au-dessus de l'image les données techniques du tir et le compte à rebours avant l'impact. Il a beau avoir déjà vécu cette situation des dizaines de fois, il reste toujours aussi fasciné par cette mécanique de mort implacable et silencieuse. Soudain, l'écran est envahi par une violente explosion, tandis que les morceaux de la Peugeot, pulvérisée par le missile, jaillissent dans toutes les directions.

Le pilote note soigneusement sur son carnet de tir : « Cible détruite, trois djihadistes HS. » Puis il demande l'autorisation d'aller boire une bière.

*

Najibullah Nafis a l'air hagard. Les infrasons, les coups à sa porte l'ont empêché de dormir et il est épuisé. À cause du sandwich au porc de Magnet, il refuse désormais de s'alimenter, par crainte de ce qu'il appelle une « tentative d'empoisonnement », mais il a accepté les Coca-Cola et les tartines de Nutella que Nicole lui a apportés à trois reprises ces dernières quarante-huit heures. Deux fois, Magnet est venu dans sa cellule pour le narguer ou le menacer. C'est lui qui l'en extrait en le tirant par le col.

– Hé, Najibullah, tu sais que tu as de la chance ?

– Chance ?

– Ben ouais, que ma collègue soit là. Tu sais ce que je fais, moi, quand, je suis seul ? J'emmène les prisonniers dans l'étable aux cochons qu'il y a sous la centrale. Oui, mon pote, il y en a une, je te promets, on l'a installée spécialement pour les mecs comme toi. Tu as déjà mangé de la merde de cochon, Najibullah ? Tu vas voir, tu vas adorer. Oh, j'ai une autre idée : si je t'attachais à poil dans la cellule, le cul à l'air, qu'est-ce qu'il aurait envie de faire avec toi, le cochon, Najibullah ? J'ai expérimenté ça avec un prisonnier, une fois : une vraie nuit de noces ! Ça va te changer de ta femme, tu vas voir. Je suis sûr que tu vas kiffer.

Furieux, le prisonnier tente de résister, appelle à l'aide derrière son bâillon, mais Magnet a de la force. Un grand flic noir vient lui prêter main-forte. À deux ils traînent le djihadiste jusqu'à une nouvelle salle d'interrogatoire. Magnet a demandé à son collègue de mettre une grande croix de bois sur son T-shirt, pour faire croire au prisonnier que ses tourmenteurs lui en veulent à cause de sa religion.

C'est un Najibullah bouleversé qui est jeté brutalement au sol de la salle d'interrogatoire. Elle est encore plus petite que les précédentes. Le chauffage a été coupé et une discrète climatisation souffle un air à dix degrés. Par la vitre sans tain, Nicole regarde quelques instants le djihadiste se dégonfler, pleurer à gros sanglots. Enfin, elle le rejoint.

– Vous allez bien, Najibullah ?

– Je froid. Votre collègue, il est fou. Il veut emmener moi dans étable avec cochons. Cochons, *haram*.

Il a l'air tellement effrayé, le regard suppliant, qu'elle éprouverait presque un peu de pitié pour lui.

– L'étable, c'est juste pour élever les porcs qu'on mange à la cantine, on n'emmène pas de prisonniers dedans, affirme-t-elle le plus sérieusement du monde, se mordant les joues pour ne pas rire.

Où Antoine Magnet va-t-il chercher des idées pareilles ?

– Et puis, je suis là pour vous protéger. – Elle prend un air ennuyé. – Mais là, j'ai un problème. Je dois partir demain à Marseille pour une autre affaire.

L'homme blêmit.

– Partir ? Combien temps ?

– Pas très longtemps, quatre ou cinq jours.

– Cinq jours !

Il a hurlé.

– Ne vous en faites pas, je vais faire la leçon à mon collègue. Il ne vous fera pas de mal.

Elle le laisse la supplier, avant de lancer :

– Peut-être... si vous me disiez quelque chose d'intéressant... je pourrais vous transférer immédiatement à la juge d'instruction. Comme ça vous passeriez sous la garde des gendarmes, et mon adjoint, il ne pourrait plus vous embêter. La juge, elle est gentille. Mais il faut une information qui l'intéresse.

Le djihadiste réfléchit, complètement affolé.

– Je connais nom ami Merwais à Kaboul. Il fait venir combattants au Sham.

– En quoi cela m'intéresse-t-il, Najibullah ?

– Tous ceux Merwais envoie loin Afghanistan, ils passent par lui. Lui connaît tout. Passeports, noms.

– D'accord, je vous crois. Ça va plaire à la juge. Comment il s'appelle, cet homme ?

– Abou Moussa. Il vient du sud, c'est Baloutche.

Elle a une moue déçue.

– Ce n'est pas assez pour que la juge, elle vous protège, Najibullah. Abou Moussa, c'est son *kunya*, son nom de guerre. Je connais des dizaines de terroristes qui se font appeler Abou Moussa.

– Lui, vrai nom, c'est Abou Moussa Mararchaï.

*

Oussama et Chinar ont le temps de finir la théière avant que le directeur régional réapparaisse, les mains vides.

– Désolé, je n'ai pas retrouvé le dossier de ce garçon, beaucoup d'entre eux ont été égarés ou sont détruits par erreur. Et sans nom de famille…

Au même moment, un jeune homme fait son apparition. Cheveux frisés un peu longs, belle brioche, l'air malin derrière des lunettes de myope ; sa tenue – jean, baskets et T-shirt – exclut qu'il puisse être proche des talibans.

– Voici Mohamad. Il a travaillé avec l'instituteur de Zwak.

– Je n'ai pas connu Zwak, mais mon collègue m'en parlait souvent, confirme-t-il dès qu'Oussama lui a expliqué ce qu'il cherche. Un garçon merveilleux, apparemment.

– Nous cherchons à l'identifier. Connaissez-vous son nom de famille ?

– Non, juste son prénom, désolé.

Oussama accuse le coup. Tous ces efforts pour ne même pas disposer d'une identité précise.

– Parlez-nous de lui.

– Il doit avoir dix-sept ou dix-huit ans aujourd'hui. Il est né dans l'extrême sud du pays, en lisière du désert de la mort.

– Quoi, vous en êtes certain ?

– Absolument ! Son instituteur trouvait cela incroyable, ce petit génie sorti du désert.

En plein pays baloutche, d'où je viens, songe Oussama. Information qui le crispe légèrement. Mais comment un garçon né dans une zone presque inhabitée, où ne circulent que des nomades de son ethnie, peut-il s'être retrouvé en pleine Kâpîssâ ? Il pose la question à l'instituteur.

– Dans mon souvenir, les deux parents de Zwak étaient baloutches. Son père était professeur de mathématiques, je crois qu'il avait commencé à la frontière iranienne, dans une école pour jeunes adultes nomades. C'est là qu'il avait rencontré Farzana, la mère de Zwak. Ensuite il a été muté à Kaboul. La famille y a emménagé quand Zwak avait quatre ou cinq ans. Et puis le père de Zwak est mort, dans des circonstances tragiques.

– Lesquelles ?

– Il a été écrasé par un blindé de la coalition occidentale. Il réparait le pneu de sa mobylette sur le bord de la route, le chauffeur ne l'a pas vu. Il ne s'est même pas arrêté, tout le convoi a continué comme si de rien n'était, ce sont des commerçants qui ont ramassé le corps. L'ambassade a proposé un dédommagement de mille dollars. Mille dollars pour une vie, vous vous rendez compte ? Ensuite, d'après ce qu'on m'a raconté, la mère s'est remariée assez rapidement avec un oncle de Zwak. Il était fonctionnaire à l'Agriculture et la famille s'est installée ici. Je sais que c'était fin 2007, quelques mois avant l'embuscade d'Uzbin, vous allez voir, c'est un détail important. Zwak est resté ici jusqu'à un an avant que j'arrive, 2011, donc. Et au printemps son beau-père a sauté sur une mine dans la montagne. Il savait que la zone de pâturage où il se rendait était mortelle, mais il y avait eu une sécheresse et ses chèvres étaient très affaiblies, il aurait perdu tout son troupeau s'il ne l'avait pas emmené dans un endroit verdoyant, mines ou pas mines. Il n'a pas eu de chance.

– Cela aurait-il pu affecter Zwak ?

– Il a perdu son père puis son beau-père à cause des Occidentaux. Sincèrement, on peut comprendre qu'il se soit mis à leur en vouloir.

– Le conducteur qui l'a tué, vous savez de quelle nationalité il était ? demande Oussama, certain de la réponse.

– Français.

Oussama échange un coup d'œil avec Chinar. Comment de petits événements en produisent de grands… Ils ont l'embryon d'un mobile, à défaut d'informations précises.

– Zwak parlait-il de se venger ?

– Je l'ignore. Sa mère a dû vendre leur maison, on ne les a plus revus. Ils sont repartis au Baloutchistan.

Oussama note quelque chose dans son carnet.

– Parlez-moi de sa personnalité.

– Zwak est capable de calculs mathématiques impossibles pour des gens comme vous et moi. Mais, d'après ce que j'ai entendu, il ne parle presque pas, il n'a pas d'amis. – L'instituteur hausse les épaules. – Comprendre qui est vraiment ce garçon me paraît impossible. Mon prédécesseur s'est démené comme un fou pour essayer de lui obtenir de l'aide et l'envoyer à Kaboul. Ici, il n'y a pas de budget ni de programme spécial pour les élèves surdoués. C'est là que le troisième coup du sort a joué. Il y avait une association occidentale, française, qui sélectionnait chaque année l'élève le plus brillant de la vallée pour l'envoyer au lycée français de Kaboul, là où Massoud avait été formé. Ç'aurait été une forme de réparation de la mort de son père, n'est-ce pas ? Mais après l'embuscade d'Uzbin, en 2008, où un grand nombre de soldats français ont été tués par les talibans, pas très loin d'ici, l'ambassade a obligé toutes les ONG à se replier hors de la région et on n'a jamais plus eu de nouvelles. Zwak, on lui avait parlé de ce programme, sa mère en rêvait pour lui et, à la fin, il n'a même pas pu être présenté. Vous imaginez à quel point il a dû être déçu.

Oussama hoche la tête. Un schéma se dégage, mortellement clair. Un enfant surdoué, trop solitaire, accablé par un drame familial ayant pour origine des soldats français, qui se sent ensuite trahi par une ONG française. Si sa haine a grandi au fil des années, elle peut avoir transformé l'adolescent en baril de poudre prêt à exploser. C'est à ce moment que l'instituteur conclut :

– Si Zwak travaille pour l'État islamique, vous avez du souci à vous faire. Vu ce que je sais de lui, de son imagination, de son génie et de son sens maladif du détail, il est sans doute mille fois plus dangereux que bien des terroristes adultes.

*

Il est presque onze heures quand ils sortent du bâtiment. La chaleur leur tombe dessus d'un coup. La rue est pleine de monde, la foule habituelle d'un village de campagne un matin de marché. Le directeur et l'instituteur ont tenu à raccompagner Oussama. Machinalement, Chinar balaie les environs du regard. Vieille habitude prise à Kandahar, où des flics se font attaquer toutes les semaines par les talibans. Du coin de l'œil, il détecte les trois attaquants au moment où ces derniers se mettent en position.

– Attention !

Il a crié tout en dégainant son pistolet. Il voit l'un des hommes sortir quelque chose de sa poche. Son cerveau enregistre l'information en une fraction de seconde : grenade ! Déjà son bras s'est tendu, il ouvre le feu sans même viser.

Les détonations s'enchaînent si vite qu'elles semblent être une rafale. Le taliban est touché au bras et à la jambe, il laisse échapper sa grenade qui roule au sol sous ses pieds. Oussama s'est jeté à terre en sortant son pistolet, cherchant une cible. Il aperçoit un taliban dans sa ligne de mire, tire trois coups, le touche. Son jeune assaillant a déjà vidé son chargeur sur lui, mais il n'a pas l'habitude des armes à feu, les balles sifflent sans atteindre leur cible. Avec horreur, Oussama voit l'instituteur tomber, frappé en pleine face. Le directeur pousse un cri de douleur tandis qu'au même moment la tête d'une femme en burqa explose sous les projectiles. Oussama réajuste sa main, ses balles atteignent le djihadiste au cœur alors que la grenade explose sous le premier taliban, projetant son corps en l'air. C'est le moment que choisit le troisième assaillant pour se relever. Il a enfin réussi à engager une balle dans la chambre de son Scorpio. Mais lui aussi est inexpérimenté, le recul pousse le canon vers le haut et en quelques secondes tout le chargeur part au-dessus d'eux. Chinar l'ajuste, lui tire en pleine poitrine. L'arme bien tenue à deux mains devant lui, comme au stand, il avance en enchaînant les tirs, touchant le djihadiste à chaque coup. Enfin, il s'arrête, balaie lentement l'espace autour de lui, arme braquée, avant de comprendre que c'est fini. Les trois assaillants ont été tués, il n'y en a pas d'autres. Il hurle :

– Qomaandaan, vous n'avez rien ?

– C'est bon !

Dans la rue, c'est le chaos, les gens fuient en hurlant, il y a du sang partout, en longues traînées, une dizaine de morts et de blessés à terre, dont le chef de sa garde, qui a pris une balle dans le ventre. Le policier d'élite a l'air choqué. Prudemment, Oussama ouvre sa chemise. La plaie d'entrée est bien nette. Elle ne saigne presque pas, mais c'est souvent le cas avec le 9 mn. D'expérience, Oussama sait que ça n'augure pas forcément quelque chose de bon : il peut y avoir de gros dégâts à l'intérieur.

– Tu as mal ?

– Qomaandaan, j'ai l'impression d'avoir un fer rouge dans le ventre.

Le sang coule davantage depuis l'orifice de sortie qui se trouve sur le côté, formant une ligne rougeâtre. Oussama continue son inspection, méthodiquement. Ce qu'il constate le rassure. Des blessés par balle, il en a vu des centaines sur le champ de bataille depuis ses premiers combats contre les Russes : son collègue n'est pas gravement touché. Enfin, il lui passe la main sur le front.

– La balle a tapé sur le côté. La douleur vient d'une côte fêlée ou brisée, pas de tes organes internes. – Il sourit. – Tu vas pouvoir revenir avec nous. Par Allah, tu as eu beaucoup de chance aujourd'hui, ce n'est pas le cas de tout le monde.

Il se relève. Dans la cohue indescriptible, il remarque l'instituteur. Une balle l'a frappé au beau milieu du visage, formant une sorte d'horrible fleur pourpre à la place du nez. Bizarrement, ses lunettes n'ont pas bougé, il a les yeux grands ouverts, derrière, et l'air surpris. La femme en burqa et sa fille sont mortes sur le coup, touchées par plusieurs balles, sans doute celles qui lui étaient destinées.

Oussama s'éloigne du bruit, des cris, de la foule. À l'écart, il déplie son tapis de prière. Pourtant, se dit-il sombrement, il n'y a personne à remercier : si Dieu se souciait vraiment de lui, il n'aurait pas échangé sa vie contre celles d'autant d'innocents.

*

La liaison vidéo entre le commissariat central de Kaboul et Paris est presque parfaite, l'image et le son bien synchronisés. Oussama, assis sur une vieille chaise en plastique, sourit à Nicole, dont la silhouette remplit l'écran. Elle est habillée d'une chemise et d'une veste noires qui font ressortir la neige de ses cheveux. Un foulard très coloré égaie l'ensemble, mais il n'y a rien de joyeux dans son attitude ; Nicole est nerveuse. Derrière elle, Oussama aperçoit un bureau plutôt banal, encombré de dossiers, des écrans d'ordinateur, un portemanteau auquel est accroché un holster. Il vient de lui rendre compte des derniers développements : Zwak a été vainement passé dans tous les fichiers, mais sans date de naissance ni nom de famille, il n'y a rien à espérer.

– De mon côté, je lance une fiche d'alerte à tous nos collègues européens et turcs, en priorité absolue, bien que je sois certaine que ça ne servira pas à grand-chose, explique Nicole. Je résume : individu de nationalité afghane, autour de dix-sept ans, petite taille, cheveux châtains, yeux verts, nom inconnu, prénom Zwak. Il va tenter de passer la frontière entre la Turquie et l'Union européenne au volant d'un camion piégé, si ce n'est déjà fait. Pour info, nous avons lancé une alerte prioritaire pour Merwais Golim et tous les membres connus de son réseau dès que vous nous avez prévenus.

Oussama approuve. Tous deux communiquent en russe, une langue qu'ils maîtrisent l'un et l'autre.

– Ils ne sont pas obligés de s'enregistrer s'ils entrent en Europe ?

– Théoriquement, si, mais beaucoup évitent les procédures officielles en ne déposant pas de demande d'asile. S'ils passent par une frontière terrestre, ils peuvent ne pas être contrôlés, certains douaniers acceptent des pots-de-vin. Donc, en réalité, Zwak peut déjà être n'importe où en Europe. Si ça se trouve, il est à Paris et on ne le sait pas.

– S'il était à Paris, l'attentat aurait déjà eu lieu, remarque Oussama.

Nicole acquiesce. En début de réunion, Oussama lui a appris que, d'après les fichiers de la police afghane, Abou Moussa Mararchaï, l'homme dénoncé par Najibullah Nafis, a disparu un an auparavant. Soit il est mort, soit il a trahi Daech et se cache sous un autre nom.

Bref, leurs pistes sont deux impasses.

Un peu découragée, Nicole consulte à nouveau ses notes.

– Je reviens à Zwak. Son instituteur a parlé de son caractère méthodique, dites-vous. S'il a un plan précis pour attaquer Paris, il a peut-être laissé d'autres indices, des notes plus complètes que celles que nous avons trouvées.

– Il avait douze ans quand il a quitté la Kâpîssâ. Il n'y avait rien dans l'ancienne maison habitée par sa mère, j'ai vérifié avant de quitter la ville.

– Il faudrait chercher dans les derniers lieux qu'il a fréquentés avant de quitter l'Afghanistan. Au Baloutchistan.

– C'est une zone immense, un désert où les nomades se déplacent en permanence, sans trajet connu des autorités. La police locale est corrompue et certainement infiltrée par les talibans, elle ne nous sera d'aucune utilité.

– Ça vaudrait le coup d'aller sur place pour vérifier, non ? Est-ce jouable ?

Oussama se rembrunit. La vraie raison de sa réticence, il la connaît : il n'a pas envie de revenir sur les traces de son enfance. Il accepte pourtant de se rendre au Baloutchistan dès le lendemain.

*

Cet après-midi-là, c'est une vieille Chevrolet Caprice qui attend Zwak devant la maison. Quand ils ont appris que leur Peugeot avait été détruite par un drone, Merwais Golim et le chauffeur se sont jetés à terre pour remercier Allah. Zwak a fait semblant de prier, lui aussi, même s'il n'en pense pas moins : sans sa méfiance, ils seraient tous morts, Allah ou pas…

C'est le même chauffeur maussade qui les conduit, accompagné par Ahmad, le principal garde du corps d'al-Ghadiya. Depuis l'épisode du barrage où ils ont failli se faire abattre, il manifeste une grande dévotion à l'égard de Merwais. En revanche, il ne regarde plus Zwak.

– On y va ? demande Ahmad.

Dans ses yeux pleins de mépris, Zwak lit une autre phrase : « On y va, espèce de fiotte ? »

– Le rendez-vous n'est pas trop loin, il est à Raqqa, précise le chauffeur.

Le trajet est court, mais la route qui mène à la capitale du califat est un enfer. Elle est parsemée de barrages mobiles tenus par des miliciens tatillons, rendus paranoïaques par les frappes de la Coalition. Avant chacun d'entre eux, les embouteillages s'étendent sur des kilomètres et il est impossible de doubler sur cette voie unique. En plus, la Chevrolet a un problème de moteur : il cale régulièrement, ce qui coupe le peu de climatisation.

Enfin, ils parviennent à destination. L'atmosphère en ville est étrange : en apparence, tout en normal, mais la tension est palpable, les passants marchent trop vite, le regard fixé droit devant eux.

La peur.

Depuis quatre jours, plus de cinquante frappes ont touché la ville, on est passé brutalement de la crainte diffuse du conflit à la guerre. Partout, les artificiers de Daech sont en train d'installer des explosifs. Chaque maison, chaque bâtiment sera transformé en un piège mortel. Les civils – ils étaient plus de deux cent mille avant la prise de la ville – savent ce qui va se passer : ils seront maintenus de force dans la cité comme boucliers humains, tandis que les dirigeants du régime s'enfuiront discrètement, de nuit, par des chemins détournés. Cela s'est passé ainsi à Mossoul et à Al-Bab, comme dans de nombreuses villes reconquises par les Kurdes et l'armée régulière – aucune raison qu'il en aille différemment ici.

Ils contournent un rond-point gardé par des tanks hérissés du drapeau noir de l'organisation, ceux-là mêmes qui paradaient après la prise de la ville par les islamistes, faisant fumer le goudron avec des figures dignes de courses de stock-cars. La présence militaire est partout, témoignant du rôle fondamental de la ville pour le régime islamique. Sa perte serait un coup terrible. Mais Zwak ne se fait guère d'illusions sur la capacité de Daech à résister durablement à la Coalition :

il a vu de quoi les Occidentaux étaient capables dans son propre pays, faisant tomber le régime taliban que chacun croyait invincible en seulement six semaines. Les Occidentaux paieront pour ça, ils pleureront des larmes de sang !

Ils passent devant l'ancienne église de la ville, transformée ironiquement par les djihadistes en siège de la hisbah, la police islamique, avant de s'engager sur le rond-point Paradis, rebaptisé « rond-point de l'Enfer » depuis que les corps des condamnés à mort y sont exposés pendant des jours, crucifiés après avoir été mutilés. Ils s'engouffrent dans les rues tortueuses de la vieille ville. Ici, on se croirait revenu un siècle en arrière : charrettes à bras, animaux de labeur, échoppes vendant des épices, des légumes, des ustensiles de cuisine. Les femmes rasent les murs, silhouettes noires recouvertes de la tête aux pieds, gantées jusqu'au bout des doigts car rien ne doit dépasser du sitar, aucun morceau de chair, rien qui puisse susciter le désir.

Le chauffeur a retrouvé le sourire : il est ici chez lui. Enfin, ils roulent dans un quartier résidentiel, avant de s'arrêter devant une maison cossue, trois étages, murs roses, toit de tuiles anciennes, jardin débordant de bougainvilliers. La présence de plusieurs miliciens armés est la seule preuve de l'importance de la villa. Ils entrent après avoir été fouillés.

On les fait attendre dans une pièce meublée de quelques chaises en plastique, puis un nabot renfrogné leur fait signe de les suivre.

Le salon dans lequel on les fait patienter est luxueux, même selon les critères de la classe dirigeante syrienne. Le plafond est peint comme celui d'un château français, le mobilier est chargé mais de bon goût, une belle tapisserie en brocart est accrochée au mur. Merwais et Zwak n'ont jamais vu un tel faste.

Il n'y a que deux hommes dans la pièce. Le premier, ils le reconnaissent, c'est Yasin al-Mouadidi, le nouveau ministre de la Guerre de Daech, qu'ils ont vu lors de leur rencontre avec le calife. Ancien membre des forces spéciales, général de brigade de Saddam Hussein, il a la réputation d'être un militaire calme et compétent. Il a l'air épuisé, des cernes profonds creusent ses traits jadis conquérants. Il a échappé à deux frappes de la Coalition et n'a pas dormi correctement depuis plusieurs jours, ce qui a tendance à altérer son jugement. Le second a l'apparence chafouine d'un comptable de province – crâne chauve et petites mains soignées –, mais ses yeux pétillent d'intelligence.

C'est lui, le faussaire. Zwak le devine sur-le-champ. Les deux hommes se jaugent une seconde et, aussitôt, quelque chose passe entre eux : ils se reconnaissent sans mal, deux personnalités brillantes et brimées, dont le potentiel n'a jamais été apprécié à sa juste mesure. Il a fallu Saddam Hussein pour l'un, la guerre et le califat pour l'autre, pour qu'enfin on les prenne au sérieux.

– Bienvenue à Raqqa, mes frères, paix sur vous.

– Louange à notre Seigneur de nous avoir permis de voyager en sécurité, répond Merwais.

– *Al Hamdoullilah*, répondent en chœur les deux hommes.

Le nabot revient, tenant un plateau sur lequel sont posées des tasses et une cafetière fumante. Il verse le liquide bouillant avant de disparaître après une dernière courbette. Zwak a le temps d'apercevoir la forme d'un pistolet caché au creux de ses reins. Dans cette ville, tout le monde est armé et dangereux.

– Nous avons fini de travailler, annonce al-Mouadidi.

Sur un signe de lui, le faussaire dépose cérémonieusement un jeu de documents devant Zwak.

– Voici une première série de cartes grises, turques, pour les camions. Le cachet est authentique, de même que le timbre fiscal. Elles vous permettront de vous déplacer facilement en Turquie et jusqu'en Bulgarie. Les numéros correspondent bien évidemment à celui de chaque camion. Le propriétaire est censé être une société de transport qui appartient à l'un de nos militants. Il ignore tout de votre opération mais il sait que si on l'appelle pour des renseignements au sujet de véhicules qui ne sont pas dans son stock réel, il doit prétendre qu'ils lui appartiennent. Pas d'inquiétude, vous franchirez n'importe quel contrôle de routine. Ensuite, pour traverser la Roumanie et la Hongrie, vous basculez sur une autre légende.

Avec la rapidité d'un prestidigitateur, il fait apparaître un second jeu de documents.

– Ceux-là vous serviront une fois dans l'Union européenne. Après avoir traversé la Bulgarie, les camions basculeront sur une autre société, polonaise, celle-là. Nous n'avons pas de militants sûrs possédant une société de transport en Pologne, alors j'ai suivi votre conseil et choisi une petite entreprise régionale qui existe vraiment, à Zamosc, dans l'est du pays. On les a appelés pour faire un test, ils ne parlent pas l'anglais.

– Pourquoi la Pologne ? demande al-Mouadidi.

– Zwak a choisi ce pays parce qu'il ne sera traversé par aucun de nos camions, donc les vérifications seront plus difficiles, tous ces Européens parlant des langues différentes. C'est un pays catholique, il inspire confiance, cela devrait éviter tout contrôle douanier aléatoire. Enfin, il y a beaucoup de sociétés de transport, là-bas, des échanges commerciaux avec tout le reste de l'Europe et la Turquie, cela réduit les risques de suspicion policière, répond le faussaire.

Il dévoile ensuite un nouveau dossier.

– Ceux-là, ce sont vos documents commerciaux. Comme vous nous l'avez demandé, vous serez censés transporter des pièces de rechange automobiles fabriquées dans l'usine Renault de Bursa, en Turquie. Des boîtes de vitesses. Ce sont des pièces pour le modèle Clio break, le même que celui qu'on trouve ici en Syrie, il est très vendu en France. Nous en placerons une grande quantité à l'arrière des camions.

Il sourit.

– Les douaniers européens ne se méfieront pas de pièces automobiles en provenance d'une grande marque française. Et cela vous donne un argument imparable pour justifier un trajet entre la Turquie et la France.

– Elles sont bien en fonte ? demande Zwak.

– Elles le sont.

Les deux hommes se regardent et à nouveau un éclair de complicité les traverse. Ils se comprennent sans avoir à se parler, deux cerveaux habitués à fonctionner à trois cents à l'heure dans un monde à quatre-vingt-dix.

– Comment on va récupérer les pièces de rechange sans se faire remarquer ? demande Merwais, qui commence à s'exciter devant tant de sophistication.

– Il y a des expéditions tous les jours, et on a un homme à nous qui travaille dans l'usine Renault, rétorque le ministre Yasin al-Mouadidi. On a détourné un camion et on l'a fait disparaître avec son chauffeur. On a capté sa cargaison : dix tonnes de boîtes de vitesses, trois tonnes par camion, comme l'a voulu Zwak. Le temps que la police comprenne, ce sera trop tard.

Le faussaire pose les mains sur une nouvelle série de documents, comme pour en absorber l'énergie.

– Dernière bonne nouvelle, j'ai fini les papiers d'identité, c'était le plus compliqué. Officiellement, vous serez tous kazakhs, c'est plus prudent. Personne ne parle cette langue et nous possédons une dizaine de passeports volés qui conviendront parfaitement. Si on vous arrête, Zwak a tout prévu : vous expliquerez que votre entreprise fait appel à des chauffeurs d'Asie centrale sur ce trajet parce que vous n'êtes payés que deux cents euros par mois. Les douaniers ont l'habitude, ils voient de plus en plus de routiers de toute origine.

Ils finissent leur café puis se donnent l'accolade. Zwak prend le faussaire à part. Il lui parle pendant environ deux minutes, peut-être trois. Quand il a terminé, l'Irakien approuve de la tête.

– Qu'est-ce que tu lui as raconté ? demande Merwais, intrigué.

– Mon ultime mesure de précaution.

Alors qu'ils s'apprêtent à quitter les lieux, un homme se présente à l'entrée. C'est la bonne nouvelle que Zwak attendait : ses camions vont pouvoir utiliser le poste-frontière sous contrôle de Daech.

Le grand soir sera dans deux jours : les poids lourds passeront en Turquie, première étape de leur voyage vers Paris.

23 avril

Les hélices du petit Dornier tournent dans un grondement d'enfer, commencent à peine à ralentir alors que l'appareil se range sur le parking en face de l'aérogare, un hangar en partie effondré, ouvert à tous les vents. Il n'y a aucun appareil sur le tarmac, si ce n'est un vieux Yak datant de l'époque soviétique qui ne tient que par la peinture et deux hélicoptères militaires en piteux état.

Atmosphère de bout du monde.

Enfin, les moteurs s'arrêtent et deux employés se précipitent pour ouvrir la porte de l'avion. Oussama descend, suivi par Gulbudin, encore pâle à cause des turbulences, puis par Babour et les hommes de protection. Il est huit heures du matin à Finjang, petite ville perdue du Helmand, la province la plus au sud de l'Afghanistan, et il fait quarante degrés sous un ciel sans le moindre nuage. C'est le dernier moment de « civilisation » avant l'immersion dans ce qui est sans doute l'un des endroits les plus extraordinaires et les plus inhospitaliers de notre planète : le désert de la mort. D'une superficie de plusieurs dizaines de milliers de kilomètres carrés, il s'étend sur une vaste bande entre le sud-ouest de l'Afghanistan et le nord-est de l'Iran. C'est une fournaise sans le moindre arbre, ni plante ou oasis pour offrir réconfort et sécurité aux voyageurs qui osent le traverser. Un enfer de pierrailles et de sable. Les rares puits sont souvent à sec, quand ils ne sont pas envahis par une eau impropre à la consommation, tellement salée qu'elle brûle et fait éclater les lèvres des malheureux qui n'ont d'autre choix que de la boire. Si la chaleur est accablante le jour, le froid est cinglant la nuit, tout juste au-dessus de zéro. Le désert abrite des vipères à cornes dont le venin peut tuer un homme adulte en moins d'une heure, des scorpions noirs et jaunes – ces derniers sont les plus redoutables –, ainsi que des crabes des sables, effrayants, et des tarentules dont la morsure est si douloureuse qu'elle est réputée rendre fou.

Oussama contemple la vaste étendue qui s'étend devant lui, un petit sourire aux lèvres. Sa famille vient de ce désert, il y a habité jusqu'à ses dix ans, avant que ses parents ne migrent vers le Panshir à la mort de leur troupeau, une année de canicule. Il a joué avec les scorpions, appris à creuser un fossé autour de lui la nuit pour dévier les serpents et les araignées. Son père lui a enseigné comment suivre le vol des rares oiseaux dans le ciel, annonciateur d'eau potable, ou comment décrypter les traces dans le sable pour apprécier l'arrivée du vent noir, un phénomène climatique dévastateur au sein duquel des colonnes entières d'hommes et d'animaux ont disparu corps et biens au fil du temps. Les anciens ne disent-ils pas de ce vent qu'il a, un jour, englouti une armée entière venue de Perse sans qu'on en retrouve la moindre trace, armes, chariots ou cadavres ?

Ce fut son monde, il n'en a pas peur, mais tel n'est pas le cas de ses hommes. Babour et Gulbudin regardent autour d'eux, assommés par la chaleur, inquiets et méfiants. Comme tous les Afghans, ils ont entendu quantité d'histoires horribles sur ce désert – pour la plupart vraies – et se demandent ce qu'ils viennent faire ici.

Le chef de la garde d'Oussama le rejoint. Sa blessure au ventre lui fait encore mal, mais il a absolument tenu à accompagner Oussama. C'est lui qui a organisé tous les détails matériels de leur périple, avant leur départ de l'aéroport de Kaboul, ce même jour à trois heures du matin.

Deux 4 × 4 blindés et deux pick-up de l'ANA, généreusement prêtés par le chef de la police locale, les attendent sur le tarmac. Oussama vérifie que le matériel demandé est bien entassé à l'arrière des pick-up : de l'eau pour dix jours, du pain, du fromage sec et des barres vitaminées, trente-cinq bidons de trente litres de gasoil, des munitions, des tentes pliables, de l'huile et une bonne quantité de filtres de rechange pour les voitures. S'ils tombent en panne, il faudra qu'ils attendent les secours dans un lieu où on peut payer de sa vie chaque malchance, chaque erreur.

Enfin, ils démarrent.

La route qui traverse le désert a été construite sous l'occupation russe, c'est à présent un ruban de béton crevassé sur lequel les voitures tanguent dans un boucan d'enfer. La température a encore augmenté et le paysage se gondole, tandis que des mirages semblent flotter au-dessus du sol en permanence.

– Vous savez où aller ? demande Babour, encore ébahi de se retrouver là.

– Ces tribus nomades sont très mobiles. On va suivre les groupes jusqu'à trouver le bon. Ils se connaissent tous.

Le jeune expert sait qu'Oussama parle en connaisseur. Pourtant, il a du mal à imaginer que son chef, montagnard accompli, est né dans cet enfer plat et aride, et qu'il y a passé une bonne partie de son enfance.

– Une température pareille, dit-il, c'est infernal.

– On s'y habitue, dit Oussama. Le pire, ici, ce n'est pas la chaleur, ce sont les tempêtes de sable. Quand le vent se lève, on change de monde. Il peut atteindre deux cents kilomètres à l'heure et souffler pendant des jours, parfois des semaines. Il est si puissant qu'il charrie des quantités de déchets, ce qui le rend complètement opaque, d'où son nom de vent noir. Une fois dedans, on se croit en pleine nuit. Sans eau ni la sécurité d'une tente, c'est la mort assurée.

– Tous ces filtres pour les voitures, c'est à cause de ça ?

– Dans les tempêtes, il faut les changer tous les cent kilomètres.

– Ce vent noir, il apparaît à quelle période de l'année ? demande Gulbudin d'une voix où perce l'anxiété.

– Entre avril et juin.

Ils roulent pendant près de cinq heures avant d'atteindre un premier campement. Une dizaine de tentes, des chameaux en nombre, des enfants qui jouent. Un groupe de nomades baloutches.

– J'y vais seul, dit Oussama. Ils ne vous parleront pas.

Il descend, prend la peine d'ajuster un turban autour de sa tête avant de se mettre en marche vers le campement à pas lents. Deux hommes sont sortis de l'une des tentes, l'observant avec méfiance.

– La paix sur vous, mes frères.

– Qu'elle soit aussi sur toi, *sahib*.

Ils ont répondu machinalement, mais leur attitude évoque toute la réticence d'un peuple pour qui le contact avec les étrangers s'est trop longtemps soldé par le massacre des hommes et le viol des femmes.

– Je suis l'un des vôtres, poursuit Oussama. J'ai vécu ici, dans ce désert, auprès de mon père Ilam Kandar, paix à son âme, et de mon grand-père, Oussama Kandar l'ancien. Me voici de retour ici avec mes hommes, car j'ai besoin de l'aide des miens.

Il a retrouvé naturellement le phrasé souple et mélodieux du baloutche, qui n'a rien à voir avec la raideur du pachtoun ou le son guttural de l'arabe.

– Ilam Kandar, l'homme au fusil ! s'exclame l'un des nomades. Celui qui pouvait toucher un homme à mille mètres ? Tu es son fils ? Le meilleur fusil de Massoud le Tadjik ?

– Oussama. Oui, c'est moi.

– Par la gloire de Dieu, bienvenue dans ta patrie. Bienvenue.

Les deux hommes se rapprochent pour l'étreindre. Oussama se laisse faire, ému par cet accueil chaleureux.

– Je suis Anwar, le chef de la tribu des Mandikak, annonce le plus âgé, les effusions terminées. Les Kandar sont nos amis et nos frères. Je vais te présenter.

Il se tourne et met les mains en porte-voix :

– Venez ! Venez tous !

Au milieu d'une nuée d'enfants, un groupe compact et mélangé d'une vingtaine d'hommes et de femmes s'avance. Ces dernières sont vêtues de robes colorées, la tête à peine couverte. Chez les Baloutches, l'islam est une pratique récente et tolérante.

– C'est Oussama, notre héros. Le fils d'Ilam.

Aussitôt, les habitants du camp se pressent auprès d'Oussama dans une cohue imprescriptible. Oussama caresse les cheveux des enfants, serre la main des hommes, certaines femmes viennent même le saluer directement, proximité inouïe entre sexes qui n'aurait cours nulle part ailleurs dans le pays. Il sourit : jamais il n'aurait imaginé que la légende de ses exploits atteigne sa communauté d'origine. Si seulement Malalai pouvait assister à cette scène, elle n'en reviendrait pas. Les hommes d'Oussama sont sortis de leurs voitures malgré la chaleur et contemplent la scène à distance avec une certaine perplexité.

– Qui sont-ils ? demande le chef du village.

– Mes adjoints et mes gardes du corps, dit Oussama.

– Tu es gouverneur ?

– Juste policier. Je dirige la brigade criminelle de Kaboul.

– Tu cherches quelqu'un, ici ?

– Oui, la famille d'un adolescent. Un garçon qui ne devait pas passer inaperçu dans la communauté. Il est d'une intelligence très supérieure à la normale. Je ne connais pas son nom de famille mais son prénom est Zwak.

– Dis-m'en plus sur sa vie. Tout ce que tu sais.

Lorsque Oussama a fini, le chef Anwar annonce :

– Je peux me renseigner, mais il va falloir interroger beaucoup de familles, tout le monde est en mouvement. Le commerce des dattes est très actif en ce moment.

Après avoir invité les hommes à partager le thé, un breuvage noir chauffé directement sur la braise, il s'éloigne. Une bonne heure passe, dont ils profitent pour se reposer, avant que le chef réapparaisse, le sourire aux lèvres.

– J'ai trouvé, frère Oussama. Ce garçon était avec un groupe que je connais bien. Les Bradimandi. Ils campent en ce moment au pied du Goti Baldamanak.

– Tu dis « était ». Il n'y est plus ?

– Il est parti voici quelques mois pour rejoindre Kaboul, mais son rêve est le pays de Sham.

Oussama inspire profondément. Zwak est donc bien en Syrie ! L'ombre qu'il suit depuis des jours commence à prendre corps.

– Tu es certain que c'est le garçon que je cherche ?

Le chef Anwar commence à énumérer ses arguments :

– Un, il s'appelle Zwak et c'est un prénom peu répandu dans la communauté. Deux, il était dans la Kâpîssâ. Trois, il maîtrise les mathématiques ainsi que toutes sortes de matières scientifiques. C'est le garçon le plus intelligent que nos tribus aient jamais engendré. Quatre, il brûlait de rejoindre le califat pour attaquer la France. Cela te suffit-il, frère Oussama ?

– Oui, je te remercie. A-t-il laissé des affaires personnelles derrière lui ?

– Attends, je demande.

Anwar s'éloigne à nouveau. Quand il revient, son sourire s'est encore élargi.

– Sa mère a gardé des souvenirs.

– Peux-tu m'amener jusqu'à elle ?

Le chef se rembrunit.

– Le Goti Baldamanak est proche à vol d'oiseau, mais en voiture, c'est difficile et on annonce le vent noir. S'il nous tombe dessus, nous risquons d'être bloqués très longtemps.

– Je n'ai pas le choix.

Anwar réfléchit quelques instants.

– Je vais t'aider, frère Oussama. Avec la 30 MHZ, nous pourrons appeler à l'aide si besoin.

– Une radio 30 MHZ ? Où est l'antenne ? demande Oussama, incrédule.

D'un mouvement de tête, le chef désigne un des 4 × 4 sur le côté duquel un pylône d'émission de près de deux mètres est fixé. Oussama connaît bien la radio haute fréquence. Utilisée par les troupes de Massoud pour correspondre avec les services occidentaux qui les soutenaient, c'est une invention extraordinaire qui permet à des appareils distants de plusieurs milliers de kilomètres de communiquer. Sauf qu'elle coûte des fortunes : impossible que de simples nomades acquièrent une telle technologie. Oussama s'avise alors que les 4 × 4 garés au milieu du camp sont des Toyota neufs. Les tentes elles-mêmes semblent récentes et un générateur électrique est posé près d'un appareil destiné à creuser des puits et d'un épurateur d'eau. Des équipements high-tech dignes des plus riches ONG ou de sociétés minières occidentales. Son regard croise celui d'Anwar, et soudain, il comprend.

– Les dattes ne sont pas des dattes, n'est-ce pas ?

– Les dattes sont des dattes, qomaandaan, mais nous ne transportons pas que cela. Gloire à Allah, certains produits plus chers nous rapportent beaucoup d'afghanis. Nous sommes des commerçants, nous ne pouvons vendre que ce que notre pays produit. Est-ce notre faute si les fleurs ont remplacé les fruits ?

Les fleurs sont des pavots, les ballots entassés sous une des tentes sont de l'opium, songe tristement Oussama ; ou, pire, de l'héroïne. Le Helmand n'est-il pas l'une des régions les plus prolifiques du pays ? Ainsi les fiers bergers baloutches ont été contaminés par la fièvre blanche, eux aussi. Ils sont devenus un des maillons de la chaîne d'exportation de la drogue. Il faut bien que les quatre-vingt-dix pour cent de l'héroïne mondiale produite dans son pays trouvent la route des pays acheteurs, et dans le Sud, la réalité est cruelle : ce sont souvent les nomades qui s'en chargent. Les siens.

Anwar s'approche un peu plus près d'Oussama.

– Ne nous juge pas trop vite, frère. Nous mourions de faim, pris en tenaille entre les talibans et les trafiquants, sans compter les raids de la police iranienne à la frontière. Les jeunes ne sont plus prêts à accepter les difficultés de notre vie de nomades, pour finalement rester les plus pauvres parmi les plus pauvres. Ils veulent du confort, l'Internet, des smartphones.

Il sort de la poche de sa tunique un Samsung dernier modèle, qu'il exhibe quelques secondes, avant de le ranger.

– Moi, je me moque de ces objets, ils n'ont ni sens ni valeur en dehors de leur utilité. Mais vois-tu, frère Oussama, il n'en est pas de même pour les jeunes. Pour notre peuple, il n'existait que deux voies, toutes deux sans issue : rester pauvres sous nos tentes, comme les nomades kuchis le font, et voir les jeunes nous quitter les uns après les autres. Ou fuir vers les villes et nous retrouver dans des masures misérables, loin de tout ce qui fait notre raison d'être : les grands espaces, la liberté… Oui, notre peuple était en train de disparaître, de perdre ses coutumes. Alors nous avons décidé de nous adapter en choisissant une troisième voie. Celle de l'opium. Maintenant, nous convoyons l'héroïne vers l'Iran, et nous rapportons de la chicha. Nous sommes payés des milliers de dollars à chaque voyage, cet argent profite à toute la communauté. Grâce à lui, nous avons acheté des voitures, des radios, des tentes, des groupes électrogènes, du matériel médical. Nous pouvons sauvegarder notre mode de vie.

– En devenant complices des pires trafiquants !

– Donne-moi du blé, des médicaments ou des pièces mécaniques, je les transporterai. Mais s'il n'y en a pas, que dois-je faire ? Laisser mon peuple mourir à petit feu ?

– Je ne te juge pas, dit Oussama, un peu calmé, mais je ne te peux t'approuver.

Anwar sourit.

– Je n'en demande pas tant. Et puis, regarde-toi, frère Oussama. Tu es un héros, mais es-tu un Baloutche ?

– Je suis afghan avant toute chose.

– Tu es né baloutche avant d'être afghan. Tu as grandi dans nos traditions. Sans elles, tu ne serais pas devenu celui que tu es aujourd'hui. Mais baloutche, l'es-tu encore, frère Oussama ? Est-ce qu'un homme qui habite dans une maison en dur à Kaboul, qui ne parle plus sa langue natale dans sa vie de tous les jours, qui n'a pas arpenté son désert depuis son adolescence, appartient encore au peuple qui l'a vu naître ? Un tel homme est-il un héros ou un étranger à son propre peuple ?

– Je parle ma langue.

– Avec l'accent de Kaboul.

Les mots du chef ébranlent Oussama plus qu'il ne veut le montrer. Il le salue avant de faire demi-tour, le visage fermé. Il a besoin de prier et de réfléchir. Il marche une dizaine de minutes, en direction d'un curieux mont, rond comme un pain, mélange de roche blanche et de sel. Le silence a dissipé son malaise, il déroule son tapis. Comme toujours, la prière finit par l'apaiser. Quand il retourne au campement, sa décision est prise.

*

Le convoi s'enfonce dans un défilé immense qui s'étend sur des kilomètres, semblant par endroits vouloir plonger sous terre. Il est cerné de falaises torturées, comme ridées, qui ramènent aux origines de notre planète. On ne distingue aucune vie, aucun signe d'une présence humaine. Oussama et son équipe ont quitté depuis longtemps le ruban de béton fissuré courant vers l'ouest pour pénétrer au cœur du désert par des pistes de pierres coupantes, invisibles à l'œil nu et connues des seuls nomades. Étonnamment, les policiers acceptent sans sourciller cette situation curieuse dans laquelle eux, les incorruptibles flics de Kaboul, font route et cause commune avec des convoyeurs de drogue. L'Afghanistan n'existe plus, songe Oussama, c'est une farce, une absurdité. Les Baloutches, hier si fiers de leurs valeurs, de leur droiture, sont eux aussi devenus un petit rouage de l'immense hydre qui gouverne aujourd'hui son pays. Et le voilà, lui, à leur côté, dans le 4 × 4 du chef qui sent tellement l'opium que ses propres vêtements commencent à être imbibés par l'odeur douceâtre de la pâte de pavot. Compromis par le truchement de la famille, de l'histoire et du besoin. Complice par omission, par nécessité, sans doute par lâcheté. Il a honte de lui pourtant il ira au bout de sa mission : Nicole a besoin de son aide.

Ils roulent en convoi, passant les crêtes les unes après les autres, dans ce paysage étrange, d'apparence plate depuis le lointain mais qui, de près, se révèle crevassé et vallonné, parcouru de profonds sillons qui sont autant de pièges mortels pour le conducteur imprudent. Même l'enfer doit paraître plus vivant que cet endroit, où la mort rôde partout. Un homme a été mordu par une araignée des sables alors qu'il s'était éloigné du groupe pour uriner. L'Arachné, surgissant d'un trou invisible, a suivi son ombre, comme elles le font toujours, avant de sauter sur sa jambe et de le mordre cruellement derrière le genou. Le blessé est allongé sur la banquette du 4 × 4 d'Oussama, geignant, le visage crispé par la douleur. Ils n'ont pas les médicaments nécessaires, il faut qu'il prenne son mal en patience, et savoir que son calvaire va durer encore des heures ne l'aide pas. Oussama ne connaît personne qui ait vécu durablement dans ces parages sans se faire mordre derrière la jambe, mais il avait oublié à quel point ces bestioles sont agressives, attaquant toute ombre en mouvement, comme autant de proies potentielles.

Dans ce désert, chaque pas dans le sable est une roulette russe contre les araignées, les scorpions, les serpents…

– Quand est-ce qu'on arrive ? demande Gulbudin.

Il a l'air de plus en plus défait – il ne supporte pas la chaleur que la climatisation anémique ne peut réellement défier, ni la poussière qui s'infiltre par tous les orifices de la voiture et fait crisser sa jambe métallique à chaque mouvement.

– Bientôt, promet le chef Anwar.

Tous les groupes nomades de la région sont maintenant équipés des coûteuses radios à haute fréquence 30 MHZ et le désert n'est plus ce no man's land où l'on pouvait se suivre sans se rencontrer pendant des mois. Les Baloutches ont recréé des liens, les communautés sont en contact permanent les unes avec les autres, ils ont inventé une sorte de village virtuel éclaté, perpétuellement en déplacement, mais qui peut se figer, se rassembler, se reconstituer en quelques jours par la magie des ondes.

Soudain, dans les brumes de chaleur, ils aperçoivent des monts plus élevés, au loin, si blancs qu'ils paraissent façonnés par la main de l'homme. Oussama reconnaît sans peine le Goti Baldamanak, qu'il a arpenté bien des fois, enfant. Des collines étranges, comme sorties d'un film de science-fiction, ressemblant à du papier plissé. Rien n'y vit, rien n'y pousse. Elles marquent la fin du désert de la mort, le dernier péril à franchir pour le voyageur qui s'y risque.

– Ils sont là-bas, affirme Anwar. En bas de la montagne de sel. Nous ne sommes plus loin de leur campement.

Ils l'atteignent une heure plus tard, à peine. Une dizaine de véhicules garés en arc de cercle, quinze tentes de vie, deux ou trois tentes techniques, des bêtes accablées de chaleur et quelques enfants qui sortent en courant. Comme chez tous les gosses du monde, la curiosité est plus forte que la crainte de l'inconnu. Puis le patriarche du camp apparaît, vieil homme maigre et digne. Il est presque aussi grand qu'Oussama et son œil roule dans son orbite, lui donnant l'air légèrement ahuri.

– Bienvenue à vous !

Il a l'air ravi d'avoir de la visite. Dans ces lieux, les contacts sont rares, limités aux talibans, aux soldats de l'ANA et, parfois, à d'autres trafiquants. Les femmes les observent de loin, tête nue, interrogatives sans être vraiment craintives. Oussama se demande laquelle est la mère de Zwak.

Ils ne peuvent échapper à la cérémonie du thé, servi avec du sucre parfumé à la vanille, du miel, des crêpes et des petites galettes de blé aux épices, signe que les affaires sont fastes… L'héroïne, toujours elle. Le poison de l'Occident est ici la poudre de vie.

– Avant de faire venir la mère de Zwak, peux-tu me parler d'elle ? demande Oussama au patriarche, après avoir fait honneur aux victuailles.

– Farzana ? Oui. – Il sourit. – Tu es venu de loin pour la rencontrer, cela ne m'étonne pas… Farzana Bradimandi, elle n'est pas comme les autres.

– Pourquoi donc ?

– Elle est la fille d'Hamid Hayatik et la petite-fille d'Abdoullah Hayatik, deux hommes célèbres dans notre communauté. Cette famille, vois-tu, elle a quitté nos terres et nos traditions voici bien longtemps, Mohammed Zaher Chah était encore notre roi. Ils ont été les premiers de notre peuple à partir en Occident. Abdoullah, il était si intelligent que son instituteur l'avait envoyé à Kandahar, puis, là-bas, on avait décidé qu'il devait étudier à Kaboul. Il était allé à l'université, ensuite il avait émigré en Angleterre. Son fils, Hamid, était même devenu professeur, là-bas. Un homme important.

– Professeur de quoi ?

– Il étudiait les étoiles. Regarde.

Fièrement, le vieillard sort une photo où l'on aperçoit un homme d'une quarantaine d'années, longiligne, petite moustache, chauve, devant la célèbre université de Cambridge. Les voitures garées en arrière-fond sont clairement du début des années 1970.

– C'est lui, Hamid, le père de Farzana.

Il sort une autre photo, sur laquelle le même homme pose devant un bâtiment au fronton duquel est inscrit : The Royal Astronomical Society.

– Il était astronome à Cambridge ! s'étonne Babour qui s'est emparé du cliché. Je ne comprends pas : pourquoi un scientifique de son acabit est-il revenu ici, sur ces terres ?

– Les médecins lui ont dit qu'il avait une maladie très grave, qui ne se soignait pas. Alors, il est revenu mourir ici, auprès des siens. Comme il était le plus riche, la tribu a décidé dès son retour qu'il devait se marier avec la jeune fille la plus belle, pour lui donner un fils avant de mourir. Mais c'est une fille qui est née : Farzana. Hamid ne l'a jamais connue, il est mort avant sa naissance.

– Elle n'a pas fait d'études ?

Le vieil homme écarte les mains.

– Pourquoi donc, sahib ? Elle a tout, ici : le soleil, l'eau, le désert, une tente pour elle. Et puis, tu sais, elle a appris les mathématiques toute seule. Pas un seul homme dans toutes nos tribus ne compte plus vite qu'elle. Quand elle est revenue ici après la mort de son époux, Shaker Bradimandi, elle est devenue une personne importante : je lui ai confié les comptes de notre commerce. Rends-toi compte, c'est la première fois qu'une femme s'occupe de cela, depuis mille ramadans que notre communauté existe.

– Je comprends, dit Oussama.

– Le fils de Farzana, Zwak, il était vraiment spécial. Elle te le dira.

Tout à coup, des notes de musique résonnent, incongrues dans cet endroit du bout du monde. Quelqu'un a branché du rock iranien, guitares électrique et boîte à rythme électronique. On se croirait dans un café pour jeunes de Kaboul ou de Téhéran. Étrange lieu, étrange ambiance.

Enfin, Oussama peut demander à voir celle qu'il est venu interroger. Elle arrive quelques instants plus tard, longue robe rouge à motif jaune, fines chaussures de cuir montantes, un voile léger jeté sur ses cheveux blond foncé. C'est une femme minuscule, menue, très belle. Elle est plus jeune qu'Oussama ne se l'imaginait, trente-cinq ans, maximum, mais sa peau est déjà burinée par les vents du désert. Elle sait qu'un policier vient lui parler de son fils, elle semble inquiète, sur la réserve.

– Voici Farzana.

– Bonjour, sahib, honneur et fidélité. Je suis Farzana Bradimandi.

– Bonjour, Farzana. Que la paix soit sur toi.

– La paix sur toi aussi, sahib. Pourquoi cherches-tu mon fils ?

Elle parle les yeux baissés, mais elle est très intelligente, cela se voit immédiatement. Une femme de caractère dont la vie a brisé deux fois la famille. Si Oussama échoue à instaurer un lien de confiance, elle ne lui donnera pas ce qu'il recherche. Aussi décide-t-il de jouer franc jeu.

– Zwak a rejoint le califat et son cœur est plein de haine.

– Ce qu'Allah a mis dans son cœur, Il le retirera. Mon fils n'est pas un terroriste, il est seulement malade, son corps est une prison pour son esprit trop grand.

– Malheureusement, ton fils n'est plus l'enfant que tu crois. Il tuera beaucoup d'innocents si je ne l'arrête pas.

– Que veux-tu ? Que je t'aide à tuer mon propre enfant ?

– Je ne le cherche pas pour lui faire du mal, mais pour lui éviter de commettre un acte horrible, qui jetterait l'opprobre sur ta famille et toute la communauté.

– Qu'est-ce que l'opprobre, sahib ?

– C'est la honte.

Elle relève la tête.

– Les Occidentaux ont tué mes deux maris et notre peuple commerce la poudre du diable, que les Occidentaux fument ou s'injectent. La honte peut-elle nous atteindre, sahib ? Qui doit avoir honte ? Moi, toi ou eux ?

Elle attend sa réponse, sûre d'elle.

– La honte, c'est de tuer des innocents.

– Mes deux maris n'étaient pas innocents ?

– Ils sont morts par accident. Personne n'a choisi délibérément de leur ôter la vie. Tu crois que c'est justice de les venger en assassinant des femmes et des enfants ?

Il désigne les enfants qui jouent près d'une tente voisine.

– Que penserais-tu si quelqu'un venait les égorger pour venger un acte commis autrefois par l'un des tiens que tu ne connais même pas ? Serait-ce justice ou abomination ?

Farzana réfléchit longuement avant de répondre :

– Ce serait une abomination, sahib.

– Serais-tu fière d'en être la complice ?

– *Na*, sahib.

– Nous devons protéger la vie. Tu connais les gazelles du désert, ce sont les créatures les plus belles et les plus fragiles. Quand un serpent s'attaque à l'une d'elles, qui dois-tu défendre : la gazelle ou le serpent ?

À nouveau, elle médite la question.

– On m'a dit qui tu étais. Si je t'aide à trouver mon fils pour l'empêcher de faire ce qu'il veut, promets-moi de lui sauver la vie.

Elle se tient figée, les mains crispées. Ses yeux bleus transpercent Oussama. Il hoche la tête.

– Je ferai tout ce qui est en mon pouvoir pour le sauver. Tu as ma parole.

– Bien.

Elle fait volte-face.

– Suis-moi.

L'intérieur de la tente est sombre mais agréable, aménagé en deux espaces de vie. Une jeune femme est assise sur des tapis, en train de broder une ceinture de fête.

– Ma sœur.

Les nomades autorisent deux femmes à rester seules avec un inconnu, une scène impossible partout ailleurs en Afghanistan. Une liberté qu'Oussama avait oubliée.

Farzana soulève une toile, révélant un espace exigu dans lequel sont entassées un grand nombre de malles en cuir, peut-être une vingtaine. Elle en ouvre une, révélant des ouvrages scientifiques.

– Mon père les a rapportés de Cambridge. Quelques-uns sont dans notre langue, mais la majorité est en anglais. Zwak a appris avec ces livres.

– Farzana, m'autorises-tu à appeler l'un de mes adjoints, le scientifique de notre brigade ?

Dès qu'il les a rejoints, Babour se saisit d'un volume, le feuillette, pousse un sifflement admiratif.

– Impressionnant ! Combien il y en a ?

– Qui sait ? Des centaines.

Farzana se tourne vers Oussama.

– Voilà ce que Zwak lisait pendant que les garçons de son âge jouaient au ballon ou chassaient les lézards. Tu comprends mon fils, maintenant ?

Il approuve d'un air grave. Farzana s'empare d'une sacoche, en sort une clef USB qu'elle tend à Babour.

– Je crois que tout est dessus. Le plan de Zwak pour frapper les Français. Mais je te préviens, Zwak l'a protégée.

– Comment ?

– Je ne sais pas. Comme il faut le faire avec ce genre d'objet.

– Elle doit être cryptée, dit Babour en l'empochant. Les Français sauront l'ouvrir.

Elle a un sourire triste.

– Ne te réjouis pas trop vite, tu ne connais pas mon fils…

Elle fouille à nouveau dans la sacoche, en tire une liasse. Le premier papier est une photocopie de tazkara au nom de Zwak Bradimandi. Oussama est ébranlé en découvrant son visage : c'est celui d'un enfant aux traits fins, aux yeux très clairs, beau comme sa mère. Il a l'air d'un ange.

Les autres papiers sont couverts de schémas étranges : des créatures mythiques, un char d'un modèle inconnu extrêmement détaillé, en lévitation, des objets volants, des équations réalisées en langue inversée.

– Ces croquis, ils me disent quelque chose, s'étonne Babour, penché sur les feuillets.

Brusquement, il relève la tête, les yeux brillants.

– Qomaandaan, c'est incroyable… J'ai l'impression que ce sont des interprétations de travaux de Léonard de Vinci.

– Qui est-ce ?

– Un des plus grands savants européens, un génie qui a vécu au XVIe siècle.

– Mon père, il a écrit un livre, là-bas, en Angleterre, sur cet homme.

Farzana ouvre une malle, découvrant d'autres volumes.

– Il y en a peut-être une cinquantaine sur lui. C'est ainsi qu'il est devenu l'idole de Zwak.

– Zwak les a tous lus ? C'est pour cette raison qu'il s'est mis à l'écriture inversée ?

À voix basse, comme pour elle-même, elle répond :

– Cet homme, Vinci, Zwak croit que son esprit est en lui.

– Que veux-tu dire ? demande Babour. Qu'il croit en sa réincarnation ?

Comme elle hésite, il l'encourage à répondre.

– Je ne connais pas ce mot, sahib, mais je comprends ce que tu veux dire. Oui, mon fils croit qu'il est cet homme mort il y a des centaines d'années. À cause de l'écriture à l'envers, de ses visions, des choses que personne ne comprendra jamais et que lui, il comprend en une seconde. – De nouveau, elle a un sourire triste. – C'est la première fois que j'en parle. On l'aurait lapidé, crucifié si ça s'était su.

Oussama empoche les papiers.

– Merci, Farzana. Tu sais quelque chose sur les contacts de Zwak chez Daech ?

– Cherche un homme du nom de Merwais Golim. On l'appelle Merwais el-Afghani. Un tueur. Nous l'avons rencontré pour notre malheur quand j'habitais dans la Kâpîssâ avec mon second mari. C'est lui qui a fourré toutes ses idées mauvaises dans la tête de Zwak. J'ai compris trop tard que tous les allers-retours de mon fils pour Kaboul, ces dernières années, c'était pour voir Merwais Golim, pas pour rencontrer des professeurs à l'université.

– Nous le connaissons déjà. Nous le cherchons.

– Merwais Golim était tout le temps fourré avec un autre djihadiste, Abou Moussa Mararchaï.

– Mararchaï connaît Zwak ? s'exclame Oussama. Les Français le cherchent aussi.

– Ne le cherchez plus, il s'est tué il y a une dizaine de jours. Il a eu un accident de voiture. Comme il transportait de la drogue, les policiers de la route ont volé la marchandise avant de mettre le feu à son 4 × 4. C'était un bon à rien. Il essayait de convaincre les jeunes de rejoindre Daech. Comme son père est chef de tribu, personne n'osait s'opposer à lui. Il travaillait la moitié du temps ici, dans le désert, à transporter de l'héroïne, l'autre à Kaboul, à la vendre. Il a disparu pendant longtemps. Tout le monde pensait qu'il était avec Merwais en Syrie, et puis il est revenu ici, dans le désert, comme si de rien n'était. Le trafic, tout le monde disait que c'était pour financer le djihad en Sham.

– C'était le seul fil qu'on avait entre Merwais et son réseau extérieur, murmure Oussama, consterné.

– Il y avait un troisième homme. Âgé, je crois, mais je n'ai pas son nom. Il donnait de l'argent pour le djihad. Lui, il doit encore être vivant.

– Tu sais où on peut le trouver ?

– Non. Mais je sais qu'il a été opéré à Kaboul pour une blessure par balle il y a deux ans. Tu as de la chance, je connais la date, c'était le 21 avril.

Sa sœur lève la tête de son ouvrage :

– C'est le jour de mon anniversaire, sahib.

– Ma sœur habitait Kaboul à cette époque. Zwak n'a pas assisté à la fête. Il a passé la soirée à l'hôpital avec cet homme. Voilà, c'est tout ce que je sais.

Farzana écarte les bras.

– Je crois qu'il reste un peu de l'ancien Zwak au fond du cœur de mon fils. Retrouve-le, ramène-le-moi, sahib.

Soudain, elle pose une main sur le bras d'Oussama. C'est la première fois qu'une femme autre que Malalai ose un geste d'une telle intimité avec lui. Elle appuie un peu et il réalise qu'elle a une force incroyable en dépit de sa petite taille.

– Je me souviens de la dernière fois où j'ai vu mon fils. Il y a quatre mois, pas très loin d'ici, dans notre désert, face aux collines rouges de Molok Dol. Zwak avait enfilé une veste militaire trop grande pour lui, il portait un vieux fusil. Le pauvre, il n'aurait jamais su s'en servir mais il semblait si fier de jouer les combattants…

À ce souvenir, des larmes coulent sur ses joues.

– J'ai levé les yeux vers lui, mis ma main sur son épaule. Le soleil se couchait, le vent se levait, il soufflait dans mes cheveux. Les yeux de mon enfant brillaient, il m'a dit : « Bientôt, tu seras fière de moi, je serai célèbre. »

Son expression se durcit.

– Les Français et les Russes m'ont volé mes deux maris, et maintenant c'est le califat qui me vole mon seul enfant. Toutes ces vidéos sur Internet. Ces mensonges. Zwak ne réalise pas ce qu'il fait. Il se croit dans un de ces jeux vidéo qu'il dévorait nuit et jour. Maintenant, ce sont eux qui le dévorent.

Gentiment, Oussama se dégage.

– Si je peux le sauver, je le sauverai. Je t'ai donné ma parole. Je la tiendrai.

Il la quitte après un ultime regard. Dehors, le vent fouette les vêtements, qui claquent comme des fouets. Les piquets grincent. Le chef Anwar s'avance, l'air inquiet.

– Le voilà. Le vent. Il est en train de se lever.

– Il faut que je rentre à Kaboul. Où est le poste militaire le plus proche ?

– Khost Paktia. À seulement deux heures de route, du même côté de la montagne de sel que nous, en direction du nord.

– C'est une base importante ?

– Oui, elle a été bâtie par les Anglais, juste après la bataille de Tora Bora, il y a plusieurs centaines d'hommes et des hangars pour les hélicoptères.

– C'est ce qu'il me faut. Partons.

Le chef Anwar oblige Oussama à se tourner.

– Regarde au loin, sur l'horizon. Tu la vois ?

C'est juste une mince ligne foncée, mais Oussama a suffisamment arpenté ces lieux pour comprendre. Cette légère brume noire est le signe annonciateur du cataclysme qu'il redoutait. Le vent de cent vingt jours.

– Je ne peux pas te guider, frère Oussama, car ensuite il me serait impossible de rebrousser chemin pour retrouver les miens.

– Je comprends. Nous nous débrouillerons seuls. Merci de ton aide.

– Tu dois partir immédiatement et prier d'atteindre Khost Paktia avant que la tempête t'ait rejoint. Qu'Allah te bénisse !

Oussama crie à ses hommes de se rassembler immédiatement. Dans la pagaille de ce départ improvisé, il prend le temps de vérifier les équipements, les pneus, la réserve d'eau. Une crevaison serait synonyme de mort ; l'oubli du matériel d'urgence, de graves problèmes. Enfin, ils démarrent. Les véhicules bringuebalent quelques minutes sur une piste horriblement accidentée, avant de rejoindre un à-plat qui longe le Goti Baldamanak. La voiture de tête accélère sur moins d'un kilomètre avant de freiner brusquement : une crevasse, profonde de cinq ou six mètres. Elle dérape dans la poussière, s'arrête juste à temps. Mais celle qui la suit la percute par l'arrière. Un peu sonné, Oussama reprend son souffle. Il avait pris soin de mettre sa ceinture, mais pas le chauffeur, qui s'est pris le pare-brise de plein fouet. Il a le nez cassé, du sang gicle sur sa tunique et sur le siège.

– Tu vas bien ?

– Ça va, qomaandaan.

Il a du mal à parler, mais il n'est pas gravement blessé. Oussama descend, examine les voitures – les roues et le châssis sont intacts, elles peuvent encore rouler. Seul le pare-chocs de celle qui l'a percuté est en partie décroché, l'empêchant d'avancer. Ils se mettent à trois pour l'arracher et le jeter, puis ils reprennent leur route, après qu'Oussama a ordonné de laisser une distance de sécurité de cent mètres entre chaque véhicule.

La première heure est un enfer. Les à-plats sont parsemés d'immenses ravines aux bords très droits extrêmement dangereuses. Ils doivent les contourner, empruntant d'autres à-plats qui se révèlent aussi périlleux. Enfin, ils abordent une partie plus rectiligne et peuvent accélérer. Régulièrement, Oussama arrête le convoi, attend que la poussière soit retombée pour examiner l'horizon derrière eux. La ligne noire, encore lointaine, se rapproche. Bientôt, elle sera sur eux, ils seront prisonniers. Dans combien de temps exactement, il n'est pas capable de l'évaluer.

Peu à peu, l'environnement change : des rochers coupants alternent avec des plaques de sable profondes, dans lesquelles les voitures s'enliseront si elles s'y aventurent. Ils doivent ralentir l'allure et c'est à vingt kilomètres à l'heure, trente au plus, qu'ils progressent. Derrière, le trait noir s'est renforcé, c'est maintenant un front immense qui s'élève dans le ciel. Dans les voitures, les hommes sont blêmes.

La mort les pourchasse, prête à les engloutir.

Toujours pas de signe de la base militaire. Et soudain, c'est le miracle. Au détour d'une crevasse, ils tombent enfin sur la route des Russes. La vue de la piste de béton provoque des cris de joie dans les voitures.

Les uns après les autres, les 4 × 4 escaladent un talus pour la rejoindre, et enfin ils peuvent foncer. Finalement, un village apparaît. Un gros bourg, plutôt, aux maisons serrées les unes contre les autres. C'est la panique à l'intérieur, des habitants courent en tous sens, poussant des animaux devant eux. Ils ont aperçu le vent et rassemblent leurs bêtes pour les mettre à l'abri. Les hommes clouent des plaques de bois sur les rares ouvertures des bâtisses tandis que des femmes et des enfants portant des bidons d'eau constituent les réserves des prochains jours. La base militaire se situe au nord du bourg et, là aussi, la tension est à son comble. Des hommes tentent de bâcher les véhicules, mais déjà le vent s'est levé et ils ont le plus grand mal.

Sur la piste d'atterrissage, ses quatre hélices en mouvement, un énorme Hercules attend de décoller avant qu'il soit trop tard.

– C'est notre chance ! crie Oussama à son chauffeur.

*

Malalai a revêtu sa robe d'intérieur en soie, un tissu rare d'Hérat, qu'Oussama aime tant. Ses longs cheveux roux encadrent souplement son visage. Le motif or du tissu s'accorde à merveille avec les taches de rousseur qui parsèment ses épaules dénudées. Sa joue gauche est noire et tuméfiée, un gros pansement masque l'estafilade qui court de sa tempe à sa pommette.

Ils sont assis l'un en face de l'autre, tendus. C'est la première fois qu'ils prennent le temps de se parler depuis que Malalai a suggéré qu'ils quittent l'Afghanistan.

Malgré un voyage harassant, Oussama a pris le temps de faire un saut au commissariat afin de transmettre à Paris les informations données par la mère de Zwak, tandis que la clef USB était déposée par Rangin à l'ambassade de France pour transfert à la DGSI par avion spécial. Une course contre la montre qui a occupé entièrement son esprit.

Mais maintenant qu'il est face à Malalai, à près de minuit, Oussama ne pense qu'à une chose : ce qui lui est arrivé pendant son absence.

– Vas-tu enfin me raconter ce qui s'est passé ? insiste-t-il nerveusement.

Malalai se lève, allume une bougie parfumée, éteint les lampes. Enfin, elle se rassied. Son visage danse un peu dans la lumière. L'odeur de musc se diffuse dans la pièce, entêtante.

– Officiellement, un morceau de pierre s'est détaché de la façade, je n'ai pas eu de chance, il est tombé juste sur moi alors que je rejoignais le parking.

– En réalité ? demande Oussama d'une voix douce.

– J'ai aperçu une ombre au second étage. On m'a visée délibérément. Ce matin, j'ai refusé la proposition du mollah de l'hôpital d'instaurer une prière collective obligatoire. Plusieurs médecins m'ont suivie, mais ils ont peur. Tu verras, le sujet sera remis à l'ordre du jour très bientôt et je serai la seule à dire non.

– Tu as mal ?

Elle lui lance un regard de défi.

– La douleur, je m'en moque, c'est l'intention qui m'effraie. Cette pierre aurait pu m'éborgner ou me tuer.

Elle soulève un journal, révélant un galet bien rond.

– Regarde, tu imagines qu'une pierre pareille vienne d'une façade ? Qu'elle ait pu se détacher naturellement ?

– Non. C'est un projectile, il a été soigneusement choisi.

– Pas un simple projectile, Oussama, une pierre de lapidation. On m'envoie un double message : « Tu es une mauvaise musulmane ; la prochaine fois, on te lapidera. »

La rage envahit Oussama. Si quelqu'un s'en prend à Malalai, il le tuera !

– Tu as raison. C'est très grave.

Il soupire, se lève, revient avec un sachet en papier pour indice dans lequel il range soigneusement le galet.

– Celui qui a fait ça est trop bête pour avoir effacé ses empreintes. Elles seront dessus.

– Et alors ? Tu vas relever les empreintes de tout le personnel de l'hôpital ?

– Si tu as une idée de l'auteur, je trouverai un moyen de les obtenir, fais-moi confiance.

– Ça ne changera rien. Ils savent que je suis ta femme, pourtant ils n'hésitent pas à m'agresser. Ils ont de plus en plus confiance en eux, ils savent que le vent les pousse dans le dos. Tu comprends ce que ça signifie ?

– Je crois que oui.

– Ma proposition de quitter le pays... N'oublie pas notre conversation, Oussama. Cet incident est un signe.

– Je ne quitterai pas Kaboul.

Elle essuie une larme.

– Tu préfères me quitter, moi ?

– Jamais je ne te laisserai ! Nous sommes unis pour toujours !

– Si on me tue, ne serons-nous pas séparés pour toujours ?

Ils se taisent. L'odeur de musc est de plus en plus entêtante.

– Tu le sais, concède-t-il enfin : pour moi, ta vie est plus importante que tout.

– Ma proposition n'est pas rejetée inconditionnellement, alors ?

– Je ne sais pas ce que veut dire « inconditionnellement », mais je crois en comprendre le sens. Nous en reparlerons le moment venu. Tu as ma parole.

– Bien.

Malalai a retrouvé des couleurs, pense Oussama, à moins que ce ne soit l'éclairage. Il préfère ne pas savoir. Elle part vers la cuisine, revient avec deux bols de tisane aux herbes de la montagne qu'elle pose sur la petite table. D'un mouvement gracieux, elle touche le pansement qui lui barre le visage. La lumière vacillante de la bougie donne un éclat particulier à sa peau de lait, ses yeux sont plus verts que d'ordinaire, comme éclairés de l'intérieur.

– Jamais tu n'as été aussi belle.

24 avril

Note pour le président de la République

Objet : attentat imminent contre Paris
Très Secret Défense
TT Signalé

Comme je vous l'ai annoncé lors de notre entretien d'hier, mes services, ainsi que ceux de la DGSI, de la CIA et du MI6, sont désormais persuadés qu'une action terroriste de grande ampleur contre la France est en préparation par certains éléments afghans de Daech. Plusieurs membres de ce complot ont d'ores et déjà été formellement identifiés, leurs identités fournies à l'ensemble des services de police et de renseignements alliés, sans effet à ce jour.
Outre des documents précis détaillant un possible attentat à l'explosif à Paris, utilisant une ou plusieurs bombes de 25 tonnes, une taille encore jamais vue, je tiens à vous signaler que la possibilité d'un attentat chimique simultané apparaît plus élevée que jamais. Plusieurs sources *Humint* ainsi que de multiples interceptions électroniques, menées tant par nos services techniques que par nos alliés, notamment la NSA, témoignent en effet d'un « bruit de fond » préoccupant au sein de Daech évoquant de manière récurrente un possible 11 Septembre chimique à la française. Ce plan pour frapper Paris par une double attaque conventionnelle

et chimique serait intitulé « Aube noire » et validé par Daech à son plus haut niveau.
Comme mon homologue de la DGSI, je considère que l'import des explosifs et des éventuels produits chimiques pour une attaque de ce type nécessiterait l'utilisation de camions de grande taille, arrivés sur notre territoire depuis l'étranger. Au vu de l'impossibilité de contrôles systématiques à nos frontières, il me semble que seule l'interdiction de l'entrée de tout véhicule de plus de cinq tonnes dans Paris, sauf vérification préalable approfondie, peut nous protéger efficacement de cette menace en attendant des progrès de l'enquête.
J'ai donné instruction au Service de se mobiliser entièrement, aux côtés de la DGSI et de nos alliés, pour remonter la filière terroriste et l'éradiquer avant la mise en œuvre de son plan.

Bernard Barulet
Directeur de la DGSE

La note est posée devant le directeur de cabinet du président de la République, dans le bureau duquel se tient la réunion, au palais de l'Élysée.

– C'est n'importe quoi ! s'emporte le représentant de la préfecture de police de Paris. Nous ne pouvons pas vérifier tous les camions qui veulent entrer dans la capitale. Vous savez combien il y a en a ? Sur les huit cent mille camions qui circulent chaque jour sur les routes françaises, on estime à dix pour cent ceux qui passent à proximité immédiate de Paris. Quatre-vingt mille quotidiennement !

– Vous n'avez qu'à les filtrer aux entrées de la capitale.

– Où ? Les sorties du périphérique sont déjà bouchées, cela reviendrait à créer de gigantesques embouteillages à toutes les portes de Paris. Sans compter que, sur tout le nord de la capitale, les travaux du tramway bloquent déjà une grande partie de la voirie.

– On ne pourrait pas installer des détecteurs d'explosifs ou de produits chimiques ? insiste le directeur de cabinet.

– Non, il n'en existe pas pour des contrôles à distance. La seule chose possible, c'est d'ouvrir les camions pour effectuer des prélèvements physiques. Les scanners qu'on utilise dans certains ports nécessitent des travaux d'infrastructure énormes, et on ne peut contrôler qu'un petit nombre de camions par heure. C'est injouable à grande échelle.

– Qu'en pense la mairie de Paris ? demande le directeur de cabinet. Madame le maire ?

– Sans date précise, il me paraît difficile de mettre en œuvre des mesures aussi restrictives.

– Vous attendez quoi ? répond Jalvar d'une voix acide. Qu'on vous indique l'heure et le lieu ?

– Ce serait mieux, en effet, répond la maire de Paris. Avril et mai sont des périodes festives, avec des ponts. Il y a énormément de touristes, le festival des Arts de la rue, des expositions majeures. Nous ne voulons pas créer de panique.

– Vous préférez un massacre ?

– Ne dites pas de bêtises ! Simplement, vous nous annoncez des attentats toutes les semaines depuis ceux de novembre 2015. J'ai l'impression que vous vous couvrez à la moindre alerte.

– Quoi ! Qu'est-ce que vous me racontez ! Rien que depuis janvier 2016, nous avons démantelé neuf filières, évitant ainsi cinq attentats, dont trois juste sur Paris. Quant à cette alerte, elle n'a rien à voir avec les autres.

– Les enjeux économiques de printemps sont cruciaux pour la capitale. Est-ce que vous en avez vraiment conscience ? insiste l'élue.

– Ne nous disputons pas, intervient le directeur de cabinet du président. Après tout, nous cherchons tous la même chose.

– Je n'en ai pas l'impression, répond Jalvar.

– Voilà ce que je décide, conclut le directeur de cabinet. Jusqu'à nouvel ordre, nous instaurons des contrôles obligatoires sur tous les camions à plaques turques, et aléatoires sur les autres. Nous prendrons des mesures plus drastiques dès que vous aurez des informations plus précises sur la marque des camions en cause, leur immatriculation, ou, mieux, la date possible de ces attentats.

Il se tourne vers Jalvar.

– Qu'en pensez-vous ?

– J'en pense que vous êtes fous.

*

Le muezzin termine à peine la prière du matin lorsque Merwais fait glisser la porte de l'entrepôt, révélant un premier camion. C'est le Volvo, un modèle de 2012. Quatre djihadistes sont en train de finir le chargement des explosifs, deux autres hommes s'affairent à l'avant. L'artificier, grosse bedaine, calvitie prononcée et moustache grise, fut le responsable du département « explosif » des moukhabarat, la redoutable police secrète de Saddam Hussein. C'est un expert de classe mondiale, formé par les Allemands de l'Est, les Roumains et les Russes. Il est à l'origine de l'industrialisation de la fabrication d'engins explosifs par Daech, à un niveau de professionnalisme encore jamais atteint.

L'un des atouts secrets de Daech dans sa lutte contre les infidèles.

Il étreint Merwais puis Zwak, avant de les inviter à découvrir son travail.

– Je ne vois pas le dispositif de mise à feu, dit Zwak.

L'artificier a une mimique de fierté.

– Il est très bien caché, personne ne pourra deviner que le camion est piégé. Montez.

Les trois hommes s'installent dans la cabine. L'artificier désigne un petit clavier fixé sous le levier de vitesse.

– Voilà, on dirait une alarme, mais c'est le panneau de contrôle du dispositif de mise à feu.

Il soulève la moquette, découvrant un fil électrique qui plonge sous le plancher.

– Pour l'instant, c'est inerte, je brancherai le système au dernier moment, par sécurité. Il est relié au détonateur électrique qui est planté dans les explosifs. Pour le mettre en veille active, il faut taper un code à quatre chiffres, vous déciderez lequel. Le déclenchement se fait en appuyant sur la touche « + ». Pas la peine de se pencher, il suffit de baisser la main. La mise à feu est immédiate.

Zwak rabat la moquette. Tout semble normal, un camion moderne équipé d'une alarme dernier cri : qui pourrait se méfier ?

– Venez voir les explosifs, propose l'artificier.

Ils rejoignent l'arrière du camion. Merwais doit aider Zwak à monter à l'arrière car le garçon est tellement petit qu'il a du mal à se hisser à bord. L'amoncellement de paquets ne révèle en rien le caractère mortel de la cargaison.

L'artificier regarde Zwak, un sourire aux lèvres.

– Comme prévu, on a empaqueté les deux dernières rangées avec les mêmes cartons que ceux utilisés par l'usine Renault de Bursa. Comme ça, il est impossible de différencier les palettes d'explosifs de celles des boîtes de vitesses qui seront devant. Regarde, il y a même un code-barres d'expédition.

Il ouvre un carton, révélant l'intérieur. L'explosif est conditionné en briques brunâtres entourées de plastique transparent. Sur chacune d'entre elles est collée une étiquette blanche avec inscrit « Semtex H », suivi de chiffres et d'une inscription dans une langue que Zwak ne reconnaît pas.

– C'est du tchèque, le pays où le Semtex a été créé par un groupe d'ingénieurs géniaux qui travaillaient pour Semtin, une usine d'État. Ce Semtex a été fabriqué par l'usine VCHZ Synthesia au milieu des années 1980, fourni à l'armée tchèque, puis déclassé, sorti des stocks et officiellement livré à l'Ukraine en 1989 par un général véreux. Ensuite, un trafiquant l'a vendu en 1998 à l'armée du tyran avec la complicité des Russes, trop contents de jouer un bon tour aux Américains.

– Ça fait longtemps… Tu es sûr qu'il fonctionne encore ? demande Merwais, soucieux.

– Sûr et certain ! Quand Saddam est tombé, le stock est resté à Mossoul dans un local climatisé du génie, ça lui a évité de durcir ou de se désagréger. Il a toujours été conservé dans les meilleures conditions. Je le sais, j'étais chargé de son contrôle. Une fois la ville prise, on l'a récupéré et transporté dans une dizaine de locaux climatisés, tous anonymes, pour éviter une frappe de la Coalition.

Il tend un paquet à Zwak.

– C'est un des meilleurs explosifs du monde. Inodore, stable jusqu'à une température de cinq cents degrés, malléable.

Zwak approuve. Ce Semtex possède une caractéristique unique, qui explique pourquoi il a spécifiquement demandé un lot aussi ancien : ayant été fabriqué avant 1990, il n'intègre pas les composants chimiques volatils qui ont été ajoutés ensuite dans le processus de fabrication pour faciliter sa détection. Cet explosif est complètement neutre : les nez électroniques ne peuvent pas le repérer. Il faudrait prélever un échantillon physique pour reconnaître un explosif dans cette pâte verdâtre qui ressemble à du mastic.

– Tu as eu raison de demander celui-là, je te félicite pour ton jugement, ajoute l'artificier. C'est sans doute un des seuls stocks conservés au froid dans la région. Les autres sont inutilisables après une dizaine d'années, mais celui-ci, il pourrait encore servir dans un siècle.

– Et même pouvoir de destruction, précise Zwak.

– Cinquante grammes suffisent à détruire une voiture, renchérit le djihadiste. Et toi, tu en auras cinquante tonnes. Je les prépare toujours en deux ?

– Vingt-cinq tonnes pour le Volvo, même chose pour le Renault. Pour le Mercedes…

– … j'ai fait comme tu l'as demandé. Deux kilos façonnés en vingt-quatre boulettes de onze grammes qu'on a collées sur les cônes en cuivre.

L'artificier désigne un homme qui s'est approché pendant la discussion.

– Voici celui qui s'est occupé de la cargaison spéciale. C'est lui qui a rempli les diffuseurs des réservoirs. Tu peux lui faire confiance, il était l'adjoint de Sleiman Daoud al-Afari.

Une lueur s'allume dans le regard de Zwak. Al-Afari, un ancien proche de Saddam Hussein, avait été chargé par la choura de l'État islamique de la création d'une unité spécialisée dans les attaques chimiques et bactériologiques. Scientifique de haut niveau, il avait réussi l'exploit de synthétiser du sarin et du VX, mais n'avait pas eu le temps de concevoir son exploitation militaire avant d'être éliminé par les Américains.

Zwak a réglé ce dernier problème, grâce à une méthode apparemment simple mais révolutionnaire : le VX est refroidi en laboratoire à moins 270°, puis mélangé à de l'oxygène liquide. Le produit obtenu est ensuite injecté à froid dans des conteneurs agricoles sous pression, comme du gaz classique. Une nouvelle arme est née : libérée sous forme de nuage, l'oxygène sous pression vaporise les molécules de VX – quelques milligrammes sont mortels – sur une grande étendue. Plus besoin de missiles ou de bombes.

L'homme se tourne vers Zwak.

– J'ai suivi ton plan. Du gaz comprimé mélangé à quelques litres de VX, toute notre production, réparties dans les vingt-quatre diffuseurs hydrauliques. Nous avons procédé à l'opération dans mon laboratoire la semaine derrière, avant de tout transporter ici. Tu as inventé l'arme parfaite.

Zwak acquiesce. Le nouveau venu s'enthousiasme :

– Tes instructions étaient parfaitement claires. On a placé les diffuseurs hydrauliques hermétiquement scellés juste sous le toit en acier, séparés de lui par seulement quarante centimètres. Les caisses de boîtes de vitesses sont au niveau de la poupe, à vingt centimètres du plafond. Comme ça les douaniers ne pourront pas se glisser et inspecter la cargaison cachée. Au-dessus des diffuseurs, protégés par une coque en liège, les artificiers ont installé les cônes en cuivre.

L'homme illustre ses explications avec des gestes mesurés.

– L'intérieur est séparé en deux parties, une vide, l'autre avec les onze grammes de Semtex bien façonnés. On a découpé vingt-quatre trous cylindriques sur le toit du camion, avec une charnière sur un seul côté. On a recollé du côté inverse de la charnière, avec six points de colle forte, avant de tout repeindre. Le dispositif est quasi invisible à l'œil nu. Le Semtex fera sauter le cône inversé, qui projettera le cuivre fondu vers le haut, suivant le principe d'une charge creuse. Nous avons fait deux tests. Cette explosion soulève de vingt-huit centimètres les coupelles prédécoupées du toit. Les diffuseurs qui se trouvent en dessous, bien protégés par la plaque de liège, ne subissent aucun dégât.

L'homme reprend son souffle. Ceux qui l'écoutent sont abasourdis. Et encore, ils ne savent pas tout ! Le cœur de Zwak se gonfle de fierté.

– Les diffuseurs, poursuit l'artificier, peuvent alors sortir par les trous percés dans le toit : grâce à leur mécanisme hydraulique intégré, ils poussent l'ouverture à l'opposé de la charnière. Dès ce moment on peut actionner la diffusion du gaz toxique depuis la cabine.

– Personne ne se rendra compte de rien jusqu'à ce que les gens meurent, conclut Zwak.

Brusquement, l'artificier se jette au sol avant de se tourner vers La Mecque en psalmodiant :

– Oh, Allah, merci à Toi d'avoir guidé l'esprit de Zwak ! Il est l'arme ultime de notre califat béni. Guide maintenant nos mains, ô Allah, aide-nous à détruire la France, Ton ennemie ! Pour Ta gloire et l'anéantissement des croisés, des mécréants et des juifs !

*

L'hôpital Ali Abad de Kaboul se situe en haut d'une colline rabougrie. Une des deux longues bâtisses n'est qu'une ruine : touchée par des obus lors de la guerre de 1995, elle n'a jamais été reconstruite. L'autre abrite les services de chirurgie au sein desquels le *daktar* Katoun, meilleur ami d'Oussama, officie. Son bureau est un placard minable situé au premier sous-sol, auquel on accède par un minuscule escalier mal éclairé.

En voyant son vieux compagnon, le regard du cardiologue s'illumine.

Oussama l'étreint. Fièrement, Katoun exhibe son poignet auquel est accrochée une *ice watch* récente.

– Grâce à toi, j'ai pu refaire ma maison et m'acheter tout ce dont je rêvais.

Comme Oussama fait mine de s'asseoir, Katoun l'arrête.

– Allons plutôt nous promener dans le parc.

À peine sont-ils dehors que son ami lui explique :

– Je crois que le directeur adjoint a placé un micro dans mon bureau.

– Pourquoi donc ?

– À cause de toi. Depuis l'attaque de l'hôpital, il a été critiqué par le ministre de la Sécurité. Ils essaient de monter un dossier contre moi, pour se venger.

– As-tu besoin d'aide ?

Katoun hausse les épaules en souriant.

– Je les laisse perdre leur temps à écouter des choses sans intérêt, je me contente de sortir quand c'est important.

Ils déambulent quelques instants en silence. Les pins sont majestueux, les familles des malades semblent heureuses de profiter du parc.

– Tu avais quelque chose à me demander ?

– Oui. Un homme a été opéré à Kaboul, voici deux ans, le 21 avril. Je ne sais pas où exactement, mais c'était pour une blessure par balle.

– Tu sais combien il y a de lits d'hôpital dans cette ville ? Tu cherches un pou dans un troupeau de moutons.

– Peut-être pas, ce 21 avril-là était un samedi. J'imagine qu'il n'y a pas beaucoup d'opérations le jour de repos des chirurgiens.

– Non, tu as raison, sauf urgence. Et puis, une blessure par balle, ça implique automatiquement une enquête de police.

– Sauf que j'ai vérifié dans nos fichiers, il n'y a eu aucun signalement ni le 21, ni le 22 avril, cette année-là, pour des blessures par balle.

– On aurait maquillé le certificat d'opération ?

– Je le pense. Ça te paraît possible ?

– Tout à fait. Soit le chirurgien était taliban si c'est un accrochage avec la police ou l'armée, soit il a été payé par un réseau mafieux si c'est une blessure liée au trafic de drogue. Il faut consulter les fichiers du ministère de la Santé, c'est facile : il existe une antenne décentralisée avec un accès informatique dans chaque hôpital de Kaboul. Cadeau de la Coalition. Les Davois, je crois.

– Danois, avec un « n ». Tu peux regarder ?

– Viens voir, c'est à côté.

L'administration est installée dans un petit bâtiment séparé qui a dû être beige et orange dans un lointain passé. Construit un peu plus bas dans le parc, il est, lui aussi, entouré de pins centenaires. Oussama et Katoun empruntent un couloir encombré de cartons plus ou moins moisis, avant de s'arrêter devant une vitre dépolie sur laquelle est inscrit « *enre tement des alades* ».

– Tu as de l'argent ? demande le chirurgien. Si on ne donne rien, on n'aura pas d'informations.

– Combien ?

– Cinq dollars, ce serait bien. Sinon deux cents afghanis feront l'affaire.

– Va pour les afghanis.

Ils entrent. Un homme est assis derrière une petite table en métal, en train de s'empiffrer de riz au mouton à même une gamelle.

– Ouais ?

Katoun lui montre les billets avant de les lui glisser. Ils sont avalés par une main experte à une vitesse qui trahit une grande expérience.

– On a besoin d'informations concernant un ancien patient traité ici.

– Ouais. Qui ?

– On ne connaît pas son nom. Un homme opéré à Kaboul il y a deux ans, le 21 avril, pour des problèmes qui pourraient ressembler à une blessure par balle. Tu peux regarder ?

L'homme approche un clavier et commence à taper sans s'essuyer les mains, laissant des traces de sauce sur les touches.

– Alors, qu'est-ce qu'on a ce jour-là ? Quatre arrêts cardiaques, deux accidents vasculaires cérébraux, un accident de la route, mais le patient est mort... Hum, là, j'ai un artisan qui a eu les deux jambes tranchées par une machine à bois, un autre, brûlé au troisième degré dans sa cuisine – hum... sans doute un crime d'honneur raté, il devait s'apprêter à corriger sa femme et c'est lui qui s'est brûlé, ce crétin. – Il relève la tête. – Ça arrive souvent, il y en a plein, des idiots pas foutus de foutre correctement le feu à leur bonne femme. L'alcool à brûler, quand la bouteille explose, ça rigole pas.

Il reprend sa lecture.

– Ah, j'ai trouvé ! Le 21 avril, hôpital Ahmad Shah Baba. Hum… un certain Zorak Galidlul. Il a été opéré par le daktar Kinankak… pour « enfoncement d'un morceau de métal dans l'abdomen. Accident domestique ».

Il précise :

– Kinankak a extrait le fragment et a recousu. Patient sorti de l'hôpital deux jours après.

– Tu peux me donner une adresse ? Ou, mieux, la copie de sa tazkara ?

– J'ai les deux. – Il tend la main. – Ce sera deux cents afghanis de plus.

Lorsque Oussama et Katoun quittent le bâtiment avec la précieuse information, Katoun annonce :

– Kinankak est décédé d'un AVC l'année dernière, mais il avait la réputation d'être très proche des talibans. On dit qu'il en soignait souvent, surtout en cas de blessure par balle, en faisant croire que c'étaient des accidents domestiques.

– Ça montre qu'on est sur la bonne piste.

Resté seul dans son bureau, le responsable administratif a terminé son riz et réfléchit en buvant une bouteille de Strawberry Fanta, la nouvelle mode à Kaboul. Lui aussi sait que le daktar Kinankak était un taliban, et il n'a pas besoin qu'on lui explique ce que signifiait « accident domestique » pour l'ancien chirurgien – cela voulait dire « blessure par balle ».

Quatre cents afghanis, c'est un très bon bakchich, l'équivalent de plusieurs jours de travail, mais protéger ses arrières est aussi important que faire bouillir la marmite. Il cherche un numéro dans un petit carnet plein de taches, le compose. L'appareil sonne trois fois avant que quelqu'un décroche.

– J'ai une information pour vous, commence-t-il.

*

Zorak Galidlul, l'ancien camarade de combat de Merwais, n'habite pas très loin de l'accès à l'autoroute de Ghazni, dans un quartier plutôt ancien, assez cossu, composé de jolies maisons en briques entourées de jardins d'où émergent des pins et des eucalyptus. Comme à l'accoutumée, des enfants les mènent à bon port, trop contents de pouvoir glaner quelques afghanis à cette occasion. La demeure de l'ancien compagnon de route de Daech est assez semblable aux autres, si ce n'est l'atelier de réparation de machines à laver installé dans le jardin. Quatre compagnons y travaillent, assis en tailleur.

– Zorak Galidlul ? demande Gulbudin.

L'ancien djihadiste les accueille lui-même. Oussama comprend au premier regard qu'il est gravement malade : il marche à petits pas, tel un centenaire, et ne doit pas peser plus de cinquante kilos. Son visage est émacié comme celui d'un mourant.

– Vous êtes des flics ? demande-t-il en apercevant Oussama et Gulbudin.

– Brigade criminelle. On ne vient pas pour vous causer des ennuis.

Le malade a un geste indiquant que c'est le cadet de ses soucis. Ils le suivent à l'intérieur, jusqu'à un petit salon assez richement meublé puisque, à la place des habituels coussins, il y a deux sofas en cuir et une table basse. Le seul fait de marcher ces quelques mètres paraît avoir épuisé le malade. Il s'affale dans un canapé.

– Si vous avez des questions, dépêchez-vous. Je n'en ai plus pour très longtemps. Malformation cardiaque, qu'ils disent. Mon cœur ne pompe plus assez de sang. Je vais crever.

– Je suis désolé pour vous, dit Oussama.

– J'ai côtoyé trop de flics pour vous croire. – Il reprend son souffle bruyamment, avant de lancer : – Qu'est-ce que vous me voulez ?

– On sait que vous avez été dans le groupe de combat de Merwais Golim.

– Et alors ?

– Pourquoi l'avez-vous quitté ? Vous n'approuvez plus les idées de Daech ?

– Qu'est-ce que ça peut bien vous foutre ?

– Disons que Merwais Golim s'apprête à déclencher une série d'attentats sanglants. Beaucoup d'innocents vont mourir si nous ne l'arrêtons pas.

– Tuer qui ? Des juifs ? Des kouffars ?

– Entre autres.

– Qu'il tue des juifs et des nazaréens, je m'en moque. Ce sont tous des sodomites et des pécheurs. Et les bossus de Jérusalem, ils dominent le monde, ils oppriment les autres. – Il compte sur ses doigts. – Les juifs volent les ânes, les chameaux, la semoule et les dattes des mouslims, c'est grâce à ça qu'ils vivent tous dans des palais. Si on est pauvres, c'est à cause d'eux.

– Daech est un groupe malfaisant, ça n'a rien à voir avec les Occidentaux ou les juifs.

– Ça va comme ça. Qu'est-ce que vous me voulez ?

– Des informations sur Merwais Golim.

– J'ai coupé les ponts. Pourquoi je vous parlerais ? Qu'est-ce que j'y gagnerais ?

– On peut être généreux si l'information est importante.

L'homme réfléchit.

– Mon fils aîné a le même problème cardiaque que moi. Mais si on l'opère, il peut guérir.

Oussama sourit.

– Mon meilleur ami, le daktar Katoun, est cardiologue.

– Un docteur d'ici, vous vous foutez de moi ! J'ai été opéré à Shah Baba, je sais comment ils marchent, les hôpitaux. C'est une opération très compliquée, je veux qu'elle soit faite dans un hôpital occidental.

– Ça peut s'arranger. On connaît des Français.

– Vous m'apportez la garantie que mon fils sera opéré par le meilleur docteur dans le meilleur hôpital militaire occidental de Kaboul et je vous donne une information qui vous mènera à Merwais.

*

Les camions sont prêts au départ à l'intérieur de l'entrepôt surchauffé. Bien briqués, ils n'ont rien de particulier qui puisse attirer l'attention. C'est un des moments de la journée où les avions de la Coalition sont les moins actifs : depuis deux ans que durent les frappes aériennes, la guerre est devenue une routine, même la mort tombée du ciel a ses horaires. Quant aux drones, les Américains ne les utilisent presque jamais contre des camions : ils les réservent aux frappes de précision.

Zwak est là, de même que Merwais, Malang et Zaccaria, le troisième chauffeur. Ils sont un peu nerveux, mais moins que Zwak ne le craignait.

Surprise : Boukra, le logisticien, est venu leur souhaiter bonne chance. Il est accompagné de Khalid ben Alanoune, un érudit qui s'est imposé au fil des ans comme l'un des piliers religieux du régime. Les deux hommes sont arrivés dans une banale Toyota, avec un chauffeur et un seul garde du corps. Ils semblent tout excités, et Zwak réalise à quel point l'opération est importante pour eux.

– Nous attendons encore quelqu'un, annonce Boukra, mystérieux.

Une demi-heure passe, puis un minibus couvert de poussière apparaît. Il pénètre dans l'entrepôt, la portière avant s'ouvre et un garde du corps va fermer les portes du bâtiment. Les portières arrière s'ouvrent à leur tour et trois autres gardes descendent.

Zwak reconnaît Gulmurod Khalimov, le responsable des opérations militaires extérieures de Daech. Ancien sniper tadjik formé par les Américains, Gulmurod Khalimov est une légende dans les rangs de l'État islamique, les Américains comme les Russes donneraient des millions pour sa tête.

Aussitôt, tous les participants mettent un genou à terre, pétrifiés de respect.

– Relevez-vous, dit Khalimov. Je suis venu vous souhaiter bonne chance, pour l'amour d'Allah. – Il pose la main sur l'épaule de Zwak. – Personne ne vous oubliera jamais, qui qu'il soit, où qu'il vive. Vous qui partez vers le martyre, n'oubliez jamais le caractère sacré de cette mission, et chérissez Allah de vous permettre de Le rejoindre en pleine gloire.

– Qu'Il soit loué, répond machinalement Zwak, pressé d'en finir.

Le minibus redémarre, quittant les lieux aussi vite qu'il est arrivé. Pour Khalimov, se déplacer est toujours un risque mortel, quelles que soient les précautions prises, et qu'il soit venu en personne pour les encourager les galvanise. À tour de rôle, les deux autres dirigeants de Daech pressent les martyrs contre eux.

– Vous êtes le glaive d'Allah ! proclame Khalid ben Alanoune d'une voix stridente. Nul ne doit l'ignorer : quiconque attaque notre Prophète, les louanges sur Lui ! en paie le prix du sang. Quiconque frappe le califat doit s'attendre à être frappé en retour, à la puissance mille. Vengez nos frères injustement tués par les apostats, les noussayrites et les safavides ! Vengez nos sœurs forcées de retirer leur voile, ô, Allah, quel crime ! par ces impies ! Vengez tous nos frères humiliés depuis des siècles par les complots des juifs et des croisés français ! Tuez les hommes, ce sont des porcs ! Tuez leurs femmes, elles ne sont que des prostituées. Tuez leurs nourrissons et leurs enfants maudits, ils ne sont que des singes qu'il faut écraser ! Il est licite de frapper. Il est juste de frapper. Frappez, frappez fort, frappez toujours et frappez encore !

– Gloire à Toi, Allah ! clame Merwais. Nous donnons notre vie pour Toi ! Nous mourrons pour mieux renaître dans la gloire de Toi !

– Qu'il en soit ainsi, par la grâce d'Allah !

Zwak, qui aime la sobriété, regarde tout ce cirque avec son détachement habituel.

Le premier, Merwais monte dans son camion. Il démarre et le 32 tonnes s'élance. Malang attend dix minutes avant de quitter les lieux à son tour. Enfin, c'est l'heure pour Zwak. Zaccaria et lui vont emprunter un autre chemin, par sécurité. Le chauffeur allume le contact, tourne le volant, sort de l'entrepôt. Une seconde, Zwak est ébloui par le soleil, mais déjà il chausse ses lunettes noires. Les ateliers et les terrains vagues défilent, une station-service, puis les immeubles font place aux collines désertiques. La route s'étend, toute droite, devant eux. Zwak a le regard fixé vers cette frontière turque qu'il imagine déjà.

Pour la première fois depuis longtemps, il éprouve cet étrange sentiment de plénitude que les autres appellent bonheur.

*

L'homme marche à toute allure, dépassant tout le monde sur le trottoir encombré. C'est un ferrailleur, père de famille dévoué, bon voisin, considéré par son entourage comme pieux, voire proche des idées talibanes, mais pacifique. En réalité, c'est un membre actif de l'État islamique et un meurtrier. Il dirige une des cellules secrètes de l'EIK à Kaboul, avec une dizaine de membres sous ses ordres.

Il arrive bientôt à sa destination, une petite maison sans charme située au cœur du centre de recherche agricole de Badam Bagh.

Un autre homme, plus âgé, lui ouvre immédiatement. Lui est le responsable des équipes de jardiniers. Imposant, il est doté d'un charisme qui lui a permis de rapidement s'imposer comme l'un des chefs de l'appareil militaire de Daech à Kaboul.

– Que la paix d'Allah soit sur toi !

– La paix d'Allah, gloire au Seigneur de l'univers !

– J'ai des informations importantes.

– Plus tard. D'abord, prions, mon frère.

Lorsqu'ils ont terminé, le chef invite son subordonné à s'asseoir à côté de lui. Il verse le thé dans des verres ébréchés.

– Que se passe-t-il ?

– J'ai reçu un coup de fil d'un de mes informateurs à l'hôpital Ali Abad. Un des chirurgiens est venu l'interroger en compagnie d'un flic qui pourrait bien être l'ancien bras droit de Massoud, le sniper.

– Kandar ? Tu parles bien de lui, Oussama Kandar ?

– Il lui ressemblait beaucoup.

– Ce chien est un valet des fornicateurs et des juifs. Qu'il meure ! Que voulait-il ?

– Des informations sur Zorak Galidlul.

Le chef se rembrunit. Il connaît l'histoire de l'ancien membre de leur mouvement, qui officiellement l'a quitté pour reprendre l'atelier de son père, mais en réalité à cause de son opposition à la violence extrême de Daech. Normalement, l'État islamique tue tous ceux qu'il soupçonne de tiédeur, mais à l'époque le chef s'était opposé à l'élimination de Zorak Galidlul, préférant que Daech à Kaboul consacre toute son énergie à enlever et supprimer des membres du régime ou des nazaréens plutôt que d'anciens compagnons de route égarés. Il se rend compte qu'il a commis une erreur : Galidlul sait beaucoup de choses sur Merwais Golim. Or ce dernier, le chef ne l'ignore pas, a pris des responsabilités au pays de Sham et travaille à un plan d'attaque avec le garçon aux calculs.

– Tu crois qu'ils en ont après Merwais ? demande son interlocuteur timidement.

– Après qui tu veux qu'ils en aient ? Galidlul ne sait rien qui pourrait intéresser un flic, sauf qu'il connaît Merwais et son réseau.

– Qu'est-ce que je fais ?

– Tu y vas avec deux hommes et tu le tues.

*

Oussama se gare devant la maison de Zorak Galidlul pour la seconde fois de la journée. Le fils de l'ancien djihadiste les attend dans le salon, l'air grave. Katoun sort son matériel, stéthoscope, électrocardiogramme portatif. Lorsqu'il a terminé son examen, il fait signe à Oussama qu'ils peuvent parler au père. Allongé sur son lit, le visage couvert de sueur, l'homme semble exténué : sa poitrine se soulève violemment à chaque respiration, comme si son cœur fatigué menaçait d'éclater. Oussama pose la main sur l'épaule du médecin.

– Je vous présente le cardiologue dont je vous ai parlé tout à l'heure, le *daktar* Katoun. C'est mon meilleur ami.

Le malade a un mince sourire.

– Alors, vous avez vu mon fils ?

– À l'instant. – Katoun s'accroupit à côté du lit. – C'est moins grave que je ne le craignais, votre fils souffre d'une insuffisance cardiaque assez simple à traiter. Il suffira de lui greffer une pile et tout rentrera dans la normale.

– Une pile ? Comme pour un radio-réveil ?

Katoun sourit.

– C'est une pile très sophistiquée. Elle est minuscule mais puissante. Elle vient d'Amérique.

– Mon fils sera guéri ? Pour toujours ?

– Il faudra juste changer la pile régulièrement. Elle tiendra dix ans.

– Je veux la preuve qu'elle sera américaine, pas une saloperie fabriquée en Chine ou au Pakistan.

– Je vous montrerai l'emballage après l'opération.

D'un geste las, Zorak Galidlul leur fait signe de s'asseoir près de lui.

– Nous attendons un document officiel de l'ambassade de France, dit Oussama. Il confirmera que votre fils sera traité gratuitement à l'hôpital militaire de l'aéroport de Kaboul. Les Français en ont passé les rênes aux Américains, mais ils ont encore des personnels et, surtout, des affectations prioritaires de lits.

– Il sera opéré par un cardiologue américain et par moi-même, en support, ajoute Katoun. Il y restera pour sa rééducation, et je le suivrai ensuite personnellement, dans mon service. À l'aéroport, les Occidentaux ont accès au matériel le plus moderne. On va bien le soigner et son cœur sera aussi performant qu'un cœur neuf.

Le malade s'illumine.

– C'est bien.

– On attend la lettre officielle de l'ambassade. Elle devrait arriver demain matin, au plus tard.

– Ne comptez pas sur moi pour parler ce soir. Je veux la voir de mes yeux avant. Mais je vais quand même vous dire quelque chose. – Il accroche la main d'Oussama pour l'obliger à se pencher. – Merwais Golim a un frère.

– Tous ses frères sont morts.

– Le plus jeune, Malang, il est toujours vivant. C'est un soldat du califat. À chaque fois que Merwais menait une opération risquée, il l'appelait avant. Ces deux-là sont comme deux doigts d'une main : toujours en contact.

Zorak Galidlul s'interrompt un instant pour reprendre son souffle.

– Si vous localisez Malang, vous pourrez localiser Merwais. Jamais il ne mènera une opération-martyre sans dire adieu à son frère avant.

Oussama se lève brusquement. Des frères menant ensemble des attentats, c'est assez fréquent chez les islamistes – des frères unis jusqu'à la mort par leur vision commune du djihad.

– Je vous comprends, dit-il, c'est une information fondamentale. Malheureusement, elle n'est pas assez précise.

– Attendez ! Malang a émigré à l'étranger sous une fausse identité. Merwais avait confiance en moi, il me disait beaucoup de choses. Revenez avec la lettre. Quand mon fils part à l'hôpital américain, je vous donne le nouveau nom de Malang et le pays où il se cache.

*

À petite vitesse, les trois camions ont rejoint un chemin de terre sèche qui mène à un parking presque désert, à un kilomètre de la frontière, à côté d'une gargote détruite par une frappe.

Trois heures de route.

La carcasse d'une station-service, aplatie elle aussi par les bombes de deux cent cinquante kilos de la Coalition, rappelle la précision des bombardements occidentaux : à côté, une échoppe de pneus est intacte. Des citernes mobiles servent désormais à ravitailler les camions. Prudents, les pompistes attendent à distance qu'on fasse appel à leurs services, cachés sous quelques arbres rachitiques.

Zaccaria allume une cigarette pour se détendre. Le voyage a été calme, une des parties les plus dangereuses de leur périple est derrière eux. Les carcasses calcinées de véhicules qui jonchent la route sur plus de cent kilomètres prouvent à quel point les frappes se sont intensifiées depuis quelques semaines. Heureusement, la Coalition ne peut pas attaquer tous les véhicules qui circulent dans la zone de contrôle du califat – il y en a des milliers en permanence, de jour comme de nuit. Le pari risqué de Zwak s'est révélé juste : en ne circulant pas en convoi, ils ont pu passer entre les mailles du filet.

Le parking est presque vide, on compte moins d'une vingtaine d'engins garés. Au-delà de ce nombre, les chauffeurs savent qu'ils risquent une frappe préventive de la Coalition et ils préfèrent donc gagner d'autres zones d'attente le long de la frontière. Le poste de contrôle côté califat n'existe plus, le petit bâtiment de béton brut a été transformé en chaleur et lumière quelques semaines plus tôt, personne n'a jugé bon de réinstaller le drapeau noir sur le mât miraculeusement épargné.

Nul doute qu'une telle provocation entraînerait une riposte immédiate.

Zwak prend ses lunettes de vision nocturne. Plus haut, un chemin pierreux serpente entre les rives d'un oued desséché, jusqu'à un bâtiment minable éclairé par des lampes jaunâtres et surmonté du drapeau turc. De part et d'autre, des barbelés s'allongent, mais ce n'est que pour le décor : la frontière syro-turque n'est hermétique que sur moins d'un tiers de ses huit cents kilomètres.

Zwak regarde sa montre. Dans huit minutes, le douanier turc qui a fait allégeance à Daech prendra son quart de garde. Comme toujours, ses collègues s'installeront dans la salle de repos située à l'arrière du poste pour regarder la télévision en avalant leur repas. Ce sera le moment de passer, mais avant, il est prévu un contrôle de sécurité.

Quelques instants plus tard, une camionnette déglinguée allume ses phares avant de quitter lentement le parking. À son bord se trouve un médecin dévoué à la cause du califat. Officiellement, il va chercher des médicaments à Gaziantep. Le véhicule va se garer devant le poste turc. Le médecin descend. Zwak retient son souffle : le praticien doit vérifier qu'il n'y a aucun problème, que leur complice est bien présent et en capacité de les faire passer. Pour éviter tout contact téléphonique qui pourrait les faire repérer, la procédure est simple :

s'il n'y a pas de danger, le médecin continuera son chemin en Turquie sans s'attarder. Dans le cas contraire, il attachera un foulard bleu à l'antenne de sa voiture avant de poursuivre sa route.

Zwak a les mains tellement crispées que ses jointures sont blanches. Enfin, le médecin ressort. Tranquillement, il monte dans sa voiture et franchit la frontière. Déjà, Merwais a démarré. Le premier, il s'avance lentement vers le petit bâtiment.

*

Les tueurs de Daech qui se présentent devant la maison de Zorak Galidlul sont trois : un vieux ferrailleur qui est le chef du commando, un apprenti de seize ans, tout excité de participer à sa première exécution, et un fermier d'une férocité sans limites. Ils sont armés de pistolets, d'une kalachnikov à la crosse coupée et de grenades. Le fermier s'est muni d'un grand couteau très aiguisé : c'est à lui que reviendra l'honneur de décapiter leur victime. Chez Daech, couper la tête de ses ennemis est l'équivalent de la décharge de chevrotines de la mafia italienne : une signature, presque une marque de fabrique.

Ils ont emprunté une voiture à un autre membre de l'organisation et doivent se dépêcher d'agir, car après vingt-trois heures les risques de tomber sur un barrage de police augmentent. Ils ne prennent même pas la peine de rester en surveillance externe avant d'agir. Ils entrent dans la maison après avoir simplement poussé la porte extérieure, non verrouillée. La première personne qu'ils rencontrent est la femme de Zorak Galidlul, à qui le ferrailleur assène un coup de poignard dans le ventre avant de l'égorger. Ils se précipitent à l'étage. Le fils, la fille et la cuisinière sont éliminés en quelques instants. Enfin, ils se retrouvent dans la chambre principale.

– Salopards, qu'est-ce que vous faites ! balbutie l'ancien taliban d'une voix à peine audible.

– L'enfer t'attend, traître ! Suppôt des safavides, taghut !

Le fermier tend son couteau au jeune.

– Vas-y, égorge-le.

– Mais… comment je fais ?

– Tu coupes, comme un mouton. Je vais t'aider.

Le ferrailleur se place derrière Zorak Galidlul, lui maintenant fermement la tête pendant que l'apprenti, la main tremblante, s'efforce de placer son couteau au bon endroit.

– Vas-y, là, sous la veine. Coupe. Allez !

Le geste est maladroit : la lame ne s'enfonce pas assez profondément dans les chairs, le sang coule et Zorak se débat en criant.

– Par Allah, tu n'es qu'un idiot ! hurle le fermier. Coupe-le. Coupe, coupe !

Le jeune se ressaisit mais le sang le gêne, colle à sa main, au manche. Les mouvements de sa victime l'empêchent d'affirmer sa prise, il a peur, le couteau glisse sur la peau, entaille le menton, la joue, une partie de l'oreille. Soudain, le bourreau improvisé lâche le poignard en poussant un hurlement strident.

– Mon doigt !

Dans la panique, il a tranché son index, qui repose sur le lit, morceau de chair surréaliste. Dans un dernier effort, Zorak Galidlul se redresse, vision d'horreur, grimaçant sous un masque rougeâtre, le sang giclant de ses blessures.

– Bouchers !

Le fermier récupère son couteau. Il le plante dans le ventre de l'ancien taliban, remonte d'un coup sec. Les viscères se répandent dans une odeur pestilentielle. Leur victime s'effondre.

– Allahu Akbar ! s'écrie le ferrailleur.

– Que le Prophète soit loué ! *Salla Allah alaybi wa salam !* hurle à son tour le fermier. Mort aux apostats ! Mort aux juifs !

Les yeux dans le vague, le visage crispé de douleur, l'apprenti sanglote en tenant sa main mutilée, dont le sang s'échappe par saccades.

Il faut encore un bon moment aux trois djihadistes pour retrouver les clefs de leur véhicule, tombées sous le cadavre de Zorak. Enfin, couverts de sang, les trois hommes quittent les lieux en courant. Le voisin d'en face les aperçoit qui s'engouffrent dans une voiture et démarrent en trombe. Lorsqu'il est certain qu'ils sont loin, il rentre chez lui, boit un peu de thé, puis prend son téléphone pour prévenir la police.

*

Oussama contemple le cadavre de Zorak Galidlul, tandis que les hommes de sa brigade s'affairent autour de lui sous la lumière brutale de projecteurs portatifs. La scène de crime est un carnage, le sang a giclé en longues traînées brunâtres sur les murs, jusqu'au plafond. La tête de l'ancien membre de Daech est posée sur le lit.

– Décapitation *pre mortem* déclare Babour, très calme. S'il avait été mort, il ne se serait pas complètement vidé de son sang. Quant à l'index, il n'appartient pas à la victime.

Il l'examine quelques secondes avant de le glisser dans un sachet en plastique.

– Il est à l'un des membres de la famille ?

– Non, personne n'a été mutilé. Si ça se trouve, c'est un des agresseurs qui s'est coupé.

– Des amateurs, tranche Gulbudin. Je n'ai jamais vu une boucherie pareille.

– On sait qui a frappé. L'État islamique, dit Oussama. Les talibans égorgent, ils ne décapitent pas.

– On a voulu nous passer un message ?

– À mon avis, ils ont juste voulu l'empêcher de parler et après, ils ont fait ce qu'ils font toujours.

Chinar apparaît.

– L'ambassade de France vient de m'appeler. Le premier secrétaire a signé la lettre envoyée par Nicole.

– Son fils est mort, ça ne sert plus à rien.

Il faut tout recommencer de zéro alors qu'ils tenaient enfin une piste crédible et sérieuse. Quelque peu accablé, Oussama entraîne Babour, Chinar et Gulbudin dans le jardin, pour faire un point.

– On n'a trouvé aucun indice de ce qu'il voulait nous dire, annonce Babour. Zorak ne s'attendait pas à être attaqué, il n'a pas eu le temps de cacher quoi que ce soit à notre intention.

– Donc, c'est foutu ? demande Chinar.

– Peut-être pas, répond Oussama. Il reste un point de contact avec le frère de Merwais : le fonctionnaire des Affaires étrangères qui a trafiqué son passé.

Gulbudin comprend immédiatement.

– Il aurait aussi menti pour le frère ?

– Zorak Galidlul nous a dit hier que Malang avait émigré à l'étranger. Ce serait extraordinaire qu'il y ait eu deux fonctionnaires des Affaires étrangères travaillant en même temps pour l'État islamique.

– Celui qui s'est occupé de Merwais s'est aussi occupé de Malang, conclut Gulbudin. Il faut le retrouver.

*

Les mains bien à plat sur le volant, Zaccaria roule doucement, encore tout étonné d'avoir pu passer la frontière aussi facilement. Zwak regarde les feux arrière du camion de Merwais, à peine un kilomètre devant eux.

Les volutes de la cabine ne sont plus bleues ou roses, mais grises et noires, elles tournoient sur elles-mêmes telles des méduses, dessinant les visages des esclaves yazidies.

Il met ses écouteurs, la musique à fond, pour chasser ces sons qu'il ne veut plus jamais entendre : le grincement du sommier de la chambre de Merwais, les pleurs des jeunes filles. Merwais qui tue. Merwais qui viole. Merwais qui a rêvé de vivre ce qu'il vit : il a raconté à Zwak que, quand il était plus jeune, il fantasmait jour et nuit sur les filles mais que leurs pères n'étaient jamais intéressés par lui. Trop pauvre, trop inculte. Il avait ri : « S'ils me voyaient maintenant ! J'ai des gardes du corps, une maison, trois femmes rien que pour moi et tout le monde me respecte. J'étais rien, je suis tout, j'avais rien, j'ai tout. Gloire à Allaaaaaah, Seigneur de l'univers ! »

Zwak ferme les yeux. Tout ce que Daech offre à ses membres en butin de guerre, il s'en moque. Lui écrit l'Histoire. Il va prouver à tous ces Occidentaux qu'il est plus intelligent qu'eux. Ils pensent avoir le droit d'écraser les Afghans avec leurs blindés. Ou de lancer par millions des mines dans les montagnes, tuant et mutilant des innocents. Ils se croient protégés par leur richesse, leur technologie, leur arrogance… Il va leur montrer de quoi un homme comme lui est capable.

Il rouvre les yeux, sourit tandis que les volutes changent de couleur, passant enfin aux couleurs chatoyantes d'un arc-en-ciel. Un peu plus loin, les lumières d'une agglomération se devinent dans le lointain avec, en toile de fond, le ruban lumineux d'une autoroute.

Tout se passe comme prévu.

Plus qu'une semaine.

25 avril

– Commissaire Laguna, vous avez un moment ?

Comme l'inspecteur Colombo, Justin apparaît au moment où l'on s'y attend le moins. Véritable caricature de film policier, il l'attend devant chez elle, une cigarette au bec, à l'abri d'une porte cochère.

– Ai-je le choix ?

Il ouvre les deux mains, paumes tournées vers le haut.

– On a toujours le choix.

Elle lui montre un café, un peu sur la droite.

– Allons là.

Ils s'installent en terrasse, le soleil n'a pas encore passé le toit des immeubles mais il fait doux.

– Un temps idéal pour une conversation entre amis, dit-il, comme s'il appréciait particulièrement l'ironie de la chose.

Elle commande un expresso, lui un chocolat chaud.

– Alors ?

– Je voudrais que nous reparlions de la victime des Batignolles. Vous savez que c'est à cinq cents mètres à vol d'oiseau ? Curieux, non ?

– Vous pensez que j'ai porté le cadavre sur mes épaules après avoir récupéré mes enfants à l'école ?

Il rit.

– J'ai retrouvé l'endroit où Abdelrazak a été exécuté. Assez loin d'ici, dans l'appartement d'un type de sa bande.

Nicole boit une gorgée de café sans répondre, prudente.

– Vous n'avez pas fait de recherche à son nom ? insiste-t-il.

– Je ne me souviens plus, des noms, j'en ai cherché beaucoup.

– Vous me l'avez dit la fois dernière. – Il prend l'air désolé. – Il est vraiment dommage qu'on ne puisse pas tracer les demandes par postes, seulement par fiche regardée. Du coup, on ne peut pas faire la liste exhaustive de vos recherches.

– Oui, c'est dommage.

Il nettoie soigneusement la mousse de chocolat qui s'est déposée sur le rebord de sa lèvre supérieure.

– Ce que je ne comprends pas, c'est pourquoi le nom d'Abdelrazak est sorti.

– Pardon ?

– Vous cherchiez des dealers qui empoisonnaient la vie de l'école de votre fille. Or à cette époque Abdelrazak était en taule. Comment son nom a-t-il surgi ?

– Vous n'avez jamais entendu parler de dealers qui contrôlent les opérations depuis leur cellule ?

– C'est ce que vous pensiez ? Qu'il dirigeait son réseau depuis Fleury-Mérogis ?

– Je ne sais pas ce que je pensais. C'était il y a près d'un an.

– Résumons. Vous vous renseignez sur Abdelrazak parce que des dealers circulent autour de l'école. Qu'avez-vous fait d'autre ?

– J'en ai parlé à la directrice de l'école.

– Oui, elle me l'a dit. Il y a la trace d'un rendez-vous dans son agenda, mais environ un mois après votre recherche fichier.

– Je ne vois pas le problème.

– La conversation n'a pas été très constructive. Vous avez offert votre aide sans citer la moindre action concrète. Je trouve ça bizarre.

– Bizarre ?

– Oui. Comme si vous aviez mené cette démarche pour vous couvrir après coup. Pour vous justifier a posteriori au cas où quelqu'un vous poserait des questions sur vos recherches dans le fichier. Des recherches sur un délinquant emprisonné, qui est embarqué à la sortie de la prison par quelqu'un qu'il n'a pas pu refuser de suivre et qui meurt le lendemain de la lecture de sa fiche par vous. Quelqu'un qui aurait très bien pu avoir une carte de police…

Elle hoche la tête. Il a tout compris : les choses se sont passées exactement comme il le décrit.

– Je n'étais plus flic.

– Vous aviez gardé votre carte, j'ai vérifié au service du personnel. On ne vous a jamais demandé de la rendre. Oh, j'ai oublié de vous le dire, personne n'avait interrogé la fiche d'Abdelrazak dans les années qui ont suivi son incarcération. Vous avez été la seule.

– Vous pensez que j'ai tué Abdelrazak ?

Il pose sa tasse, la regarde froidement.

– Oui. Et j'ai l'intention de découvrir pourquoi.

– Allez vous faire foutre.

Elle se lève, en colère. Son visage fermé masque l'immense tension qui l'a envahie. Jamais elle n'aurait pensé qu'on remonterait si vite jusqu'à elle.

*

Sur sa mobylette, Gulbudin se fraye un chemin au milieu des innombrables véhicules. Il est ralenti à cause de sa prothèse, les voitures le doublent en klaxonnant, d'autres conducteurs de deux-roues l'insultent parce qu'il roule au milieu de la route, mais il poursuit son chemin, imperturbable.

Le NDS leur a fourni le nom de l'ancien fonctionnaire indélicat, ainsi que sa dernière adresse, en vain : le taliban a déserté son logement, y laissant un bric-à-brac sans intérêt, et s'est évaporé dans la nature. Gulbudin n'est guère étonné que les recherches n'aient pas permis de le retrouver : un fonctionnaire qui trahit, ce n'est pas ce qui va déclencher une chasse à l'homme. Après tout, il n'a tué personne. Avec Chinar, ils ont étudié son dossier et appris que l'homme est un Pachtoun originaire de Kaboul. Le plus probable est qu'il se cache quelque part dans la capitale.

Cela leur donne un avantage : depuis des années, Oussama et Gulbudin ont mis en place un réseau très efficace d'informateurs qui quadrillent la ville. L'un d'entre eux trouvera une piste. C'est juste une question de temps.

Il arrive enfin à sa destination. Une échoppe d'instruments de musique installée pas très loin de Salang Wat. Son propriétaire, un intermédiaire véreux proche des talibans, est le principal revendeur de matériel porno de Kaboul. Étant donné que, par le passé, il a aidé la brigade, Oussama a proposé de le solliciter de nouveau.

– Bienvenue, *assalam u alaikoum*, déclame le marchand quand Gulbudin pousse la porte. Que ton corps soit sain, ta main forte comme l'ours.

D'un coup d'œil, il a compris que Gulbudin n'est pas un client ordinaire. Il le fait s'asseoir, claque des doigts. Un jeune homme très féminin, maquillé de près, apparaît avec un plateau de thé.

– Buvons.

Le thé est brûlant comme il le faut, et bien sucré.

– Tu es de la police ?

– Oui. Je suis un collègue de celui que tu as aidé il y a deux ans.

– Le policier qui était venu avec les magazines occidentaux ?

– Lui-même.

– Où est-il ?

– Il est mort.

– Oh ! Que veux-tu ?

– J'ai des choses qui peuvent t'intéresser.

Gulbudin pose un peu théâtralement trois revues devant le marchand. Les yeux de ce dernier brillent. Il en prend une, la feuillette rapidement. Du porno sadomasochiste hard, en provenance d'Allemagne. Un produit rare à Kaboul, très apprécié d'une certaine clientèle, notamment chez les talibans. Derrière les grands discours moralisateurs se cachent souvent beaucoup de vices.

– Si tu peux me donner l'information que je cherche, elles sont à toi.

– Qu'est-ce que tu cherches ?

Gulbudin pose une photo sur le plateau devant eux.

– Cet homme s'appelle Gorbat Gul. Il était fonctionnaire pour le ministère des Affaires étrangères, mais il travaillait en secret pour les talibans. On sait qu'ensuite il a rejoint l'État islamique.

– Je n'aime pas l'État islamique. Ils ne sont pas comme les talibans, avec eux, on ne peut pas discuter. S'ils prennent le pouvoir, ils me tuent et ils tuent mes clients. Je ne vends plus rien... Mais pourquoi tu penses que je pourrais connaître cet homme ?

– On a trouvé cette revue à son ancien domicile.

Il la tend au marchand, qui s'en empare après une hésitation. Du porno pakistanais bas de gamme.

– Il y a un marché pour ça, c'est vrai, reconnaît le commerçant. Les grosses et vieilles, il y a des hommes que ça excite, mais ils ne paient jamais très cher.

– Tu sais qui pourrait lui avoir vendu cette revue ?

– Ce magazine, il vient d'une certaine imprimerie de Peshawar. C'est un de mes fournisseurs, je suis le seul qui les importe ici, à Kaboul.

– Donc, tu peux retrouver notre homme ?

– S'il a acheté en personne des revues comme ça, oui. Attends, je dois appeler quelqu'un.

*

Les collines qui flanquent la vaste zone comprise entre le quartier de Reekshkor et la route de Gardez étaient encore désertiques il y a dix ans, mais aujourd'hui elles sont couvertes de bidonvilles bâtis à la va-vite, dans lesquels des dizaines de milliers de démunis tentent plus ou moins de survivre, dans la neige et le froid l'hiver, une chaleur étouffante l'été. Des femmes se pressent aux fontaines installées ici et là par des ONG occidentales, en contrebas de la pente, remplissant des bidons de plastique avant de remonter en file indienne, leur fardeau sur le dos. Des mobylettes sillonnent la foule, parfois conduites par des hommes seuls, le plus souvent montées par des familles entières, père au guidon, femme en burqa derrière, le voile filant au vent, enfants casés tant bien que mal entre les deux.

Les deux 4 × 4 de la brigade criminelle sont garés devant l'une des entrées du bidonville, à côté d'une station-service Sadaf récemment édifiée. Des vendeurs ambulants font le pied de grue devant ces étals, proposant mouchoirs, galettes, fruits en vrac ou déjà préparés.

– Qu'est-ce qu'il fout ? grommelle Chinar. Il devrait déjà être là.

– Ne t'en fais pas, il va venir, répond Oussama.

Lentement, une mobylette s'approche. L'homme qui la chevauche est Sarajullin, le majordome de Mollah Bakir. Grâce au marchand de revues porno, ils ont pu déterminer le quartier où se cache l'ancien fonctionnaire des Affaires étrangères. Oussama a ensuite demandé au mollah de mobiliser ses réseaux pour y trouver quelqu'un qui le connaisse, ce qui n'a pris que quelques heures. Une enquête rondement menée, pas dans les règles, certes, mais efficace…

– Le voilà, dit Babour en mettant le contact.

Sarajullin passe devant eux sans les regarder. Il a l'habitude des missions secrètes et connaît toutes les procédures de sécurité. Les 4 × 4 se placent une cinquantaine de mètres derrière lui. La chaussée est encombrée de véhicules de toutes sortes, il y a même des carrioles tirées par des ânes. Elle longe la route à deux voies pompeusement dénommée Highway que de nombreux conducteurs évitent à cause des camions lancés à toute allure.

– Comment procède-t-on ? demande Gulbudin.

– Sarajullin va d'abord prendre son informateur. Quand ils arriveront devant chez l'ancien fonctionnaire, il se rangera sur le côté un petit moment pour nous indiquer l'endroit.

– Cet informateur, c'est qui ?

– Un autre taliban, ami d'un fidèle de Mollah Bakir.

Ils roulent ainsi pendant une dizaine de minutes, au milieu d'un trafic de plus en plus intense, jusqu'à rejoindre un des principaux échangeurs de la route de Gardez.

– Il met son clignotant, annonce Gulbudin.

Le majordome se gare près d'une boulangerie devant laquelle s'étire une file de femmes en burqa. Aussitôt, un homme qui attendait un peu plus loin le rejoint sur la mobylette, et ils redémarrent. Le nouveau venu est gros, barbu, porte un turban noir et a les yeux maquillés au khôl, comme au plus fort du régime islamiste.

– Salopard, gronde Chinar, les mâchoires serrées, il ne se cache même pas.

– Calme-toi, lui ordonne Oussama. C'est juste une alliance de circonstances.

– Ce sont des animaux. On devrait tous les tuer, pas travailler avec eux.

– Tu préfères que le complot aille à son terme ? On est obligés de faire des concessions. Fais-moi confiance.

Le quartier où ils arrivent est récent, avec des immeubles bas, tous construits sur le même modèle : échoppes plus ou moins minables au rez-de-chaussée, deux étages, murs de béton, fenêtres réfléchissantes aux couleurs bariolées, forêts d'antennes sur les toits. On se croirait dans n'importe quel quartier miséreux d'Asie centrale, mais Babour a les yeux qui brillent.

– C'est beau, ici, dit-il, admiratif, ça fait moderne, avec toutes ces paraboles et ces belles portes en plastique. J'aimerais vivre ici quand j'aurai de l'argent.

Avec son salaire de policier, il n'a pas d'autre possibilité que d'habiter chez ses parents. Sur la mobylette devant eux, le passager s'est penché et parle à l'oreille du conducteur. Ils s'arrêtent devant une maison. Le majordome descend, fait semblant de vérifier le pneu avant. Puis il enfourche à nouveau sa machine et reprend la route.

– C'est ici. On y va, ordonne Oussama.

*

La cage d'escalier est étroite, le carrelage, qui ne doit pas dater de plus de trois ou quatre ans, a l'air d'en avoir cent et se décolle par plaques. Il flotte une odeur de plats en sauce et d'épices qui soulève le cœur. Il y a deux portes par étages, deux étages, cela fait quatre appartements à contrôler, et ils ne savent pas dans lequel a emménagé l'ancien fonctionnaire des Affaires étrangères.

Gulbudin colle son oreille à la première. Des bruits d'enfants et de vaisselle filtrent à travers la mince cloison de bois. Il frappe.

– Qui est là ? demande une voix chevrotante.

– Breshna. Il y a un problème sur votre installation.

– Revenez demain, mon mari n'est pas là, je ne peux pas vous ouvrir.

– Il faut regarder, sinon cela risque de prendre feu.

L'électricité pose des problèmes un peu partout à Kaboul et la société semi-publique Breshna est l'une des rares à réellement envoyer des réparateurs sur le terrain.

Quelques instants plus tard, la porte s'ouvre sur une femme voilée. Elle n'a pas le temps de prononcer un mot que déjà Gulbudin et Rangin se sont engouffrés, lui mettant violemment la main sur la bouche.

– Ne crie pas, chuchote Gulbudin, nous sommes la police.

Il sort la photo de l'ancien fonctionnaire.

– Tu le connais ?

D'un mouvement de tête, elle acquiesce.

– Il habite dans l'immeuble ?

Nouveau hochement de tête.

– Quel étage ? Celui-ci ?

Leur cible habite l'appartement de droite du second étage. Arrivé devant la porte, Chinar l'inspecte rapidement. Puis, d'un puissant mouvement d'épaule, il l'enfonce. La porte vole en éclats et les policiers atterrissent dans un hall minuscule. Ils se ruent à l'intérieur en hurlant « Polis ». Des cris les accueillent, ceux d'une femme en habit d'intérieur et de deux fillettes qui contemplent, effrayées, les policiers qui viennent de faire irruption, l'arme au poing. Chinar bondit dans le couloir, pénètre dans une chambre. Un homme est en train de fouiller frénétiquement dans un coffre. Il saute sur lui et lui fait une clef de bras au moment où l'autre sort un pistolet caché au milieu de vêtements. Chinar ne réfléchit pas : il donne un tour de poignet, brisant net le bras de son adversaire. L'os craque avec un bruit mat. Le hurlement du taliban est tellement violent qu'il les surprend tous. Aussitôt, la femme se rue dans la pièce, en pleine crise de nerfs, essayant de les frapper et de les griffer tout en les insultant. Chinar l'attrape en plein vol, avant, dans le même mouvement, de la projeter contre le mur. Elle s'effondre à côté de Gorbat Gul, la bouche en sang.

– C'est bon, on se calme, maintenant. Ramenez-les dans le salon et attachez-les tous les deux, ordonne Oussama. Rangin, prends les filles et mets-les dans leur chambre, je ne veux pas qu'elles voient ça.

Le taliban, dont l'avant-bras forme un angle absurde avec le coude, n'essaie pas de résister. Quant à la femme, elle gémit, la lèvre et l'arcade sourcilière fendues.

– Vous vous appelez Gorbat Gul, commence Oussama. Vous avez travaillé pendant quinze ans au ministère des Affaires étrangères, où vous avez transmis de fausses informations concernant de pseudo-réfugiés qui étaient en réalité des terroristes. – Il se penche vers lui. – Maintenant, écoutez-moi bien : il peut se passer deux choses. Soit vous me mentez ou refusez de me donner l'information que je souhaite, et dans ce cas je vous transfère au NDS dans l'heure. Vous serez pendu et votre complice écopera de dix ans de prison minimum.

– Je n'ai rien fait, éructe-t-elle, projetant un mélange de sang et de salive devant elle.

– Salope, n'attends pas la moindre pitié de nous ! crie Chinar.

– Vos filles seront placées en orphelinat, poursuit Gulbudin, qui n'a pas besoin de beaucoup se forcer pour avoir l'air effrayant. Vous savez comment ça finira : elles seront violées par tous les hommes qui y travaillent. À la fin, si elles ne se suicident pas, elles termineront prostituées sous un pont.

– Maintenant, l'autre possibilité, reprend Chinar, c'est de nous donner l'information que nous voulons : le nom sous lequel Malang, le frère de Merwais Golim, dit Merwais el-Afghani, a obtenu le statut de réfugié politique. Le sien et celui de tous vos complices qui ont obtenu le même statut en Europe.

*

Après leur entrée en Turquie, les trois camions ont roulé jusqu'à l'autoroute qui mène à Gaziantep. Soldats et policiers sont omniprésents, mais cela ne les concerne pas vraiment. Tout occupé à verrouiller son pouvoir après le coup d'État manqué de l'année précédente, le président turc réserve ses coups les plus violents à ceux qu'il imagine être ses adversaires politiques.

Daech est une priorité, certes, mais ce n'est pas *la* priorité.

La circulation est intense, rien à voir avec ce qu'ils ont connu en Afghanistan ou en Syrie. La flotte de véhicules, de tous types, est récente, les bas-côtés sont propres, l'autoroute est moderne et fonctionnelle, sans un seul nid-de-poule. On se croirait en Europe. Malgré lui, Zwak s'est senti fier qu'un pays musulman ait atteint un tel niveau de développement.

Très vite, ils ont perdu de vue les deux autres camions : Zwak leur a demandé d'emprunter un itinéraire plus direct, par Ankara. Après Gaziantep, Zaccaria et lui ont bifurqué vers Adana. Ensuite, ils ont filé vers Konya puis Eskisehir, avant l'arrivée à Bursa.

Quatorze heures de route, dont la plupart de nuit, mille deux cents kilomètres qui ne les ont pas fatigués tant ils sont excités.

Les faubourgs de Bursa sont une ruche : l'usine de Renault, une des plus vastes du monde, a créé autour d'elle un gigantesque écosystème, tout entier dédié à la construction automobile. Les sous-traitants s'alignent sur des kilomètres, ateliers ultramodernes en charge de la fabrication de tout ce qui entre dans une voiture : sièges, vitrages, tableaux de bord, boîtes, ponts, garnitures...

Zwak suit son GPS. Maintenant, il est à l'aise avec le camion et il apprécie sa position haut perchée au-dessus de la circulation. Par chance, Zaccaria n'aime pas parler. Le silence quasi constant dans l'habitacle permet à Zwak de réfléchir aux mille et un détails de son plan. Même s'il a eu le temps de le peaufiner, il ne se lasse pas de le revoir mentalement, améliorant un point ici, en changeant un autre là.

Enfin, son GPS lui apprend qu'ils arrivent à destination : dans une zone industrielle au nord de la ville, un entrepôt de pièces détachées agricoles dont la façade en tôle ondulée est ornée d'une pancarte annonçant « Fayçal & fils ». Zaccaria arrête le véhicule et le ferme soigneusement – il ne faudrait pas qu'on le leur vole.

L'intérieur de l'entrepôt est un capharnaüm inimaginable, avec des stocks de pièces empilés un peu partout et un poids lourd immatriculé à Istanbul garé dans un coin. Comme il n'y a aucune trace de vie Zwak appelle :

– Sofiane ?

Personne ne répond. Un frisson d'angoisse le parcourt. Sofiane détient les cartons de boîtes de vitesses qui vont remplir l'arrière des camions, masquant les explosifs. Sans lui, rien n'est possible.

Il inspire profondément pour se calmer. Dans son plan, chaque pas est important, chaque détail compte, chaque grain de sable peut faire capoter l'ensemble. Il a précisé un jour par écrit (depuis, il a tout brûlé) l'enchaînement des événements, grands ou petits, qui vont mener au succès. Il y en avait cent vingt-deux pages, témoignage de la méticulosité avec laquelle il a organisé l'opération. Alors, par Allah, il a besoin de ces pièces détachées !

– Sofiane ?

Une porte claque, un jeune homme arrive, l'air empressé.

– Excusez-moi, mes frères, j'étais dehors, aux toilettes.

Les trois hommes se saluent.

– Vous ne deviez pas être trois camions ?

– Ils ont pris une autre route. Ils seront là bientôt.

– Parfait, par Allah. Je t'attendais, tout est prêt. – Du menton, Sofiane désigne le poids lourd garé. – C'est lui qu'un de nos frères a volé.

– Tu as fait tout ce que j'ai demandé ?

– Bien sûr, mon frère. On a désactivé le transpondeur, la cibi et le GPS, comme ça personne ne pourra savoir qu'il est ici.

Ils s'approchent du poids lourd dont la porte avant est ouverte. Sur le siège passager, Zwak aperçoit plusieurs appareils électroniques visiblement arrachés. Il rejoint l'arrière. Les deux djihadistes se hissent à l'intérieur.

– Voilà les cartons de boîtes de vitesses. Elles pèsent quarante-trois kilos chacune. Elles sont par caisses de neuf, sur palettes. Impossible de les déplacer sans chariot élévateur, et les douanes mobiles n'en ont pas.

Il montre le haut de la pile qui touche presque le plafond.

– Tes calculs étaient justes, mon frère. Les palettes bloquent tout.

Le choix de Zwak s'était porté presque immédiatement sur des pièces produites à l'usine Renault de Bursa : quoi de plus normal qu'un camion partant d'une usine turque de la marque française pour livrer son réseau national ?

Mais il lui fallait également des pièces suffisamment lourdes, impossibles à déplacer lors d'un contrôle de routine. Et conditionnées de manière telle qu'un homme ne puisse pas se hisser au-dessus pour vérifier ce qu'il y a derrière.

Après de longues recherches sur Internet, il a opté pour ces boîtes de vitesses – leur dimension permet de les conditionner par caisses de neuf, trois en hauteur, trois en longueur. Son pari : que la multinationale française chercherait à optimiser les coûts de logistique, et donc à emballer ses produits pour en charger un maximum par camion. Là, devant la pile de caisses frôlant le plafond, Zwak sait qu'il a gagné. Bientôt le monde entier saura ce qu'est la perfection.

*

La fébrilité règne dans les bureaux de la DGSI. Nicole vient de recevoir les informations d'Oussama et les ordinateurs tournent à plein régime. Antoine Magnet apparaît, brandissant quelques feuillets au-dessus de sa tête.

– Voici l'état de la situation. Malang Golim est entré sur le territoire français une semaine après Merwais Golim. Il s'est enregistré sous le nom de Batoor Badam. Le nom et l'ascendance sont bidon, mais la date de naissance, elle, est bonne. Il a montré un passeport et divers papiers officiels qui n'ont pas déclenché d'alerte, pourtant les numéros suivent exactement ceux que Merwais a présentés à l'office des réfugiés.

– De très bons faux ou des documents volés ?

– Ni l'un ni l'autre. D'après nos collègues afghans, il s'agit de documents authentiques détournés par l'employé des Affaires étrangères qui trahissait pour Daech.

– OK. Où habite-t-il, maintenant ?

Antoine Magnet étale les documents sur la table.

– Malang a quitté la France pour l'Allemagne neuf mois après son arrivée. Le BKA nous dit qu'il est enregistré à Berlin, où il travaille comme magasinier dans une grande surface de bricolage. Aucun signe de radicalisation, si ce n'est qu'il porte la barbe.

– Les Allemands l'ont contrôlé ?

– Il a eu un entretien de routine avec le Regionale Auswertung und Beschaffung début 2014, ils ont fait un branchement sur son portable en août, pendant quinze jours, puis en novembre 2015, pendant huit jours. Pour eux, il était clean.

– Il est localisé ?

– Il a disparu depuis un mois. Comme il ne s'était pas présenté au bureau, les flics locaux sont passés chez lui. Apparemment, il a filé en vitesse, laissant la plupart de ses affaires, après avoir vidé ses comptes bancaires et pris un emprunt à la consommation de huit mille cinq cents euros.

– Il a fait sa hijirah, cet enfoiré !

– Ouais, il est parti en terre d'Islam rejoindre Merwais. Les Allemands ont trouvé un récépissé pour un vol Lufthansa à destination de Vienne, via Rome. En fouinant, ils ont retrouvé un aller-retour Vienne-Istanbul sur une compagnie charter toujours au nom de Batoor Badam. Le billet retour n'a pas été utilisé.

– On a peut-être quand même le moyen de remonter à Merwais grâce à lui, déclare Nicole d'une voix où perce une lueur d'espoir. Avant d'être assassiné, l'homme qui nous réclamait une opération cardiaque pour son fils a expliqué au qomaandaan Kandar que les deux frères sont en contact téléphonique régulier. Récupère tous les numéros de portable de Malang. On va chercher dans les enregistrements de métadonnées si on trouve un match. Il a bien fallu que quelqu'un lui demande de venir en Syrie.

– Merwais lui-même ?

– Ce serait logique, non ?

Elle prend son adjoint par l'épaule.

– Si c'est le cas, Merwais s'est carbonisé, et son frère avec.

*

Les logiciels d'analyse de métadonnées téléphoniques ont beaucoup changé depuis les premiers exemplaires nés dans les années 1980. Aujourd'hui, ce sont des monstres capables de les transformer en graphiques détaillant de vrais schémas de communication. A parle à B qui parle à C qui communique avec D qui lui-même a parlé à A : les logiciels dévoilent des enchaînements, révèlent des réseaux cachés, dégagent des logiques là où l'œil humain ne voit, en première analyse, que des empilements d'appels sans lien les uns avec les autres.

Les analystes de la DGSI ont bien travaillé, enfermés dans une pièce spéciale dont l'un des murs est constitué d'un immense écran sur lequel s'inscrit un diagramme étrange, dérivé de ce que les mathématiciens appellent un *Perth*. Nicole fait son apparition, suivie d'Antoine Magnet, s'assied face à l'écran aux places réservées aux dirigeants de la Centrale. Un rapide coup d'œil lui a déjà révélé qu'on n'a pas affaire à un mais à plusieurs réseaux entrecroisés dans l'historique téléphonique de Malang Golim. Il va falloir les décrypter un à un.

Le responsable de l'équipe d'analyse, Pierre Lalon, est un polytechnicien d'une trentaine d'années, à l'allure autant sportive que juvénile.

– Qu'avons-nous ?

– Beaucoup de choses. – Il pointe un laser sur l'un des diagrammes. – Celui-là est le plus intéressant. Un appel unique réalisé en octobre 2014 depuis un portable belge enregistré sous un faux nom chez Base vers un autre numéro belge, également acheté chez Base sous un faux nom. Ces enfoirés ne procèdent à aucune vérification d'identité ! On a contrôlé, le second balisait sur une borne turque, près de la frontière avec la Syrie. Ce second numéro belge est lui-même appelé dix-sept fois entre novembre 2014 et avril 2015, par un numéro allemand. Ensuite, le numéro allemand appelle une seule fois un nouveau numéro turc, celui-ci.

Il le désigne avec son pointeur.

– Puis le même numéro turc est appelé par un autre numéro turc. Ensuite, un des deux numéros change à tour de rôle, de sorte qu'aucun appareil ne fonctionne plus d'une fois, avec quarante et un appels dans un sens, entre mai 2016 et mars 2017, douze appels dans l'autre sens. À chaque fois, les communications durent entre une et deux minutes.

– Malang Golim est en contact régulier avec quelqu'un, en changeant de téléphone ?

– Affirmatif. Ils brouillent les pistes en utilisant un nombre incroyablement élevé d'appareils, mais, malheureusement pour eux, il y a une faille : un seul des deux appareils change pour chaque appel, autrement leur système ne pourrait pas marcher. Plutôt rustique, comme méthode.

– Ça a fonctionné, puisque personne n'a rien décelé jusqu'à aujourd'hui. Sans l'appel initial depuis son téléphone officiel, on n'aurait pas pu montrer qu'il est la variable fixe du schéma, remarque Nicole.

Elle réfléchit une seconde, puis s'écrie :

– Attendez, j'ai une idée.

Elle se dirige vers un ordinateur, accède à son bureau déporté, ressort la note transmise par la DGSE quelques jours plus tôt.

– 12 octobre 2014, appel de deux minutes : vingt-quatre heures avant l'offensive sur Deir ez-Zor à laquelle a participé Merwais Golim. 19 octobre, nouvel appel d'une minute : l'offensive était en cours. Dernier appel sur ce numéro le 5 décembre : le lendemain du jour où la katiba de Merwais Golim se replie à Raqqa. Le 6 janvier 2015 : c'est le jour précédant l'offensive de sa katiba sur Ana, en Syrie. La ville tombe le 21, on a un appel le 22. Et le 19 mai, on a un long appel : le lendemain de la prise de Ramadi par l'armée irakienne. Or on sait que Merwais Golim s'est battu là-bas.

– Merwais appelle son frère avant chaque opération importante à laquelle il a participé. Il l'appelle régulièrement pendant puis après les assauts, conclut le polytechnicien.

– C'est quoi, le dernier appel que Malang a passé avec son téléphone allemand ?

– On a une conversation d'une minute avec un numéro de portable turc.

– Allons voir le boss.

*

Nicole rassemble ses affaires – la voiture qui doit l'emmener à Villacoublay part dans moins d'une demi-heure – lorsqu'un planton apparaît à sa porte.

– Commissaire Laguna ? Le capitaine Justin est là pour vous.

Elle n'a pas le temps de protester que déjà l'enquêteur de la Crim entre dans la pièce, l'air faussement détaché. Il a un regard pour le sac de voyage, le passeport posé sur le bureau, le verrou de voyage pour le Glock, puis il se plante en face d'elle. Elle ressent une forme de peur en présence de Justin, comme une coupable démasquée.

– Vous nous quittez ? Un voyage lointain ? demande-t-il d'une voix légèrement grinçante.

– Une mission.

– Où ?

– Je ne suis pas autorisée à vous le dire. Secret défense.

– Ah oui, la DGSI et le secret défense… C'est parfois bien pratique. – Il jette un coup d'œil sur sa main mutilée. – Vous vous en sortez remarquablement malgré votre handicap, je suis admiratif.

– Gardez votre admiration bidon pour vous. Par ailleurs, ce n'est pas un handicap, c'est une blessure.

Elle s'est emportée et elle le regrette. Elle ne s'est jamais considérée comme handicapée, il l'a senti et a réussi à la faire sortir de ses gonds. Or dans cette partie de poker menteur qu'est un interrogatoire avec le capitaine Justin, il lui faut garder son calme.

– J'ai des informations, déclare-t-il en s'asseyant sans y avoir été invité.

Comme elle ne réagit pas, il ajoute :

– Vous n'êtes pas curieuse de savoir lesquelles ?

– Non.

– Je vais pourtant vous les dire. Voilà, le jour de la sortie de prison d'Abdelrazak, j'ai récupéré toutes les levées d'écrou. Heureusement, nos amis de la justice ont des fichiers bien tenus. Du coup, j'ai passé quelques coups de téléphone et j'ai pu rencontrer quatre prisonniers qui étaient sur le parking de Fleury-Mérogis, dans le bus en attente de départ pour le centre-ville. Devinez ce qu'ils m'ont raconté ?

– Je ne devine pas.

– Hum, vous devriez. Une femme est entrée dans le bus. Elle a brandi une carte de police devant le visage d'Abdelrazak et l'a embarqué. Cela vous parle-t-il ?

– En quoi cela devrait-il me parler ?

– Cette femme a embarqué Abdelrazak dans un 4 × 4 étranger de couleur sombre. Or, comme par hasard, vous possédiez un XC 90 de marque Volvo à l'époque.

– Gris clair, pas sombre.

– Oui, c'est vrai. – Il a l'air déçu en prononçant ces paroles. – Si l'un de ces tocards vous avait identifiée ou avait reconnu un XC 90 et non un quelconque 4 × 4, vous seriez déjà menottes aux poignets. Heureusement pour vous qu'aucun ne l'a fait, n'est-ce pas ?

– Bien évidemment, vous n'envisagez pas qu'ils ne l'ont pas fait parce que je ne suis en rien mêlée à cette histoire ?

– Je ne l'envisage pas en effet. – Il lui sourit froidement, un vrai serpent. – J'ai l'impression de me rapprocher de vous. Je sens un secret bien saignant et je vais trouver lequel. J'ai examiné votre patrimoine, ainsi que celui de votre famille, je n'ai rien repéré qui indique des flux anormaux, vous n'êtes pas une flic pourrie, c'est évident.

– Vous avez enquêté sur mes finances !

– Procédure normale. Vous n'avez pas été achetée, pourtant je suis certain que vous avez éliminé Abdelrazak, et j'ai l'intention de découvrir pourquoi.

– Bonne chance.

– Merci. Je le prends comme un encouragement. – Il se lève. – Quand rentrez-vous de mission ?

– Je ne sais pas encore.

– Moi, je le saurai, n'en doutez pas.

Il a un petit sourire ironique et quitte la pièce. Avec un soupir, Nicole range son passeport dans son sac. Maintenant, au moins, la situation est claire : le capitaine Justin ne la lâchera jamais.

*

Oussama pose son sac sur le carrelage de l'entrée. Le minimum d'affaires pour tenir quelques jours. Son fidèle fusil de sniper repose à côté, dans la housse en peau de mouton qui a contenu le fusil de son père, puis celui de son grand-père avant lui.

Malalai s'approche, l'air inquiet.

– Je n'aime pas que tu t'approches de la frontière syrienne, ni que tu t'attaques à Daech. Ils sont fous.

– Peut-être, mais je dois le faire.

D'une main douce, elle lui caresse la joue.

– Je sais. – Elle lui tend sa veste. – Comment Nicole a-t-elle obtenu l'autorisation de te faire travailler officiellement en dehors du pays pour aider la police française ?

Oussama a une moue.

– Tous ces policiers antiterroristes occidentaux sont peut-être compétents, mais ils ne connaissent pas grand-chose aux Afghans, or tout ce réseau est afghan. Ils ont besoin de moi, c'est tout. Mais ce ne sera pas facile. Je me souviens de mon stage à Moscou, je n'ai pas beaucoup de doutes sur les préjugés que je vais affronter.

– Tu resteras en Turquie ?

– Au début, sans doute pas longtemps. Si des camions piégés partent de Syrie, le plus sûr pour eux, c'est de passer par la Bulgarie pour entrer en Europe. On va commencer par là. Ensuite, en fonction des indices, on verra, ils peuvent emprunter plusieurs routes : les Balkans, la Roumanie… Les Français vont envoyer des équipes partout. Nicole et moi, nous serons affectés là où c'est le plus utile. – Il regarde sa montre. – Il faut que j'y aille, Malalai. Ils ont affrété un avion gouvernemental américain pour moi. Ils sont inquiets. Chaque heure compte.

Ils s'embrassent, se tiennent enlacés un moment. Puis Oussama franchit le seuil. La dernière vision qu'il a est celle de sa femme, appuyée au chambranle, le visage plein de larmes.

La guerre, pense-t-il sombrement. Elle l'accompagne partout où il va.

*

Après avoir chargé les palettes des boîtes de vitesses à Bursa et roulé, anonymes, au milieu de la masse des véhicules, Zwak et Zaccaria gagnent enfin un entrepôt à Istanbul, dernière étape avant la Bulgarie.

La nuit, les contrôles des douanes et de la police sont plus nombreux à la frontière turco-bulgare, le risque de tomber dans les mains des autorités est trop important, alors Zwak a décidé qu'ils partiraient le lendemain matin.

Merwais et Malang se trouvent déjà sur place, comme prévu. Le Mercedes rejoint sagement le Volvo et le Renault garés au fond. Les quatre djihacistes se congratulent, fiers d'avoir réussi la première partie de leur mission.

L'homme qui les héberge est un Pachtoun afghan installé de longue date en Turquie, entrepreneur discret qui n'a jamais été soupçonné pour ses amitiés islamistes.

Il est tard, Zwak voudrait se coucher, mais le responsable des lieux l'en dissuade.

– On a encore une surprise pour toi, dit-il en le poussant gentiment hors de la planque. Quelqu'un veut te voir.

On l'embarque à l'intérieur d'un taxi Fiat conduit par un militant de la secte. Direction Aksaray. Le quartier est une ruche commerciale où se pressent marchands, clients modestes à la recherche de bonnes affaires et familles dans une cohue indescriptible. Il abrite nombre d'Afghans et de Pakistanais, les pakols sont partout, presque aussi nombreux que les turbans, les femmes sont en burqa bleue ou abaya noire sans forme, à la mode Daech.

On l'arrête enfin devant une masure en torchis prête à s'effondrer. Une femme gantée de noir et voilée de la tête aux pieds le fait entrer dans un salon où l'attend le vieil érudit que Zwak a rencontré au début de son périple, trois mois plus tôt, après l'entretien de sécurité.

– Bienvenue, mon frère, lance l'islamiste. Je suis heureux de t'accueillir à nouveau. Allah est plein de bonté de t'avoir permis d'accomplir autant de grandes choses en si peu de temps.

Zwak aurait préféré dormir mais, après tout, le vieux est intelligent et cultivé, cela le change de Merwais et de son frère. Ils partagent un dîner frugal composé de brochettes et de boulettes de riz, puis la chicha est allumée.

Le vieux a envie de raconter comment, d'érudit religieux du groupe, il est devenu le chef de la branche afghane de la secte à Istanbul. Comment il a maintenant des dizaines de tueurs et de logisticiens à sa disposition, quantité de correspondants et de sympathisants à travers la ville, représentant toutes les ethnies du pays. Zwak écoute mais ne répond que par onomatopées : le vieux en sait déjà beaucoup puisque les militants qui ont chargé les camions sont les siens, mais moins il en saura, mieux cela vaudra.

– Je sais que tu vas frapper les apostats français, clame pourtant son hôte après une ultime bouffée de chicha. La louange est à Allah seul, que le salut et la paix soient sur notre Prophète Mahomet, *sallah Allah alaybi wa salam !* Puisse-t-Il t'aider à en tuer le maximum ! Tu vas réussir, s'Il le veut.

Toujours les grands mots des islamistes… Pour Zwak, faire tomber la tour Eiffel, c'est comme envoyer une fusée Saturne sur la lune : la foi compte moins qu'une préparation parfaite, une excellence technique et le soin apporté aux détails.

Le tabac fumé, le vieux lui annonce une seconde surprise. En le tirant par la main, il l'emmène dans une pièce où attend une jeune fille menottée. Elle est très jeune et paraît terrifiée.

– C'est une yazidie, on me l'a amenée de Syrie la semaine dernière, déclare-t-il d'un air gourmand. J'ai eu sa mère, mais la fille, elle est plus belle. Cette fille, Allah a voulu qu'elle soit à nous. – Il lève les mains au ciel. – Telle est la grâce d'Allah, Il la donne à qui Il veut. « Allah est immense et omniscient », dit la sourate.

– Merci. Je ne suis pas intéressé.

– C'est une pure, insiste le vieillard, se méprenant sur la réponse de Zwak. Pas une femme d'occasion. Personne ne l'a encore touchée. C'est le plus beau des cadeaux, qu'Allah soit Loué pour Sa munificence ! Tu peux faire ce que tu veux avec elle. Tout. Ainsi, tu seras bien expérimenté quand tu recevras les soixante-douze houris promises aux martyrs, au paradis d'Allah.

Zwak décline à nouveau. L'érudit semble perturbé par son refus.

– Tu n'es pas un membre du peuple de Loth, au moins ? At-Tirmidhî, authentifié par al-Hâkim, rapporte que le prophète (sur Lui la prière et la paix !) a dit : « Parmi les choses que je crains le plus pour ma communauté sont les actes du peuple de Loth. »

Zwak l'assure du contraire, mais le vieux insiste :

– C'est un vice maléfique, le jugement d'Allah sur les homosexuels, tu le connais : « Celui qui pratique les actes des gens du peuple de Loth doit être tué, l'actif et le passif. » Ainsi l'a rapporté Abou Dawoûd, la paix sur lui ! Et al-Bayhaqî rapporte que Khalid Ibn am-Walîd écrivit à Abou Bakr as-Siddîq (Allah les agrée !) au sujet d'un homme avec qui les gens avaient des rapports comme avec une femme : « Vous savez ce qu'Allah a fait aux sodomites, il faut donc le brûler vif. »

Zwak parvient à convaincre le vieux que si Allah décide de lui accorder vie malgré la promesse du martyre, il veut se dépuceler avec une vraie musulmane qui deviendra sa femme et non une adoratrice du diable. L'argument fait mouche.

Le vieux montre sa chambre à Zwak avant de filer en direction de celle de la prisonnière. Lui ne fait pas la fine bouche quand on lui offre une proie…

Zwak se déshabille. Quelqu'un, prévenant, a posé une pipe d'opium sur sa table. Les boulettes brunes sont bien translucides, du pur produit afghan. C'est une première pour lui. Il l'allume, aspire une longue bouffée, met le réveil à six heures et se couche sans avoir fait sa prière. Bouffée après bouffée, il se sent tomber dans une sorte d'entre-deux brumeux. Les chiffres se mélangent, les diagrammes deviennent des sons, les équations des dessins colorés. Bientôt, il plane, libéré de son corps et de ses angoisses. Ses yeux écarquillés sont fixés sur le plafond, pendant que retentissent les hurlements de la yazidie à peine amortis par les murs. Il met ses écouteurs, branche son iPhone. Ce soir, il écoutera du Miles Davis. La secte interdit la musique, mais il s'en moque : c'est son dernier jour parmi eux. Le lendemain, il prendra la route, seul avec Zaccaria, pour le dernier level. Paris. Il s'endort, un sourire aux lèvres, dans les vapeurs d'opium et de jazz.

26 avril

La ruelle pavée, fortement pentue, ressemble à mille autres de ce quartier populaire d'Istanbul. Une vive activité commerciale règne car c'est dimanche. Dans la camionnette Trafic garée un peu plus loin, devant un dispensaire médical, la tension est oppressante. L'équipe de la DGSE en planque dans le van est en mission illégale. Normalement, les agents du Service français ne sont pas censés enlever des ressortissants étrangers sur le territoire d'un allié de l'OTAN. Pourtant, c'est ce qu'ils s'apprêtent à faire. Ils font partie de la section Sigma du Service action. Derrière le nom volontairement discret se cache une petite unité composée d'agents civils et militaires chargés des missions les plus violentes de la DGSE.

L'équipe du jour comprend trois hommes. Outre le chauffeur, Mohammed, un ancien taulard devenu officiellement artisan plombier qui travaille pour la DGSE depuis vingt ans, il y a deux exécuteurs, des « Sigma », selon le code interne de la maison. Ils ont pour pseudo Paul et Charles.

Paul est petit, barbu, les cheveux prématurément grisonnants. Sergent-chef de l'armée, il travaille officiellement pour une agence de voyages en ligne. Il ressemble plus à un pêcheur du dimanche qu'à l'exécuteur impitoyable qu'il est.

L'autre Sigma, Charles, a cinquante ans, silhouette athlétique et juvénile, cheveux bruns mi-longs, une attitude mi-désinvolte, mi-féline. Il exerce officiellement le métier d'avocat quand il ne tue pas pour le Service.

Comme Mohammed, les deux exécuteurs prennent parfois des « vacances » au gré des missions. Quand ils en reviennent, des islamistes ont disparu de la surface de la terre et un nouveau rapport d'achèvement est venu remplir le coffre-fort de la section Sigma.

La France mène contre Daech une guerre discrète, certes, mais une vraie guerre, dans laquelle tous les coups sont permis.

Nicole, Oussama complètent le dispositif depuis une camionnette Ducato, garée deux véhicules derrière le Trafic de la DGSE. Coup de main de Londres, ils sont accompagnés par un capitaine de la police turque nommé Elko, qui participe régulièrement à des opérations noires pour le compte du Secret Intelligence Service britannique. Cheveux ras, carrure d'armoire à glace, de grosses mains velues, des petits yeux méfiants dans un visage mangé de graisse : Elko est effrayant. C'est lui qui les couvrira en cas de problème avec la police turque.

L'analyse des métadonnées téléphoniques enregistrées par la direction technique du service français, avec l'aide du BND allemand et du CHGQ britannique, a montré qu'un téléphone afghan en lien avec celui utilisé par Malang Golim en Allemagne a envoyé un SMS à un appareil turc, quelques heures avant que Zwak n'embarque pour Ankara. Le texte dit : « Vol TK 707, très jeune, T-shirt Arsenal, phrase habituelle. »

Le portable turc a appelé un numéro à Istanbul dans les trente secondes suivant la réception de ce SMS, puis une seconde fois trois quarts d'heure après l'atterrissage du vol 707 en provenance de Kaboul. La conversation n'a pas été enregistrée mais les grandes oreilles américaines ont certifié que sa borne d'émission était l'aéroport d'Atatürk. Pas besoin d'être grand clerc pour comprendre que quelqu'un a confirmé la bonne réception de Zwak…

La coopération avec les Américains étant parfaite, la NSA a révélé deux heures plus tard que ce numéro de téléphone mobile correspondait à un abonnement acheté sous une identité fictive souvent utilisée par des membres du service de sécurité de Daech.

L'analyse des appels montre notamment, le même jour, une conversation de vingt secondes avec le numéro fixe d'une petite ONG afghane de ce quartier d'Arnavutköy. Une ONG qui n'a jamais été impliquée dans aucun événement justifiant qu'elle soit placée sous surveillance.

La discrétion de cette ONG, leur seul fil, est une chance : l'équipe française peut intervenir sans crainte d'une contre-surveillance des Turcs. Normalement, la DGSI devrait demander leur aide, mais le sultan Erdogan a pris pour habitude de monnayer l'intervention de sa police contre des avantages politiques en faveur de son pays ou des actions contre ses opposants. Aussi, les patrons des services de sécurité français ont décidé de se passer de son aide.

Il s'agit d'une opération officieuse de la DGSE à laquelle Nicole ne participe qu'à cause de son statut d'ancienne du Service et de la gravité de la menace : la DGSI n'a encore jamais mené d'opération clandestine.

Pour renforcer ses chances de succès, les Français se sont assuré le support technique de leurs alliés. Un Falcon 900 de la Centrale a décollé la nuit précédente de la base aérienne d'Évreux pour emmener Nicole, Mohammed et les deux Sigma à Istanbul, tandis qu'un Gulfstream charté par la CIA faisait de même depuis Bagram, avec Oussama à son bord.

Il est 12 h 20, ils sont prêts à l'action.

Soudain, l'appel du muezzin retentit pour le *dhor*, la prière de la mi-journée. En quelques secondes, la ruelle se vide.

– Allons-y, dit Oussama, qui attend ce moment depuis deux heures.

La petite équipe s'engouffre dans le hall étroit. À gauche, le mur longe une épicerie traditionnelle. Ils patientent quelques secondes sur le palier du premier, avant de pénétrer dans les locaux de l'ONG. Quatre hommes sont en train de prier. Ils n'ont pas le temps de réagir. Quelques manchettes, deux coups de Taser suffisent à Elko et aux deux Sigma pour les immobiliser. Ils les font asseoir sur les genoux, les mains attachées dans le dos par des liens en plastique, un bandeau sur la bouche. Charles ferme les rideaux. Toute l'action a duré moins de trois minutes.

Deux des djihadistes sont jeunes, athlétiques, avec des barbes peu fournies. Le troisième est un homme corpulent à l'épaisse barbe noire, vêtu d'un pantalon beige retroussé sur les chevilles, un petit calot sur la tête. Le quatrième a l'air d'avoir soixante-dix ans, barbe teinte au henné, habillé comme un clochard.

– Qui est le chef ? demande Nicole.

Paul consulte le fichier envoyé par Paris sur son téléphone sécurisé.

– Lui, répond-il en désignant l'homme au calot. Le vieux est le gardien, les jeunes sont des frères qui ont le statut de manutentionnaires.

Comme Charles s'approche de l'homme indiqué en sortant un poignard de sa ceinture, Oussama l'arrête.

– Attendez ! Ce n'est pas lui le chef. C'est l'autre.

Du doigt, il désigne le vieillard.

– Ce n'est pas ce que dit ma fiche.

– Cette information provient des Anglais, on peut les croire, insiste Nicole. Ils savent tout ce qui se passe en Turquie.

Oussama hoche la tête.

– C'est de l'information théorique, elle ne correspond pas à la réalité de terrain. Faites-moi confiance.

Oussama l'a vu souvent à Kaboul : chez les Pachtouns, les organisations ont souvent deux hiérarchies, l'une officielle, l'autre officieuse. Le vrai chef n'est pas toujours le plus fort, ni celui qui est désigné comme tel. Souvent, il s'agit d'un responsable religieux de choura, celui qui a le statut le plus élevé en connaissance islamique.

Il s'approche de l'homme qu'il a désigné.

– Regardez son front…

Comme Nicole approche sa main, l'homme se met à gigoter en poussant de violents grognements derrière son bandeau :

– Haram, haram.

– Elko, empêchez-le de bouger.

Étranglé par les grosses pattes du flic, l'homme cesse de gigoter. Il scrute Nicole avec une haine absolument incroyable.

– Allez, touchez son front, insiste Oussama.

Elle la sent alors sous sa main : une bosse, dure comme du bois, qui court au milieu du front sur quelques centimètres. Elle dévisage Oussama, incrédule, puis comprend. Cette bosse, c'est la *tabâa* : l'islamiste se l'est faite à force de se taper le front au sol en priant. Elle a déjà lu des rapports à ce sujet, elle sait que cette déformation s'observe chez les salafistes les plus fanatiques comme chez certains partisans de l'État islamique. C'est la première fois qu'elle rencontre une personne en chair et en os portant ce stigmate.

– Oui, nous avons affaire à quelqu'un de plus dangereux qu'il n'y paraît, résume Oussama. Regardez sa canne.

L'homme se met à vociférer sous son bâillon, mais Oussama s'empare de l'objet sans se soucier de lui avant de le passer à Nicole.

– Il ne veut pas que vous la touchiez. Vous êtes impure à ses yeux, or cette canne lui est très précieuse. À cause de cela.

Nicole aperçoit huit bandelettes de cuir noir collées sous le pommeau.

– Bien vu ! Une bandelette pour chaque voyage à La Mecque, s'exclame Elko. C'est un *hadji*.

– Et pas n'importe lequel, renchérit Oussama. Chez nous, en Afghanistan, faire le *hadj*, le pèlerinage à La Mecque, est un luxe réservé à un nombre très réduit. Les familles se cotisent pendant des décennies pour offrir le voyage au plus érudit. Alors, le faire huit fois...

– Je ne comprends pas, cet homme a l'air d'un miséreux.

Oussama sourit.

– Certains islamistes afghans sont frugaux, ils vivent en ascètes, surtout les montagnards. À leurs yeux, seul compte le Coran, ils sont détachés des contingences humaines. Mais je vous l'affirme, celui-ci est un chef religieux de rang très élevé. Peut-être même un responsable de l'État islamique au Khorasan. Nous avons de la chance, nous aurions perdu notre temps à interroger les autres.

Elko lui enlève son bandeau.

– Écoute-moi : tu parles, sinon, on te tue.

L'homme le fixe un long moment, une lueur de mépris infini dans le regard.

– Allah réparera cette injustice. Nous, les créatures qu'Allah aime, humiliés par les créatures qu'Allah déteste, les mécréants, ennemis d'Allah. Quelle infamie ! Qu'Allah vous brise !

Nicole pose la main sur l'épaule du flic.

– Ne restons pas ici. Embarquons-le, il y aura peut-être quelque chose d'intéressant chez lui.

Oussama oblige le vieil homme à se lever. L'un des Sigma s'avance vers Nicole.

– Allez-y sans nous. On vous rejoint après, le temps de s'occuper de ces trois-là.

– Qu'allez-vous en faire ?

– Les livrer aux Américains. La CIA a une structure clandestine en ville. Ils les transféreront sans doute dans le Sud pour les mettre au secret dans leur base aérienne d'Incirlik. Ils y ont installé une prison clandestine.

– Je pars avec Nicole et Oussama, annonce Elko, pragmatique. On ne sait jamais ce qui peut se passer avec les barrages en ville.

Charles et Paul attendent leur départ. Lorsque la camionnette a tourné au coin de la rue, ils sortent chacun un automatique équipé d'un silencieux de sous leur veste, font jouer la culasse d'un même mouvement souple. Ils ne se sont pas concertés : l'habitude de travailler ensemble. Livrer les djihadistes ? Quelle naïveté ! Trop long, trop compliqué, trop risqué. Les tuer est la solution la plus simple, or dans une guerre la simplicité est presque toujours la meilleure solution.

À la vue des armes, les prisonniers se mettent à s'agiter comme des ludions, mais leurs cris sont étouffés par les bâillons, leurs mouvements entravés par les liens. Lorsqu'ils en ont terminé, Charles met le feu à l'appartement pour détruire toute trace ADN, puis ils rejoignent Mohammed qui fume tranquillement une Samsun à l'avant du véhicule. Il n'a pas besoin de poser la moindre question pour comprendre. Il travaille avec les deux Sigma depuis si longtemps…

– On va aller prendre un petit kawa histoire de laisser passer une heure ou deux, annonce-t-il en démarrant après avoir jeté son mégot par la fenêtre. Sinon, ces flics vont comprendre ce qui vient de se passer.

*

Les trois femmes du vieil érudit sont rassemblées dans la salle à manger avec les cousines, les mères et les enfants qui partagent la maison. Dix-huit personnes en tout. Oussama, et Elko ont fouillé les lieux, défoncé deux portes blindées et trouvé la yazidie attachée à un anneau dans la cave. La jeune fille est en crise cataleptique, le regard fixe, incapable de prononcer le moindre mot, pas même son nom. Nicole n'a nul besoin d'un examen médico-légal pour comprendre ce qu'elle a vécu : les bleus sur ses cuisses, l'œil au beurre noir, les lèvres fendues et les marques de coups au visage, sur les seins, le ventre, témoignent de son calvaire mieux que des mots. Elle l'enroule dans une couverture avant de la conduire à la cuisine, où elle l'aide à avaler un verre de lait. Pendant ce temps, Elko attache le responsable de Daech avec du fil électrique, serrant le plus possible, avant de lui distribuer quelques coups de poing bien appuyés.

– C'est qui, cette fille, pourriture, fils de chien, cochon ? C'est ta prisonnière ? Une enfant ? Tu la violes depuis combien de temps ?

Le vieux ne daigne pas desserrer les lèvres. Oussama revient une demi-heure plus tard.

– Je n'ai rien trouvé.

Il est déçu. Pourtant, la maison est pleine de littérature de Daech – les habituels portraits à la gloire des glorieux combattants du Califat : *Les Chevaliers de la victoire*, *Restez fermes, ne fuyez pas* –, de vidéos de décapitation, *Punissez-les de la même manière*, *Message aux apostats*, de fiches de propagande, *Le Talion et la vie*, *Tire, que je sois ton sacrifice*, *Par la grâce d'Allah*, *Services de pédiatrie dans la région de l'Euphrate*, sans oublier un absurde guide pratique intitulé : *Femmes de martyr, conseils et règles*.

– Il faut fouiller une seconde fois, insiste Nicole.

– Je vais vous aider, propose Elko. Un des enfants dit qu'un garçon qui ressemble à Zwak était là la nuit dernière. On est tout proches.

C'est le métier de Nicole, d'ordinaire elle sait trouver les planques qui échappent aux flics les plus chevronnés, mais une heure plus tard, elle doit avouer son échec.

– On n'a qu'à le couper en morceaux, propose le flic turc, l'air féroce. Il parlera bien.

– Je ne crois pas, non, répond Oussama d'une voix douce. C'est un vrai djihadiste, d'une certaine façon, il est déjà mort.

Le prisonnier dodeline de la tête en murmurant des *hadits*, les yeux dans le vague, sans leur prêter la moindre attention. Nicole lui colle la photo de Zwak sous le nez.

– Tu le connais ? C'est lui qui était ici hier soir ?

La pupille se dilate une fraction de seconde. Suffisamment pour confirmer ce qu'elle subodorait. Oui, il connaît le jeune Afghan.

– S'il n'y a rien, c'est probablement dans son ordinateur. On va regarder ce qu'il y a dedans, annonce-t-elle.

– Jamais il ne nous donnera le mot de passe, rétorque le flic turc.

– On n'en a pas besoin.

Elle prend le vieux par le collet et le traîne jusqu'à la table de travail installée au bout du salon. Comprenant son idée, Elko vient à la rescousse. Il empoigne la main du vieil homme et pose son index sur le lecteur d'empreintes digitales intégré. Quelques secondes plus tard, un bruit électronique annonce le déverrouillage de la machine.

– Pratique, la technologie ! s'écrie Elko, admiratif. – Il claque un coup sur le crâne du vieux. – Plus besoin de torturer pour faire avouer un mot de passe.

Mais pour Nicole, le vieux ne s'est pas assez débattu : cela signifie que la machine ne renferme rien d'important. Rapidement, elle constate qu'il n'y a aucun fichier enregistré, ni d'accès à la moindre boîte mail. Quant au navigateur, les cookies ont été effacés après la dernière cession.

– On va quand même le passer à notre direction technique à Levallois. Ils peuvent retrouver des données effacées. En attendant, vous avez une autre idée ?

– Peut-être, dit Oussama. Elko, prenez-le.

Ils rejoignent la pièce de vie où sont enfermées les femmes et les enfants.

– Que proposez-vous ? demande Nicole.

La tension qui règne dans la pièce est indescriptible. La haine du flic turc envers l'islamiste palpable.

– Ces djihadistes sont maladivement pudiques, explique Oussama. Ils ne supportent pas qu'on les dénude devant des femmes. Et encore moins qu'on dénude leurs femmes devant des étrangers.

Nicole remarque qu'il a l'air triste en disant cela. Comme s'il souffrait de devoir accomplir des actes qu'il réprouve de tout son être.

– Vous croyez que ça va suffire ? objecte Elko. J'ai du mal à le croire.

– Vous ne connaissez pas les Afghans, vous ne raisonnez pas comme eux. S'il vous plaît, ôtez-lui sa chemise et son pantalon.

Le vieillard se met à glapir mais quelques coups et une violente torsion du poignet ont tôt fait de l'empêcher de bouger. La chemise est arrachée, suivie par le maillot de corps plein de taches et, enfin, le pantalon. En caleçon douteux, le djihadiste a l'air d'un chien battu. Oussama se plante devant lui.

– Si tu ne nous aides pas, on va continuer.

– Qu'est-ce que tu crois qu'on va faire ? lui susurre Elko à l'oreille. Je vais enlever le reste… Qu'est-ce que tes enfants vont dire en te voyant à poil, hein ? Oh, après, je veux voir l'intimité de tes épouses. Je suis certain qu'elles vont me plaire. Surtout la plus jeune, ça va m'exciter de la voir nue. Tu crois qu'elle s'est épilée ce mois-ci ?

Le djihadiste n'est qu'un bloc de haine. Il marmonne des imprécations. Puis, soudain, il lâche :

– Sikis.

– Quoi, Sikis ?

Mais l'homme ne veut plus coopérer, il a changé d'avis. Comme Elko commence à s'avancer pour baisser son sous-vêtement, Oussama l'arrête.

– Attendez ! Il faut changer de stratégie.

Par réflexe, le flic turc lâche le vieil homme. Comme mû par un ressort, celui-ci bondit vers la fenêtre et saute à travers.

*

Le polytechnicien chargé du décryptage de la clef USB pénètre à toute vitesse dans le bureau du directeur de la DGSI, sans frapper.

– Patron !

– Bon dieu, Berthier, qu'est-ce qui vous arrive ? bougonne Jalvar. Vous êtes devenu fou ?

– On a cassé le code de la clef USB du terroriste. Je viens de lire les fichiers.

– Asseyez-vous.

Le scientifique trépigne d'impatience, mais Jalvar l'oblige à se calmer :

– Attendez. J'appelle Rubano et le conseiller scientifique.

Quelques instants plus tard, les deux hommes pénètrent dans le bureau, l'air inquiet.

– Allez-y.

– C'est le code le plus compliqué que j'aie jamais rencontré dans mon existence. Beaucoup plus complexe que le système asymétrique DSA-DH, par exemple. Il a fallu que nous fassions des calculs de factorisation selon une nouvelle méthode…

– Stop ! Vous nous raconterez cela plus tard. Dites-nous plutôt ce qu'il y a sur cette clef.

– Tout est écrit de manière inversée, j'ai dû utiliser un logiciel pour le remettre à l'endroit.

– Bon Dieu, Berthier, qu'est-ce qu'il y a dessus ?

– Des calculs de dispersion de gaz.

– Du gaz ? Quel gaz ?

– Un dérivé de phosphonothioates, je ne sais pas lequel. Tenez, voici sa formule chimique.

En la découvrant, le conseiller scientifique devient livide.

– Patron, $C_{11}H_{26}NO_2PS$, c'est la formule du gaz VX.

– Du VX ? Il y a du VX en Irak ? intervient Rubano, stupéfait.

– C'est un dérivé du sarin, or on a des preuves indiscutables que plusieurs attaques au sarin ont déjà eu lieu. Deux en Syrie en 2013 et 2014, une en Irak en 2014, et une autre encore en 2015. La Coalition suspecte Daech d'avoir mené une expérience limitée au VX contre des prisonniers, mi-2016, mais on n'a pas réussi à récupérer d'échantillon. Les Américains ont mis des moyens énormes pour éliminer le responsable du programme chimique de Daech. Ils l'ont finalement tué en mars 2016.

– Que sait-on de ses travaux ? demande Jalvar.

– Pas grand-chose, si ce n'est que c'était un chercheur réputé. Si ses prédécesseurs, moins trapus que lui, ont été capables de fabriquer du sarin, cet homme avait toutes les compétences pour passer au VX, qui est un produit ancien, inventé dans les années 1950, mais dix fois plus dangereux. C'est la substance la plus toxique pour l'homme, avec le virus de la variole : quelques litres suffiraient théoriquement à raser une ville d'un million d'habitants. Heureusement, il est tellement concentré qu'il est difficile de le disperser sans réduire son principe actif. Tous les tests menés avec des missiles ont échoué, la chaleur produite par l'explosion le détruit.

– Le VX est inodore, incolore, c'est le gaz neurotoxique le plus mortel du monde, précise Alain Rubano. Une attaque au VX en milieu urbain est le scénario le plus catastrophique de tous ceux que mon équipe a conçus ces dernières années.

– C'est crédible ?

– Oui. 8 % d'occurrence de réalisation, au vu des compétences scientifiques actuelles de Daech et des moyens tant financiers que logistiques dont il dispose. C'est juste une question de temps et d'accès aux produits chimiques de base.

Jalvar lève les mains en signe de reddition.

– On sait que l'action est planifiée depuis longtemps, donc tenons pour acquis que vous avez raison. Combien une attaque au VX sur Paris pourrait-elle tuer de gens ?

– Jusqu'à présent, nous pensions que Daech n'arriverait jamais à optimiser la propagation à grande échelle d'un gaz comme le sarin ou le VX. Trop compliqué. Ce qui explique que nous ayons abouti à un taux de risque inférieur à 10 %. On pensait qu'ils n'avaient pas les scientifiques pour théoriser cela, puis le mettre en pratique. Mais s'ils ont réussi…

– Considérez qu'ils ont réussi, intervient le cryptologue. Ce que j'ai décrypté est *state of the art* sur le plan technique, c'est une analyse de dispersion de dix tonnes de gaz via des diffuseurs agricoles hydrauliques ultramodernes, avec tous les calculs qui vont avec.

– Si ça se trouve, ils ont mélangé le VX à autre chose, du gaz inerte, par exemple. Donc, c'est malheureusement simple : dans une cité à grande concentration de population comme Paris, quelques dizaines de litres de VX pourrait tuer des millions de personnes tout en en laissant un nombre incalculable gravement handicapées sur le plan neurologique. Les effets du VX sont gravissimes et irréversibles.

– Le Semtex, c'est juste l'apéritif, le visuel que le monde n'oubliera jamais. Le vrai plan, c'est une attaque chimique, un Hiroshima nouvelle version. Avec ça, Paris et sa proche banlieue n'existent plus, renchérit Alain Rubano dans un silence de mort.

*

De l'extérieur, Sikis est un banal entrepôt surmonté d'une pancarte délavée.

– Sikis, c'est un nom pachtoun ou perse, pas turc, remarque Oussama.

Il y en a des centaines à Istanbul, mais une seule entreprise portant ce nom a émergé de leurs recherches : société de transport, elle est susceptible d'accueillir des camions. Paris a décidé que l'équipe clandestine interviendrait la première, il sera toujours temps de donner l'information aux Turcs après...

Ils planquent depuis un bon moment dans deux camionnettes selon le même schéma que précédemment, les trois agents de la DGSE dans l'une, Nicole, Elko et Oussama dans la seconde. La rue est calme, elle n'est bordée que d'entrepôts et d'entreprises de transport. Aucun piéton, quelques fourgonnettes lourdement chargées et des 30 tonnes qui passent par moments dans un nuage de gasoil. En face de l'entreprise Sikis se trouve un terrain vague où sont garés quelques engins de chantier.

– J'espère que l'information lâchée par le vieux était la bonne, remarque Nicole. Au fait, vous aviez déjà procédé de cette manière, auparavant ?

Oussama s'empourpre.

– Non, jamais. Mais les Russes le faisaient souvent, dans les campagnes, sur les chefs religieux, et bizarrement, cela marchait presque toujours. Vous savez, ce sont des hommes traditionalistes, difficiles à comprendre pour un esprit occidental. Des durs qui ne prononcent pas un mot sous la torture mais qui ne supportent pas la nudité, ni la leur ni celle des autres. Ils peuvent alors craquer, lâcher des informations importantes sous le coup de l'émotion. Comme ce vieil homme.

Il inspire profondément.

– J'ai honte de ce que nous venons de faire, j'espère que ce ne sera pas en vain.

– Il n'a pas hésité une seconde à se suicider, il a saisi la première occasion après avoir lâché le nom qu'il n'aurait pas dû nous donner. Cela montre qu'il savait des choses importantes.

– Je l'espère. Allez, allons-y ! décrète Oussama d'un ton brusque. On va se faire repérer si on reste immobiles plus longtemps.

L'entrée pour les piétons est verrouillée, ils poussent la porte coulissante, qui glisse en grinçant. L'intérieur est immense mais presque vide. Il y a un 30 tonnes, un autre camion de couleur verdâtre, plus petit, ainsi que des caisses de matériel et de pièces détachées.

– Des boîtes de vitesses de Renault, constate Charles en chuchotant.

Le Sigma balaie méthodiquement les lieux de son pistolet équipé d'un silencieux.

– Pratique pour entrer en France, ajoute Paul, qui a également dégainé son Glock, qu'il tient collé contre sa cuisse.

Il s'avance vers l'intérieur du bâtiment, arme brandie devant lui à deux mains, disparaît à leur vue. Soudain, une série de claquements brefs retentit. Deux fois deux coups, très amortis.

– Arme ! crie Elko en sortant son pistolet.

Quelques secondes plus tard, Paul réapparaît, le visage parfaitement neutre.

– J'en ai buté deux. Désolé, je n'ai pas pu faire autrement.

Les cadavres des djihadistes gisent sur le sol d'un appentis en mezzanine, une kalachnikov à leur côté. Ils ont pris chacun deux balles en pleine tête. Morts sur le coup. Charles les contemple avec détachement.

– Ils nous attendaient. Ils ont dû entendre la porte s'ouvrir.

– Fouillons, propose Elko. On trouvera peut-être quelque chose.

Mais l'endroit est vaste, les cachettes nombreuses, ils doivent vite admettre que c'est une tâche impossible. Nicole abandonne la première. Laissant les hommes, elle monte au second, où un palier donne sur l'extérieur. L'environnement est terne. Des entrepôts à perte de vue, quelques terrains vagues ici ou là. Une station-service Akpet.

– Elko !

Le flic apparaît, le visage fermé.

– Vous voyez la station-service, là ? Vous pensez qu'ils ont des caméras ?

En arrivant devant la station, Elko montre un poteau équipé de caméras couvrant les six pompes. L'une est dirigée vers l'entrepôt des djihadistes.

– On est à six cents mètres, mais on devrait avoir une vue des véhicules sortant. Bon Dieu, on les aura peut-être sur l'image !

Le gestionnaire de la station-service est une femme avenante et parlant bien anglais. Elko sort sa carte de police, présente Nicole comme une collègue française et lui annonce ce qu'ils cherchent. Elle les informe que les images sont enregistrées sur disque dur pendant une journée.

À ce moment, Nicole reçoit un SMS qu'elle consulte rapidement.

– Une info de la NSA. Cet endroit matche avec un bornage des téléphones de Merwais et de Malang, on les a loupés d'un cheveu. Ils étaient dans le coin hier. Ils ont pu garer les camions là-bas. Ils sont restés sur place de dix-huit heures à ce matin, six heures.

– On les talonne, ils n'ont presque pas d'avance ! s'exclame Elko, ravi.

Ils s'installent dans le petit bureau de la gérante. Tout est informatisé, il suffit de rentrer le jour et l'heure souhaités.

– Pour les images d'hier soir, c'est mort, elles ont déjà été effacées automatiquement. Mettez-vous quinze minutes avant six heures ce matin, s'il vous plaît, là, vous aurez ce qu'il y a à voir.

La qualité de l'image est exceptionnelle, on distingue tous les détails.

– Il y a eu un braquage sévère l'année dernière, alors on a installé le meilleur système disponible. Pensez, on ravitaille en moyenne sept cents camions par jour, ici, avec tous les transporteurs du coin, notre chiffre d'affaires attire les voleurs. J'ai demandé des caméras professionnelles.

– Il faut bien qu'on ait un petit coup de pouce de temps en temps, soupire Nicole.

À l'écran, rien ne bouge autour de l'entrepôt jusqu'à 5 h 54 du matin. À ce moment, deux camions sortent l'un après l'autre, à dix minutes d'intervalle. Mais la rue formant un coude, seul l'arrière des remorques est visible à l'écran.

– Stop, intime Elko.

Docile, la gérante fige l'écran en arrêt sur image.

– On ne distingue jamais les deux tracteurs, note Nicole, on ne pourra pas déterminer les marques des camions. Je vais tout de même demander un agrandissement à Paris, je pense qu'on peut avoir les plaques.

Ils remettent le système en route. Quelques minutes plus tard, un troisième camion sort du bâtiment. Au lieu d'aller vers la droite, il tourne dans leur direction.

– On va l'avoir. Passez en image sur image.

Le camion se rapproche à quelques mètres de la caméra. Un premier arrêt leur permet de déterminer le modèle du véhicule et la plaque.

– Un Mercedes, 78 VZ 4568, plaque turque, déchiffre Elko. On va pouvoir lancer une alerte précise.

Encore quelques mètres, puis, enfin, les visages des deux hommes qui occupent la cabine apparaissent à l'écran. Une nouvelle fois, la gérante fige le film. L'un a une trentaine d'années, des cheveux longs dépassant d'une casquette, l'autre est adolescent.

– Ce n'est qu'un gamin, dit Elko. C'est lui, vous êtes certaine ?

– Absolument. C'est Zwak Bradimandi. Le cerveau de l'opération.

*

Zwak et Zaccaria se présentent à la frontière turco-bulgare un peu plus tard ce jour-là. Pendant son séjour en Syrie, Zwak a vérifié sur Internet le mode opératoire des douanes bulgares avec l'aide d'un frère de l'organisation né à Sofia. Les services sont organisés par blocs de six heures, garantissant théoriquement une qualité égale tout au long de la journée, mais il a parié sur la fatigue des agents en fin de service. La relève permet théoriquement d'éviter toute baisse du niveau de vigilance, sauf qu'on trouve sur Facebook des *posts* de douaniers célébrant leur retour à la maison, en famille, quelques minutes après l'heure officielle de la fin de service.

Zwak a donc décidé que le bon moment sera un des quatre créneaux d'un quart d'heure avant chaque relève : 12 h 45, 18 h 45, minuit 45, 6 h 45.

Le poste-frontière que Zwak a choisi s'appelle Hamzabeyli. C'est un passage secondaire, calme par rapport à celui de Kapitan Andreevo, à Kapikule, que Malang et Merwais doivent emprunter : plusieurs milliers de camions le traversent chaque jour.

Deux stratégies radicalement différentes, préparées chacune aussi minutieusement l'une que l'autre.

Mais l'environnement ne ressemble pas à ce que Zwak a vu sur Internet l'année précédente, pourtant confirmé par des repérages à l'automne. La route défoncée a laissé place à une deux voies toute neuve qui longe un immense mur hérissé de barbelés, neuf lui aussi. Des pylônes surmontés de capteurs sont érigés tous les cinquante mètres. Zwak reconnaît des détecteurs de mouvements et des caméras à infrarouge. Mauvais signe, la frontière a été rénovée, elle est beaucoup plus étanche que ce qu'il imaginait.

Ils arrivent enfin au poste-frontière proprement dit. Le vieux bâtiment est en train d'être démoli, des engins de terrassement sont parqués à côté. Un autre vient visiblement de sortir de terre, tout en longueur, immense, avec une quinzaine de guérites de contrôle. Une pancarte jaune et bleu annonçant « Republic of Bulgaria » barre l'ensemble. Une quinzaine de 4 × 4 Dacia et Ford sont garés devant, tous également neufs.

– Ce n'est pas conforme à ce que tu avais dit, grogne Zaccaria alors qu'ils approchent de la barrière. Il y a des flics et des douaniers partout. On n'échappera pas à un contrôle.

Il n'a pas fini sa phrase qu'on leur fait signe de s'arrêter. Tenue kaki, cheveux ras, casquette carrée typique des anciens pays soviétiques, l'homme a l'air d'un militaire plus que d'un policier. Le douanier qui l'accompagne porte une tenue bleu marine de style paramilitaire, pistolet au côté, petite casquette à l'américaine.

– Pas de problème, murmure Zwak, sentant la nervosité de son acolyte. Nos papiers sont bons.

On leur fait signe de descendre. Le douanier semble satisfait de découvrir le gros cadenas qui scelle la porte arrière du 30 tonnes.

– Personne n'est monté avant que vous fermiez ?

– On l'a mis juste après le chargement. On n'a pas envie qu'on nous pique notre cargaison.

– Ouvrez.

Zaccaria s'exécute. En apercevant la montagne de caisses qui ne laissent aucune place pour se faufiler derrière, le Bulgare paraît satisfait.

– Ça va. C'est bon.

Zwak comprend alors que sa seule préoccupation concerne la possible présence de réfugiés dans les camions. D'ailleurs son collègue arrive en traînant un diable à quatre roues sur lequel sont posées deux grosses boîtes reliées à des câbles se terminant par des ventouses.

Zwak identifie deux détecteurs, l'un pour le son des battements cardiaques, l'autre pour la chaleur corporelle. Le douanier fait signe à son coéquipier qu'ils n'en auront pas besoin. L'air indifférent, il prend la liasse de documents d'importation que Zwak lui tend, les pose sur le capot avant de donner plusieurs coups de tampon. Puis, sans les regarder, il leur signale d'un geste qu'ils peuvent partir.

Zwak et Zaccaria remontent dans le camion, démarrent.

Ils sont en Europe.

Un peu plus loin, ils s'engagent sur l'A4, l'autoroute qui relie la Turquie à la Bulgarie. Encore une centaine de kilomètres et ils rejoignent l'échangeur pour l'A1, la principale voie routière du pays, qui le traverse d'est en ouest.

Merwais et Malang bifurqueront ici en direction de la Roumanie pour gagner ensuite la Hongrie, l'Autriche, puis l'Allemagne.

Zwak indique la gauche à Zaccaria. Par sécurité, ils emprunteront un autre itinéraire, à travers la Serbie, la Croatie, la Slovénie et l'Italie.

Zwak ignore ce que les Français savent de son plan, il a donc prévu cet échelon de sécurité supplémentaire. Ils ont des amphétamines dans la cabine, car il leur faudra rouler vingt-quatre heures sur vingt-quatre pour respecter le timing qu'ils se sont donné. Au bout d'une heure, ils s'arrêtent dans un routier quasi désert, derrière une station-service. Les véhicules créent un grondement permanent sur l'autoroute, mais le coin où ils se sont garés est calme, à l'abri des regards.

Rapidement, Zaccaria change les plaques turques, les remplaçant par les polonaises. 78 VZ 4568 devient ZA 453D, avec les sceaux officiels des mines polonaises reproduits à l'identique. À l'aide d'un sécateur,

Zaccaria coupe les plaques originelles en petits morceaux. Comme il s'apprête à les jeter dans une poubelle, Zwak l'arrête.

– On les lancera par la fenêtre par poignées, sur quelques kilomètres, c'est plus sûr. Pareil avec les papiers turcs.

Au même moment, à plus d'une centaine de kilomètres de là, le douanier bulgare qui les a contrôlés rentre à l'intérieur du poste. Il ôte sa casquette, sa vareuse et son ceinturon avec son arme. Son chef apparaît, lui tend une pochette opaque.

– Tiens, ce sont les nouveaux profils à risque. Les Français ont émis un bulletin d'alerte pour des terroristes très dangereux en provenance de Syrie.

Le douanier pose la pochette sur son bureau sans l'ouvrir. Il part trois jours en vacances sur la côte le lendemain, pour le mariage de son frère, il n'a aucune raison de faire du zèle.

Il enfile son blouson civil, serre la main d'un de ses collègues.

– J'en ai ma claque, allez, on se voit à mon retour. Regarde bien les nouveaux méchants, paraît que ce sont des djihadistes de Daech.

Celui qui le remplace sort un paquet de Class S, allume une cigarette, puis ouvre la pochette. La fiche de Zwak est la première. Il observe le visage un instant, contemple ceux de Merwais et de Malang, aspire une bouffée. Il adresse un signe de main au premier douanier, qui est déjà en train d'ouvrir la portière d'une Lada antédiluvienne.

– Bon mariage !

Le 27 avril

L'immeuble qui abrite le SRI, Serviciul Român de Informaii, le service de renseignements qui a succédé à la sinistre Securitate roumaine à la chute de Ceausescu, ne peut renier ses origines. C'est un immense bâtiment en pierre blanche, mi-rococo, mi-stalinien. Grâce à l'intervention de l'ambassade de France à Bucarest, Nicole et Oussama vont être reçus par le responsable de la sous-direction antiterroriste. Pour se rendre en France par la route depuis la Bulgarie, les terroristes ont intérêt à passer par la Roumanie ou la Serbie, les frontières avec l'Europe des autres pays étant beaucoup trop surveillées, comme celles de la Macédoine ou de l'Albanie.

Nicole a donc choisi la Roumanie, tandis qu'une autre équipe de la DGSI se concentre sur la Serbie.

– Le sergent Dagalesçu va venir vous chercher, leur annonce-t-on.

Le SRI est un service civil, mais tous ses membres portent un grade militaire.

Ils ne sont pas installés depuis cinq minutes dans une salle d'attente du rez-de-chaussée qu'une femme vient les chercher. Trop maquillée, chevelure blonde décolorée, jambes un peu épaisses découvertes par une jupe courte, elle ne ressemble pas vraiment à un sous-officier d'un service de renseignements.

– Sergent Dagalesçu, annonce-t-elle d'une voix rauque, très « raccord » avec le reste.

Oussama pique du nez tandis qu'ils prennent place dans un minuscule ascenseur, puis suivent un long couloir éclairé par des néons blanchâtres jusqu'à une porte doublée de cuir.

L'homme qui les accueille a une quarantaine d'années, des yeux en amande pétillant d'intelligence.

– Colonel Kandar, commissaire Laguna, ravi de vous accueillir. Je suis le colonel Drako Milangluvic, se présente-t-il.

Paris l'ayant informé qu'ils parlent russe tous les deux, il a utilisé spontanément cette langue, que tous les anciens des services de l'Est pratiquent.

Un autre homme est déjà assis à la table de réunion, jeune, un visage avenant. Il se lève en les voyant arriver.

– Nicolae Brigansku, service technique.

Comme son chef, sa poignée de main est ferme, il paraît compétent et sérieux.

– Voici le dispositif mis en place, commence le colonel Milangluvic. Nous avons placé des équipes mixtes de sécurité à l'ensemble des barrières de contrôle de nos autoroutes, ainsi qu'à tous les postes-frontières. Le contrôle est permanent, jour et nuit. L'immatriculation du Mercedes a été diffusée à tout le monde, ainsi que des fiches individuelles d'alerte comportant le visage des quatre terroristes, les frères Golim, Zwak Bradimandi et le chauffeur inconnu.

Il dispose un jeu de photos devant eux.

– Le protocole est le suivant : tous les camions de marque Mercedes font l'objet d'une vérification des plaques, tous les camions portant des plaques turques sont soumis à des contrôles approfondis, avec double vérification d'identité, l'une par un douanier, l'autre par un policier. Nous avons ouvert une ligne téléphonique spéciale au sein de la sous-direction. Une trentaine d'agents sont mobilisés vingt-quatre heures sur vingt-quatre pour effectuer des recherches supplémentaires en cas de demande du terrain. Enfin, si besoin, notre unité antiterroriste spécialisée, l'USLA, est en alerte. Des hélicoptères et trois équipes sont prépositionnés à Satu Mare, Oradea et Timisoara.

Oussama approuve silencieusement. Bien que bon connaisseur – et pour quelle raison ! – de l'efficacité des Européens de l'Est, il est impressionné par la rapidité avec laquelle les Roumains ont mis en place un dispositif aussi complet.

– Nous avons des éléments nouveaux pour vous aider, renchérit Nicole. Les numéros des téléphones utilisés par les frères Golim depuis leur premier séjour en Europe, ainsi que les noms et les numéros de portable des membres de leur réseau que nous avons identifiés. Nous aimerions que vous fassiez une vérification.

– Bien entendu ! s'exclame Nicolae Brigansku. Je m'en occupe immédiatement.

Il prend la feuille tendue par Nicole avant de quitter la pièce à grandes enjambées.

– Ce ne sera pas long, assure son supérieur. Nous avons une bonne compétence en matière de recherche technique.

Et pour cause, pense Oussama. La Roumanie possédait jadis l'un des plus puissants services de sécurité de tout le monde communiste. Des membres de la Securitate participaient régulièrement à la formation des services secrets afghans, le KHAD, dans les années 1970 et 1980. Il n'ose pas avouer à son interlocuteur qu'il est probable que, comme un certain nombre de Russes, des Roumains soient passés dans le viseur de son fusil de sniper à cette époque…

Le colonel Milangluvic ouvre un tiroir, en sort une bouteille d'eau-de-vie et trois verres.

– Buvons en attendant que Nicolae revienne.

Il semble déçu qu'Oussama et Nicole refusent, se sert néanmoins une large rasade avant de leur commander des cafés, presque aussitôt apportés par le sergent *pin up*. À croire qu'elle écoute aux portes.

Nicolae Brigansku revient, surexcité.

– Les numéros de téléphone n'ont rien donné, mais on a un match avec un des noms que vous nous avez fournis. Abou Moussa Mararchaï.

– Le qomaandaan Kandar a appris qu'il était mort dans un accident de voiture voici quelques semaines.

– Quoi qu'il en soit, il a été contrôlé ici en octobre dernier.

– Quoi !

Nicolae Brigansku regarde ses notes.

– Abou Moussa Mararchaï a fait l'objet de deux signalements distincts. L'un le 14 octobre sur un parking longue durée pour poids lourds d'Oradea. Un lieu-dit qui s'appelle Draminisoara, à dix kilomètres de la frontière, pas très loin de l'autoroute A4 pour la Hongrie. Un douanier a relevé son immatriculation, trouvant son attitude bizarre. Le second incident a eu lieu à la frontière proprement dite deux jours plus tard, alors que Mararchaï attendait dans un hôtel. Là, il a été dénoncé par le patron qui a eu l'impression qu'il notait les heures de relève des douaniers. Mararchaï s'est présenté comme un commercial. Le flic qui a contrôlé ses papiers n'a pas fait le rapprochement avec le signalement du parking. D'après le rapport, il s'est contenté de lui demander ce qu'il faisait dans l'hôtel et a accepté une réponse sans queue ni tête.

– Bizarre, dit Nicole.

– C'est n'importe quoi, oui ! Ce flic ne s'est pas étonné qu'un Afghan sans visa de travail se paie un contrat de location d'un mois pour une Volkswagen Golf neuve chez Avis. Il l'a prise le 2 octobre à la frontière avec la Bulgarie, à Giurgiu. Mararchaï a pu quitter les lieux le 17 octobre sans voir son identité inscrite dans la base de données qui agrège celles de tous les réfugiés.

– C'est une procédure normale ? demande Oussama.

– Absolument pas. Le flic qui l'a interrogé a reçu de l'argent, c'est évident. – Il mime le geste universel. – Il a dû prendre Mararchaï pour un membre d'un réseau de passeurs, ces gens distribuent toujours beaucoup de bakchichs. On va vérifier.

– Que s'est-il passé ensuite ? Pourquoi n'avez-vous pas émis de signalement ? demande Nicole en se tournant vers Nicolae Brigansku.

Le sergent s'empourpre légèrement.

– Nous n'avons reçu l'info que trois semaines plus tard. Le rapport était rédigé comme s'il s'agissait d'une affaire sans importance, et il a été classé. Personne n'a compris les enjeux.

Nicole, atterrée, demeure silencieuse. Depuis le début des attaques terroristes de Daech sur le sol européen, c'est la même chose : Allemagne, Italie, France, Hongrie, Roumanie… tous les pays sont dépassés par cette nouvelle menace multiforme qu'ils ont du mal à appréhender. À la désorganisation des pays de l'Est s'ajoutent les problèmes juridiques de ceux de l'Ouest, handicapés par des législations protectrices des droits individuels héritées des tourments de leur propre histoire.

– Il faut envoyer des équipes sur ce parking longue durée, propose Oussama. Si Mararchaï ignorait qu'il y avait été repéré, il a dû le décrire à ses amis de Daech comme un endroit sûr, où les camions pourraient faire une halte. Il faut contrôler tous les véhicules qui s'y trouvent, pas seulement ceux équipés de plaques turques.

– C'est impossible, je connais cet endroit. Il en passe des centaines tous les jours.

– Juste un contrôle visuel systématique.

– Pourquoi voulez-vous que ces camions aient d'autres plaques que des turques ?

– Parce que tout cela a été préparé méthodiquement. Zwak Bradimandi est trop intelligent pour envoyer en France des bombes sur roues équipées de plaques turques.

*

Finalement, ils obtiennent gain de cause. Le sous-directeur de l'antiterrorisme roumain ne se contente pas d'être porté sur l'eau-de-vie, c'est également un excellent professionnel qui comprend la nécessité de passer à la vitesse supérieure. Il met un avion du SRI à la disposition de l'équipe française pour les conduire de Bucarest à Oradea, grande ville proche de la frontière hongroise. L'aéroport est neuf, la vieille cité, en pleine rénovation, un chef-d'œuvre architectural, Nicole n'imaginait pas que cette partie de la Roumanie puisse être aussi prospère. Oussama, lui, n'a que ses souvenirs du Moscou des années 1980, qu'il a connu pendant son stage de formation en tant que policier d'un pays frère, aussi tout lui paraît magnifique.

On les conduit dans un immeuble datant des années 1970 au fronton duquel on aperçoit encore l'empreinte laissée par une faucille et un marteau. Le hall, gigantesque, est décoré de peintures allégoriques montrant de vaillants soldats repoussant les ennemis du peuple.

Ils sont accueillis par le responsable local du SRI, un ancien apparatchik. Il salue à peine Nicole mais son visage s'éclaire dès qu'il apprend qu'Oussama est un policier afghan.

– Je étais professeur criminologie université Lubumbashi à Moscou, beaucoup étudiants communistes afghans, ensuite, enseigné méthodes écoute au KHAD, déclare-t-il dans un russe approximatif avant d'assener une grande tape dans le dos d'Oussama. Afghans, grands soldats. Très durs, bons fusils, beaucoup difficultés pour nous là-bas.

Ces compliments inattendus détendent l'atmosphère. On les guide jusqu'à une vaste salle aux verres dépolis, décorée de fresques glorifiant les grandes heures du communisme.

– Ancien réfectoire, explique leur hôte. Maintenant, salle opérations spéciales.

Si les écrans installés aux murs sont d'un modèle assez ancien, le pupitre de commande est neuf et les opérateurs, une quinzaine, sont jeunes et habillés de marques occidentales. Ils travaillent avec un ensemble écouteur-micro sur le crâne, comme des téléopérateurs, dans un brouhaha interrompu par les jingles des annonces de réception d'appels.

– Djihadistes, merderie absolue, assène l'ancien apparatchik. Trouver eux, tuer direct.

Oussama approuve d'un mouvement de tête. Voilà un langage qu'il connaît, il comprend que le Roumain ait été à son aise avec ses élèves afghans…

Soudain, un homme s'approche, la quarantaine, silhouette sportive, tenue des forces spéciales.

– Dacian Dragu, explique leur hôte. Chef équipe d'intervention USLA. – Il se tourne vers le nouveau venu. – Dacian, tu dire nous faire quoi avec djihadistes.

– Daech, merderie absolue, assène l'autre. Tuer eux tous.

Au moins, les conversations entre flics locaux concernant les terroristes ne doivent pas donner lieu à beaucoup de disputes sur la marche à suivre... Ils s'installent autour d'une table, vite rejoint par une jolie jeune femme, l'air dynamique, au visage couvert de taches de rousseur.

– Un rapport du parking pour poids lourds de Draminisoara, à deux kilomètres de la frontière. Un routier a vu deux de ses collègues en train de prier derrière leur volant. D'après lui, ils avaient les paumes vers le ciel, comme les footballeurs musulmans, il a prévenu la police routière qui a envoyé une unité sur place. Ils sont proches des lieux mais n'ont pas bougé. Je leur demande d'intervenir ?

– Pas encore. D'abord, confirmez-nous si c'est le même parking que celui où Abou Moussa Mararchaï a été repéré en octobre dernier.

La jeune femme pose son doigt sur l'oreillette, s'écarte pour poser sa question à une autre analyste.

– Oui, c'est bien le même, répond-elle rapidement.

– Ils se sont installés exactement là où on leur a dit de le faire. Mararchaï avait préparé un plan de route précis. Ça prouve que tout a été planifié à l'avance. Ce n'est pas comme cela, d'habitude, s'étonne Nicole.

– Zwak est méthodique, il ne laisse rien au hasard, rappelle Oussama.

Il se tourne vers la jeune femme.

– Que les flics discutent avec le routier qui a vu les deux suspects. J'aimerais savoir comment sont orientés les camions.

À nouveau, elle parle dans son combiné micro-oreillette.

– Ils sont à l'inverse des autres, en travers, avec l'avant dirigé vers le sud-est.

– Vous pensez qu'ils les ont tournés vers La Mecque ? demande Nicole, comprenant là où Oussama veut en venir.

– Tout à fait. Comme cela, ils peuvent faire leur prière en respectant la *qiblah*, la direction de La Mecque, depuis la cabine de pilotage. Sans se faire remarquer. Demandez à votre équipe de rester en observation lointaine. Nous devons y aller.

*

– Ils vont probablement passer la frontière demain en début de service, vers six heures du matin, déclare l'adjoint du responsable de l'unité d'intervention. C'est là que les contrôles sont les plus *light*.

Ils sont entassés à l'arrière d'un camion blindé de commandement de l'USLA, un Roman monté sur d'immenses pneus tout-terrain, pourvu des équipements de communication les plus modernes. « Ils sont construits à Brasov, dans le centre du pays. Nous en avons vendu des centaines aux Américains, a précisé, très fier, l'un des flics à Oussama. »

– Pourriez-vous bloquer toute velléité de passage de la frontière en mettant en place des équipes de vérification douanières plus visibles ? demande Nicole.

– Pour les fixer ici ?

– Oui. Le temps d'agir.

– Pas de problème. Vous voulez que je lance cela maintenant ?

– S'il vous plaît.

Le flic roumain s'écarte afin de donner ses instructions à un de ses hommes, avant de revenir s'asseoir à la table de commandement.

– Il faudrait également vérifier *de visu* que ce sont bien les hommes que nous cherchons, dit Nicole. Pour l'instant, ce n'est qu'une supposition. Qui avez-vous prévu d'envoyer ?

– Un membre de l'équipe en civil.

– Cela risque de les alerter. Mieux vaudrait envoyer quelqu'un sous couverture. Une fille déguisée en prostituée, ils ne s'en méfieront pas.

– Bonne idée ! On a beaucoup de personnels féminins pouvant jouer ce rôle, répond le responsable local du SRI.

– C'est moi qui connais le mieux leurs visages. À moi de faire la reconnaissance. Procurez-moi du maquillage et une tenue légère à ma taille.

Comme l'espion hésite. Nicole comprend qu'il n'ose pas lui dire qu'avec ses cinquante ans et ses cheveux blancs, elle n'a pas vraiment le profil d'une prostituée.

– Je ne pense pas que les routiers aient droit à des mannequins de vingt ans, dit-elle d'un ton léger. Un peu d'expérience, ça doit se vendre aussi sur un parking de ce genre, non ?

Il acquiesce, convaincu. Nouvel échange de communications radio. Un peu plus tard, une jeune femme fait son apparition à l'intérieur du blindé. Elle est des mêmes taille et corpulence que Nicole.

– Je suis le lieutenant Popescu, mais vous pouvez m'appeler Cristiana. Venez avec moi, je vais vous aider à vous préparer dans le minibus d'à côté. J'ai apporté les affaires que j'utilisais pour des infiltrations.

Elles se retrouvent bientôt toutes les deux à l'arrière surchauffé d'une vieille Dacia D6, copie d'une fourgonnette Renault des années 1960. Cristiana sort de son sac un matériel à maquillage, une jupe courte, un haut assez échancré et des chaussures à talons hauts. Le tout parfaitement coupé et dans de belles matières, note Nicole.

– En fait d'infiltration, c'est ce que je mets quand je vais en boîte de nuit, explique Cristiana en riant quand elle surprend le regard de Nicole. – Elle lui tend un soutien-gorge en dentelle rouge Victoria Secret. – Mais je ne peux pas le dire à mes chefs, ce sont des machos ; chez nous, une femme n'a pas le droit d'avoir une vie privée.

– Ce sera parfait. Pour les chaussures, je fais du 39. Vous ?

– Du 38. Désolée.

Enfin, Nicole est habillée et abondamment maquillée. Elle s'observe brièvement dans le miroir.

– Je suis grotesque, on dirait une caricature de prostituée. J'ai passé l'âge de ces jeux, grogne-t-elle.

– Plus vous serez dans le genre, mieux ça marchera, répond Cristiana en ajoutant une touche de mascara. De toute façon, pour ces musulmans, une femme qui se maquille est une pute.

Nicole descend du minibus, pestant à cause de ses talons aiguilles. Cela fait quinze ans qu'elle n'en a pas porté d'aussi hauts et les chaussures, une taille trop petite, lui meurtrissent les pieds.

– Pourquoi elle marche comme ça ? demande le responsable du SRI, installé devant la batterie d'écrans. On dirait une junkie complètement stone.

– Elle a mal aux pieds, explique Cristiana en s'installant dans le compartiment. Ça colle avec son personnage.

Nicole s'arrête devant une première série de poids lourds. Des vitres descendent. Des conversations s'entament en mauvais anglais, les routiers la prennent pour une prostituée moldave ou russe. Quelques insultes à caractère sexuel bien senties, une négociation un peu plus longue avec l'un des camionneurs, intéressé, qu'elle finit par faire décrocher en maintenant un tarif de soixante dollars, puis Nicole se retrouve au bout du parking.

Les deux véhicules suspects sont côte à côte, un peu à l'écart. Un Volvo et un Renault. Plaques polonaises et non turques. Elle distingue deux visages. L'un dans la trentaine, l'autre en fin de vingtaine, cheveux bruns, peau mate, yeux clairs. Elle grimpe le marchepieds tant bien que mal – ses hauts talons sont vraiment trop fins –, toque sur le verre.

La vitre s'abaisse.

Enfin, elle peut les voir de près.

– *Love ? I do everything, darlings. The two together. Very good, you happy. Sixty dollars.*

Le plus jeune éclate de rire.

– *Sixty ? I do not for six !*

L'air haineux, il lui crache en plein visage. Nicole prend le temps d'essuyer la salive qui coule sur ses joues avant de redescendre. Celui qui l'a agressée est Malang, le plus jeune des frères Golim. Quant à l'autre, il n'y a pas de doute, c'est Merwais.

*

Il est plus de onze heures du soir, une dizaine de commandos de l'USLA, le visage noirci, hérissés d'armes, l'air concentré, ont rejoint le Roman de commandement, en même temps que le sous-directeur antiterroriste du SRI, arrivé en urgence de Bucarest en avion gouvernemental, accompagné de son adjoint, du directeur juridique de son service, du conseiller de police de l'ambassade de France, ainsi que du chef de poste de la DGSE. Ce dernier vient de découvrir l'existence de Nicole et d'Oussama et semble assez mécontent de ne pas avoir été mis dans la boucle avant.

Ils sont trop nombreux à l'intérieur du camion, la discussion en roumain, russe et anglais est difficile et confuse, l'ambiance architendue. Une centaine d'agents des douanes sont en train de contrôler tous les camions à plaques polonaises, officiellement pour vérifier les documents de transit, officieusement à la recherche de Zwak, mais ils n'ont trouvé aucune trace du véhicule du jeune terroriste.

– Cet enfoiré se méfie. Il a dû prendre un autre itinéraire que les frères Golim, déclare Nicole en prenant connaissance du dernier rapport infructueux.

– On va encore chercher, dit le patron du SRI, mais je suis d'accord avec votre hypothèse.

– Ce qui nous donne deux possibilités, déclare Oussama après avoir réfléchi. Soit on essaie d'attraper un ou les deux frères Golim vivants, pour les faire parler et nous dire où se trouve leurs complices. Soit on les tue à distance afin d'éviter le risque d'explosion.

– Mon gouvernement a tranché : il est impossible de risquer une telle explosion sur notre territoire.

– Nous devrions attendre les consultations entre Paris et Bucarest, objecte l'attaché de police français. Je crois qu'elles ont lieu en ce moment entre nos deux ministres de l'Intérieur.

– Je lui ai parlé tout à l'heure. Votre ministre ne fera pas changer le mien d'avis. On les élimine, point barre.

– Attendons quand même.

– Et si on envoyait un agent déguisé en routier avec un chien renifleur d'explosif ? propose Nicole. Histoire de voir s'il marque. Par la même occasion, on pourrait faire un prélèvement sur les remorques pour relever d'éventuelles traces de sarin ou de VX.

– Bonne idée. Pour les gaz, on a une unité mobile de recherche de signature chimique dans le camion. Pour le Semtex, je vais demander un chien spécialisé.

Le douanier s'appelle Zanton et son animal, qui n'a pas trop l'air d'un chien policier, est une petite femelle beagle nommée Dracula.

– Vous avez de la chance que je travaille de nuit aujourd'hui, Dracula est notre meilleur chien renifleur d'explosif, déclare le douanier en s'installant, intimidé, dans le camion de commandement. S'il en y a, même quelques grammes, elle les sentira à distance.

– Cette chienne, Dracula, elle est efficace jusqu'à combien de mètres ? demande le patron du SRI.

– Au pied des camions, ça suffira, même au travers de la paroi en acier. Elle l'a déjà fait. Les explosifs émettent des particules pour faciliter leur détection, c'est une obligation depuis le milieu des années 1990. C'est beaucoup plus facile à trouver que de la drogue. Avant, dans les années 1980, c'était l'inverse.

– Attendez, expliquez-vous, demande Nicole, en alerte. Est-ce qu'il y a un risque qu'ils aient utilisé des explosifs plus anciens ?

– Non, la durée de vie du Semtex est trop courte à température ambiante. Il faut le garder dans des frigidaires industriels mais personne ne le fait, répond le maître-chien. Vous pouvez me faire confiance, je suis formateur en recherche d'explosifs.

Nicole, têtue, se tourne vers le patron du SRI.

– On sait comment il était conservé en Irak ?

Nouveau conciliabule. Personne n'a la réponse. Un message est envoyé à Bucarest et Paris.

– Faisons déjà faire un tour au chien, propose le patron du SRI.

Le douanier enfile un vieux pull, une casquette en toile, allume une pipe et se dirige vers le bord du parking, son beagle à ses côtés.

Ils suivent la scène grâce aux dizaines de caméras ultrasensibles installées sur le toit du camion de commandement. Mais ils sont à près de deux kilomètres des camions suspects, et bientôt la chienne n'est plus qu'une minuscule silhouette.

– On va envoyer le drone, annonce un technicien.

Celui-ci décolle et, bientôt, ils ont une vue directe, grâce aux caméras à infrarouge. On aperçoit distinctement le douanier et son beagle passer sur le côté droit du premier camion, le dépasser, aller jusqu'aux arbres qui bordent le bout du parking comme pour faire une promenade, puis revenir en passant du côté gauche de l'autre camion. De la main gauche, l'homme effleure chacun des camions, d'un geste très naturel, afin d'imprégner les tissus d'analyse qu'on lui a confiés. Pas une seconde la chienne ne s'arrête à côté des poids lourds.

– Bordel, j'ai l'impression qu'elle ne marque pas, déclare l'un des commandos, inquiet.

Il faut environ dix minutes au maître-chien pour rejoindre un autre endroit du parking, d'où il est protégé des camions suspects grâce à la masse des autres véhicules. Aussitôt une Skoda banalisée le prend en charge.

Quelques instants plus tard, il rentre dans le camion de commandement.

– Dracula n'a pas fait le moindre arrêt. Il n'y a pas d'explosif dans ce camion, déclare-t-il en enlevant sa casquette et en posant sa pipe sur la table.

– Elle pourrait se tromper ? demande un gradé.

La chienne regarde son maître en remuant la queue, gueule ouverte, en attente de sa récompense. Il lui jette une croquette, la caresse.

– Dracula est notre meilleur chien renifleur. Elle est capable de détecter du C4 au milieu d'une palette de café en poudre.

– Quelque chose ne colle pas. Pourquoi auraient-ils monté une manip aussi sophistiquée pour des camions inoffensifs ? demande Nicole.

À ce moment, la machine d'analyse dans laquelle ont été introduits les tissus frottés contre les camions fait entendre un « bip ».

– C'est clean. Pas de sarin ni de VX, décrypte l'un des agents.

– Il faut que je rende compte à Paris, déclare Nicole. Maintenant.

28 avril

Le patron de la DGSI a des cernes qui lui mangent le visage, sous les néons de la salle de réunion du huitième étage, mais sa chemise n'a pas un pli et sa cravate est impeccablement nouée. Il est 1 h 30 du matin, on l'a tiré du lit dès la reconnaissance formelle des frères Golim par Nicole, pour une série de *crash meetings* improvisés.

Il est bientôt rejoint par son directeur technique, son directeur des opérations, les deux plus hauts responsables de l'antiterrorisme de la direction, puis par cinq autres hauts responsables, tous abasourdis devant les nouvelles en provenance de Roumanie

La conférence téléphonique avec Nicole se déroule via une liaison vidéo sécurisée, mais le dispositif de cryptage dégrade énormément le temps de réponse entre le son et l'image, rendant la conversation hachée et désagréable. Soudain, la porte s'ouvre sur le colonel de la Gorce, le patron du Service action.

C'est la première fois qu'il participe à une réunion au siège de la DGSI plutôt qu'à Matignon, au SGDN, ou au fort de Noisy. D'avoir été obligé de se déplacer de l'autre côté du périphérique, chez la maison sœur, l'a mis de mauvaise humeur. Il désigne l'homme qui l'accompagne.

– Philippe Ladouce, notre spécialiste explosif au sein de la Direction du Renseignement.

– Peut-on faire confiance aux Roumains sur ce coup-là ? demande Jalvar à Nicole après avoir salué les deux agents de la DGSE d'un signe de tête.

Son ton indique assez facilement ce qu'il en pense.

– Je considère que oui, répond-elle fermement. Ils ont mobilisé des moyens énormes et des gens compétents, ce qui explique qu'ils aient réussi à localiser les frères Golim aussi rapidement.

– Ce sont bien eux, vous en êtes certaine ? Merwais et Malang Golim ? Vous ne pouvez pas vous tromper ?

– Je suis affirmative. À cent pour cent.

– Je ne comprends pas qu'on n'ait pas pu réaliser d'images correctes de ces deux-là, grogne un des participants.

C'est une pierre dans le jardin de Nicole et du SRI, elle répond aussitôt :

– Ils sont garés à l'écart, il fait nuit, les Roumains ont fait des photos au téléobjectif mais les pare-brise des deux camions sont équipés d'une sorte de filtre solaire, on ne distingue pas les visages à distance. Et en ce qui me concerne, j'étais habillée trop légèrement pour porter une caméra. Maintenant, j'ai une question, si quelqu'un du Service est présent.

– C'est le cas, commissaire Laguna. Ici le colonel de la Gorce. Que voulez-vous savoir ?

– Colonel, savons-nous s'il existe, en Irak ou en Syrie, des stocks de Semtex antérieurs à 1990 encore opérationnels ? Du Semtex qui n'aurait pas de signature chimique volatile.

Le colonel de la Gorce se frotte les mains nerveusement avant de se tourner vers l'homme de la DR.

– Nous avons des doutes, mais rien de tangible, répond aussitôt le spécialiste en explosifs. On pense qu'un trafiquant d'armes libanais, un dénommé Sarkis Soghanalian, en a fait passer une trentaine de tonnes fin 1998, mais on ne connaît pas la date de fabrication. Les Russes nous avaient aussi avertis d'une possible transaction réalisée en 2002 avec Saddam Hussein par l'Ukrainien Leonid Minin, un homme qui a vendu des milliers de tonnes d'armes et d'explosifs dans la région. Elle aurait porté sur deux cents tonnes de Semtex et du matériel d'écoute très performant. Nous avons posé la question aux Américains après la prise de Mossoul par l'État islamique. Pour nous, ils en avaient forcément entendu parler après la chute du régime car cet explosif, s'il existait encore après la mort de Saddam Hussein, n'aurait pu être conservé que dans le laboratoire du génie irakien, qui était à Mossoul.

– Qu'est-ce que les Américains ont répondu ? demande d'un air gourmand le patron de la DGSI, l'air particulièrement intéressé par le tour que prend la conversation.

– Rien. À l'époque, nous avions eu l'impression qu'ils étaient gênés aux entournures.

Le patron de la DGSI comprend immédiatement.

– Vous voulez dire que les Américains auraient sciemment gardé des vieux stocks d'explosifs indétectables, en violation des règles internationales ?

Le spécialiste de la DGSE hésite un instant, le colonel de la Gorce lui fait signe de poursuivre.

– C'est très probable. Ce Semtex avait été fabriqué dans l'ex-zone soviétique, donc sans lien prouvable avec les États-Unis. Quelqu'un a pu se dire que c'était toujours bon d'avoir cela sous la main, au cas où... Ensuite, Mossoul est tombé en moins de vingt-quatre heures, ils n'ont pas eu le temps de réagir. Il y a eu un bombardement de l'US Army sur ce laboratoire du génie vingt-cinq jours après la chute de la ville... Mais en près d'un mois, vous en bougez, du matériel...

Le patron de la DGSI se racle la gorge, mécontent.

– Bon, si je résume, ces camions peuvent aussi bien être piégés avec de l'explosif indétectable que ne pas l'être. Donc, si on essaie de récupérer les conducteurs routiers, que les véhicules sont bien piégés et qu'on loupe notre coup, on s'expose à une explosion majeure. Et s'ils filent, on a potentiellement face à nous du VX ou cinquante tonnes d'un Semtex qui pourrait leurrer tous les détecteurs électroniques ?

– C'est parfaitement résumé.

– Combien de temps faut-il pour envoyer des hommes à nous là-bas ? Est-ce que les Roumains accepteraient qu'on lance l'assaut à leur place ?

Le responsable des affaires internationales de la DGSI, qui a rejoint la réunion pendant l'explication de Nicole, intervient :

– Deux sections de la Force d'intervention du GIGN sont en alerte permanente, donc la réponse à la première question est : on peut y envoyer quarante hommes en sept heures, porte à porte. Ils pourraient être sur zone, opérationnels, disons vers neuf heures du matin. Quant à la seconde, c'est : non. Les Roumains veulent contrôler l'assaut avec leurs propres forces, on ne les fera pas changer d'avis.

– Ils sont bons ?

– Les commandos de l'USLA ont une excellente réputation, ils sont bien préparés. Le problème, c'est qu'ils n'ont pas la même expérience que les nôtres, et un matériel moins performant.

Jalvar se tourne vers le responsable du GAO, qui a également rejoint le crash meeting.

On ne le sait généralement pas, mais le service antiterroriste français dispose de sa propre unité d'intervention, le Groupe d'appui opérationnel, une vingtaine de commandos ultra-entraînés chargés des interventions délicates que la direction parisienne ne veut pas déléguer.

– On pourrait envoyer vos hommes en support discret, juste pour du conseil technique ?

– Non, ils ne sont pas assez spécialisés pour cela. Notre boulot, c'est de forcer des portes et d'interpeller des suspects, on ne s'est jamais entraînés sur un assaut de camion aussi pointu. Il faudrait le RAID ou le GIGN.

Jalvar encaisse la nouvelle.

– Merci pour votre franchise. Dans ce cas, d'un point de vue purement théorique, comment procéderiez-vous ?

Le patron du GAO a une moue.

– C'est difficile à préciser sans voir les lieux. Vous dites que les deux camions sont côte à côte. Il faudrait donc une intervention simultanée. Plusieurs snipers pour tuer un des terroristes sur le coup et, dans le même temps, une équipe pour ouvrir l'autre camion, lancer des grenades incapacitantes, blesser le second pour le mettre hors d'état de nuire. Le tout en moins de cinq secondes, pour qu'aucun des deux ne puisse actionner un dispositif de mise à feu dont nous ignorons tout. Ça me paraît carrément difficile.

– Il y aurait une autre solution, avance le colonel de la Gorce. Deux snipers coordonnés ou, mieux, un seul sniper, pourrait incapaciter celui qu'on veut garder vivant. Une balle dans chaque bras, en moins de deux secondes : le terroriste serait dans l'impossibilité de déclencher le dispositif de mise à feu, et on l'aurait à nous, en vie.

Le patron du GAO a une grimace dubitative.

– Je ne connais aucun sniper capable d'un coup pareil. Pour toucher les deux bras, il faudrait tirer de face. Donc se mettre très loin, près de mille mètres, pour ne pas se faire remarquer. Ensuite, ce serait un tir à travers un pare-brise de camion, ce genre de vitrage est très épais. Je n'aime pas trop ça.

– Le qomaandaan Kandar, l'homme qui m'accompagne, est le meilleur sniper de l'histoire de l'Afghanistan, intervient Nicole. J'ai entendu dire qu'il était capable de réaliser des tirs impossibles.

– Soyons sérieux, s'emporte le patron du GAO d'un ton méprisant. Des Roumains et maintenant un Afghan ? Non mais vous rigolez ? Pourquoi pas des Ougandais pendant qu'on y est ?

– Il a été formé par des agents français du Service action, insiste Nicole. D'après la fiche que j'ai lue, son instructeur dans le Panshir était un certain Frédéric de Lange. Il est peut-être encore vivant, si ce n'est actif. Pourriez-vous lui parler ?

– C'est ridicule, nous perdons notre temps, répète le patron du GAO.

Jalvar met la main sur le bras de son subordonné pour le calmer.

– Ça ne coûte rien d'essayer. Puisque le GIGN ne peut pas être mobilisé, autant utiliser sur place quelqu'un que nous avons formé. Colonel, pouvez-vous appeler maintenant votre collaborateur ?

Le militaire quitte la salle, son portable à la main, l'air clairement désapprobateur.

Les vingt minutes qui suivent sont longues, très longues, puis il réapparaît, le visage impassible.

– La commissaire a raison. D'après son instructeur chez Massoud, Kandar est l'un des meilleurs snipers du monde. Il l'a même comparé à Simo Häyhä.

– Qui est Simo Häyhä ? demande Jalvar, intrigué.

– La légende du sniping, un Finlandais qui a éliminé des centaines de nazis pendant la Seconde Guerre mondiale. – Il se tourne vers Jalvar. – Je connais personnellement Frédéric de Lange, c'est un homme pondéré, il a formé les snipers du SA pendant près de vingt ans. Il a été champion du monde militaire de tir longue distance, pourtant il vient de me dire, ouvrez les guillemets : « Kandar est meilleur que moi, c'est le meilleur fusil que j'aie jamais rencontré. »

– Qu'en concluez-vous ?

– Tentons le coup.

*

Il est quatre heures du matin et le soleil ne s'est pas encore levé sur le parking de Draminisoara, seulement éclairé par quelques lampadaires diffusant une lumière chiche.

Oussama a expliqué aux agents présents sur place que les islamistes les plus radicaux commencent la journée par une première prière supplémentaire, avant même le *sobh*, la prière officielle du lever du jour. Ils auront donc la chance d'intervenir avant qu'il y ait des mouvements de camion sur le parking, avec face à eux des terroristes encore mal réveillés.

Surprise : le sniper roumain qui rejoint Oussama est une femme. Elle accuse une bonne cinquantaine, s'est battue quatre ans dans les Balkans pendant la guerre de 1991-1995. Son arme est un FPK, un fusil rustique mais efficace, copie roumaine du Dragounov soviétique.

Ils s'installent côte à côte sous une bâche, sur le toit d'un poids lourd garé en face des véhicules suspects, à huit cent trente-deux mètres de distance. Au-delà, le FPK n'est plus assez précis, quelle que soit la qualité du tireur.

Oussama utilise son propre fusil longue distance, que les déplacements en avions privés lui ont permis d'emporter. Du coin de l'œil, il consulte l'écran de son smartphone sur lequel une application lui donne les corrections à réaliser sur sa lunette Weiss en fonction de la température, du vent et de l'angle. En réalité, il n'en a pas besoin, il sent parfaitement son tir.

Non loin, un commando de quinze hommes de l'USLA est embusqué en lisière du bois, tous allongés pour ne pas se faire repérer.

Un autre camion du SRI vient se garer à environ cent mètres des frères Golim. Il est équipé de puissants téléobjectifs à intensificateur de luminosité.

« Ça ne bouge pas dans les cabines », annonce une voix en roumain puis en russe dans l'oreillette d'Oussama. « Vous pouvez y aller. »

Aussitôt, six hommes sortent des bois en courant. Arrivés au niveau des véhicules des deux terroristes, ils se jettent dessous pour se mettre à l'abri des regards sous les remorques, cachés de l'extérieur par les grosses roues.

« C'est bon, pas de mouvement à l'intérieur », dit la voix dans l'oreillette.

Un quart d'heure passe. Puis la voix annonce :

« Mouvement dans le Volvo. »

Au même moment, une lumière s'allume dans la couchette du camion de gauche.

« Mouvement dans le Renault. »

– Ils vont d'abord pisser ou prier ? demande à voix basse la sniper roumaine à Oussama, dans son russe chantant.

– Prier. Tu n'oublies pas, tu tires quand je tire.

– *Karatcho.*

Dans sa lunette, Oussama voit Malang déplier son tapis de prière. L'Afghan a tiré le rideau du compartiment arrière, il se tient face à la vitre, accroupi sur le matelas. Comme Oussama l'avait prévu : il peut ainsi prier face à la qiblah, couché le matin et assis à son volant l'après-midi, sans avoir à bouger son camion.

« Contact visuel. Quand vous voulez », dit la voix dans son oreillette.

Le Volvo est un peu en contrebas, Oussama va avoir besoin de toute sa science pour placer une balle dans chaque bras du djihadiste, alors qu'après avoir été touché une première fois le corps de sa cible va être projeté à l'intérieur de la cabine de manière imprévisible.

Il assure son index sur la gâchette.

Et tire.

Le Hecate gronde comme un coup de tonnerre dans le silence de la nuit. Sa première balle pulvérise le coude gauche de Malang.

Oussama appuie une seconde fois sur la détente au moment où la sniper roumaine tire à son tour. Les deux détonations semblent n'en faire qu'une. Malang est touché au bras droit, exactement au même endroit, au niveau du coude.

« Intervention », crie la voix dans l'oreillette.

Les commandos de l'USLA jaillissent de sous les camions.

*

Jalvar relit le rapport en provenance de Roumanie. Le qomaandaan Kandar a réussi le tir parfait qu'on attendait de lui : Malang Golim a eu les deux bras arrachés avant d'avoir eu le temps de déclencher sa charge. Soigné par des médecins militaires du SRI, il a été recousu, transfusé puis transféré sous bonne garde dans une chambre de la Spitalul Clinic d'Oradea, au bout d'un service fermé à toute personne extérieure. Hébété, choqué, bourré de morphine, il ne réalise pas encore ce qui vient de lui arriver.

Son frère Merwais a été tué sur le coup par la balle de la sniper roumaine, qui l'a atteint en plein milieu du torse, lui faisant éclater le cœur.

À l'intérieur des camions, les démineurs roumains ont désactivé les systèmes de mise à feu, avant de commencer à décharger, effarés, les cinquante tonnes de Semtex.

– Vingt-cinq tonnes par camion, déclare d'un ton sinistre Alain Rubano. Il y avait un plan de Paris dans la boîte à gants du Renault, avec l'itinéraire pour rejoindre le Champ-de-Mars par la Porte Maillot. Ces fils de pute voulaient bien faire sauter la tour Eiffel !

– Ils auraient réussi ?

– Oui. La quantité d'explosifs par camion était suffisante pour détruire deux des quatre pylônes. Sans portance, elle se serait effondrée en quelques minutes.

L'abattement règne dans la pièce, maintenant que chacun se rend compte quel cauchemar a été évité de justesse.

Jalvar brise le silence d'un ton sinistre :

– Il reste Zwak Bradimandi et le VX. Comment fait-on ?

– Nous avons deux possibilités, reprend Alain Rubano. La première, c'est de demander immédiatement l'extradition de Malang Golim vers la France, en faisant pression sur les Roumains pour qu'ils exécutent notre demande sans tarder.

– Et la seconde ? demande Jalvar, sachant déjà ce que va lui proposer son adjoint.

– On demande aux Roumains de garder l'opération secrète et de travailler Malang Golim au corps pour qu'il nous crache ce qu'il sait.

– « Travailler au corps », vous voulez dire « torturer » ? Le scientifique s'empourpre.

– Ils comprendront ce qu'ils veulent comprendre.

– Qui est pour cette proposition ?

Une à une, après une hésitation, toutes les mains autour de la table se lèvent.

– Bien. Avant cela, où est Nicole ? En cas de bavure, je ne veux aucun membre de la Centrale là-bas.

– Dans un Falcon pour Paris, avec son Afghan.

Le patron de la DGSI pousse un soupir.

– La menace est trop grave, je soutiens votre proposition. Je préviens mon homologue roumain.

*

Zwak montre l'aire de repos à Zaccaria.

– Arrête-toi.

Zaccaria engage le camion sur la voie d'accès. Après avoir roulé près de vingt-quatre heures sans discontinuer, ils ont passé la frontière entre la Slovénie et l'Italie sans avoir subi le moindre contrôle. Zwak regarde sa montre. Dix-huit heures : c'est le moment, l'heure du rendez-vous téléphonique. Il sort l'un des trois téléphones vierges de sa sacoche, l'allume, pianote le numéro de Merwais. Ce dernier sonne dans le vide, six fois. Il raccroche, réessaie, sans plus de succès.

– Il ne répond pas ? demande Zaccaria.

– Non.

Zwak compose le numéro de Malang. Au bout de trois sonneries, l'Afghan décroche.

– *Baleh ?*

– C'est moi.

– Tout va bien, je suis à Berlin.

Zwak raccroche immédiatement. Il extrait la carte à puce du portable, se saisit d'une paire de ciseaux, la coupe en petits morceaux avant de la jeter par la vitre.

– Qu'est-ce qui se passe ? Pourquoi Merwais ne répond pas ? Qu'est-ce qu'il t'a dit, Malang ?

Zwak est sonné. Il a du mal à ordonner ses pensées.

– Merwais est mort. Malang est prisonnier.

– Quoi ?

– Il m'a dit le code pour annoncer que l'un est mort et l'autre prisonnier.

– Mais les flics vont nous repérer.

– Idiot. Dix secondes en ligne, c'est trop court.

– Qu'est-ce qu'on fait ?

– Tais-toi. Laisse-moi réfléchir.

Zwak s'enfonce dans le fauteuil, ferme les paupières. Revoit la tour Eiffel, imagine comment elle devait s'effondrer.

Les larmes lui montent aux yeux, mais il les retient de justesse. Il doit faire preuve de courage. Se battre jusqu'au bout.

– Alors ? insiste Zaccaria.

– On continue. J'ai un itinéraire de sécurité.

*

Le flic roumain, qui tient le téléphone dans lequel Malang vient de parler, bourre le djihadiste de coups de poing et de pied, s'acharnant sur ses bras blessés.

Le jeune homme hurle de douleur, mais la haine dans ses yeux dit mieux que des mots ce qu'il pense. Il les a manipulés. Il n'a pas trahi son frère.

Avertir Zwak était la dernière chose que Malang Golim pouvait faire pour la cause, et il l'a faite. Éternel dilemme des services antiterroristes face aux membres les plus convaincus de Daech : comment faire plier un homme qui est devenu étranger au monde terrestre ?

Un responsable du SRI entre bientôt dans la chambre, enragé.

– Il nous a menti, cette ordure.

– Désolé, patron. – L'agent qui s'est acharné sur Malang écarte les mains en signe d'impuissance. – Il nous a fait croire qu'il était d'accord pour collaborer. On a pensé qu'il était sincère. On fait quoi, maintenant ?

Le Roumain a un regard rageur vers la forme allongée sur le lit d'hôpital. Le SRI s'est appelé si longtemps *Securitate*... les anciennes habitudes n'ont pas complètement disparu au sein des organes de sécurité des pays de l'Est, elles sont juste recouvertes d'un vernis de démocratie.

– Un immigré clandestin non identifié n'a pas supporté la perte de ses bras dans une machine agricole. Il a préféré se suicider que vivre handicapé jusqu'à la fin de ses jours.

– Hein ?

– Flanque-moi cette pourriture par la fenêtre.

Le 2 mai

L'état-major de crise de la DGSI bruisse de toute part. Depuis quarante-huit heures, des policiers nerveux compilent des pistes, toutes fausses.

Pas un camion Mercedes n'a franchi la frontière française sans avoir fait l'objet d'un contrôle pointilleux, tandis que Paris a été fermé jusqu'à nouvel ordre à tout poids lourd de la marque à l'étoile, au prétexte qu'un terroriste pourrait tenter la même attaque qu'à Nice.

Les photos de Zwak et du chauffeur ont été diffusées à la télévision, mais la tension n'est pas retombée : tant que l'adolescent court toujours, le danger est là.

Assis derrière une vitre isolante, Jalvar observe la scène.

– Dix-sept ans et ce fils de pute nous a quand même bien baisés ! murmure-t-il.

– Pas complètement, répond Alain Rubano. Dix secondes ont suffi pour borner l'appel entrant. On a encore de l'espoir. Il ne s'est quand même pas évaporé d'Italie !

Nicole reste silencieuse. Elle a l'impression d'avoir échoué, d'être passée à côté d'un détail vital, sans comprendre lequel.

Le bornage du téléphone qui a appelé Malang ayant révélé que les deux djihadistes se trouvaient sur l'autoroute A64, au nord de Turin, l'ensemble des postes-frontières entre la France et l'Italie ont été verrouillés rapidement, des centaines de gendarmes et de douaniers ont été postés pour examiner tous les camions Mercedes, sans exception, avec une attention particulière pour ceux aux plaques polonaises. Aucun véhicule suspect n'ayant été repéré, l'alerte a été étendue à toutes les frontières, occasionnant de gigantesques embouteillages.

Pourtant quarante-huit heures ont passé et Zwak est introuvable. Le debriefing des rares paroles prononcées par Malang associées aux informations rapportées par Oussama a permis aux psychologues de la DGSI d'établir un profil : celui d'un adolescent souffrant de symptômes propres à la maladie d'Asperger (difficulté à reconnaître le réel, visions, absence de socialisation, QI exceptionnel), enfermé dans un plan trop mûrement travaillé pour qu'il ne cherche pas à l'exécuter jusqu'à son dernier souffle.

– Nicole ?

Antoine Magnet la contemple, l'air ennuyé.

– Oui. Que se passe-t-il ?

– Je suis désolé, c'est au sujet du mec de la Crim, le capitaine Justin. Il t'attend en bas.

En soupirant, elle se lève.

– Voulez-vous que je vienne avec vous ? demande Oussama, comprenant qu'il se passe quelque chose de grave.

– Non. Mieux vaut que cet homme ne fasse pas le lien entre nous deux.

Justin l'attend devant les tourniquets de l'entrée de la Centrale, le dos nonchalamment appuyé contre les grilles, privilège de sa carte de police. Il ne change pas d'attitude en l'apercevant, mais elle perçoit aussitôt son excitation.

– Allons prendre un café, décrète-t-il sans lui demander son avis.

Elle s'installe en face de lui, commande un expresso, lui un jus de tomate.

– J'ai beaucoup avancé ces derniers jours.

Elle ne réagit pas.

– On a trouvé une empreinte partielle sur le cadavre d'Abdelrazak. Celle d'un tueur à gages de la mafia surnommé le Berger. Il fait l'objet d'un mandat d'arrêt Interpol. Cela ne vous dit rien ?

– J'ai quitté Interpol il y a longtemps.

– Un homme très dangereux, on lui attribue plus d'une centaine de meurtres. C'est très intrigant de voir un individu comme lui dans le paysage, ça rend ce dossier encore plus compliqué, non ?

– Je vous laisse juge de vos propres découvertes. Ce n'est pas mon enquête.

– En cherchant dans les bases de données s'il y avait eu d'autres morts violentes pendant cette période, je suis tombé sur l'affaire de Montpellier. Vous savez, cet homme victime d'une explosion dans sa voiture devant l'aéroport, qu'on n'a jamais identifié à cause de l'incendie qui a suivi ?

Nicole blêmit.

– Vous devriez écrire des scénarios.

– En faisant mes recherches, j'ai découvert que vous aviez pris un vol Air France pour Dubaï au départ de Montpellier, seule, le jour de cet incident, deux heures après l'explosion de la BMW, pour être précis. Ce qui vous place pile poil sur les lieux.

– Comme des milliers de passagers.

– Vous habitez Paris, que faisiez-vous là-bas ?

– Je n'ai pas à vous répondre.

– C'est bizarre de vous retrouver, seule, à Montpellier, le jour d'un incident aussi violent. Quelques jours à peine après la disparition d'Abdelrazak.

– Vous pensez que je suis allée à Dubaï avec Abdelrazak ?

– Non. Je pense que vous l'avez tué et que les informations qu'il vous a révélées vous ont conduite d'abord à Montpellier et ensuite à Dubaï. C'est la plus grande plateforme aéroportuaire du monde. De là-bas, vous pouviez vous rendre n'importe où dans le monde.

– Vous avez trop d'imagination.

– Nous verrons. Je vais interroger Emirates pour savoir si vous avez utilisé un de leurs vols commerciaux, là-bas.

– Comme vous voulez.

– Vous me cachez quelque chose de grave, commissaire Laguna, je vous jure que je le trouverai. Un juge d'instruction vient d'être nommé pour enquêter sur la mort d'Abdelrazak. Je le vois cet après-midi. Attendez-vous à être convoquée très prochainement.

Elle avale ce qui reste de son café d'une seule gorgée. Sa main mutilée la lance atrocement. La nervosité.

– Je serai prête.

– Je n'en doute pas. Au revoir. Nous n'avons pas fini de discuter, vous et moi, mais j'ai bien peur que les prochaines rencontres ne se tiennent dans des endroits… beaucoup moins agréables que cette terrasse.

– Si je puis me permettre, capitaine, avec vous, aucun endroit n'est agréable.

Elle prend son sac, se lève, consciente qu'elle va maintenant devoir se trouver un avocat.

*

Du coin de l'œil, Zaccaria regarde Zwak, allongé sur la banquette du compartiment arrière. Depuis la découverte de l'arrestation de Malang, le jeune Afghan a décidé de se cacher en permanence. Si les autorités françaises ont leur signalement, il se sait particulièrement reconnaissable : il est rare de voir des passagers aussi jeunes dans des camions de transport.

Il est onze heures du matin, Zwak s'est endormi, confiant dans l'efficacité de ses mesures de précaution. Après sa communication avec Malang, il a brusquement changé de direction. Au lieu de continuer vers la France, il a ordonné à Zaccaria de bifurquer vers l'Allemagne, puis, au bout de trente kilomètres, de s'arrêter. Là, dans un parking routier, ils ont procédé durant la nuit à un nouveau maquillage du poids lourd, beaucoup plus complet que les précédents.

L'ultime tour de passe-passe imaginé par Zwak pour berner les polices européennes.

Muni de plaque et de papiers de suédois, le Mercedes est devenu un SISU, du nom d'un constructeur finlandais qui utilise des cabines du constructeur allemand. Deux mois plus tôt, un frère afghan habitant la Finlande a volé une calandre complète sur l'ordre de Merwais. Transportée avec mille précautions jusqu'en Turquie par un membre du Kaboul Express, elle a été cachée dans le Mercedes, accompagnée de papiers légitimant la légalité des déplacements du SISU.

La dernière précaution de Zwak. Son pied de nez final.

À l'aide d'un tournevis électrique et de quelques pinces, Zaccaria a remplacé l'originale, transformant complètement l'apparence du véhicule. Toutes les polices européennes cherchent un Mercedes polonais, italien ou turc, il s'est transformé en SISU équipé de plaques suédoises : un changement imparable.

Enfin, Zwak et Zaccaria ont repris la route.

Ils ont franchi les frontières autrichienne et allemande, traversé le pays sans s'arrêter jusqu'au Luxembourg, avant de rejoindre la Belgique puis d'entrer enfin en France près de Calais. Ils sont ensuite redescendus, ont longé Paris par l'A86, contemplant avec haine la tour Eiffel toujours dressée au centre de la capitale.

Zwak a alors ordonné à Zaccaria de continuer vers le sud.

Ils ne frapperont que ce soir. D'abord, il a une visite à faire, a-t-il expliqué à Zaccaria, avant de lui préciser l'itinéraire et de s'endormir.

De nouveau, le chauffeur vérifie nerveusement que son jeune chef ne se réveille pas avant de s'engager dans une aire de repos. Il sait qu'il va mourir le soir même, étouffé par les gaz ou abattu par des flics pendant l'attaque, mais ce n'est pas cela qui le gêne.

Zaccaria est en rage, car s'il ne fait rien, son martyre demeurera anonyme. Il a tenté d'en discuter avec Zwak à deux reprises, mais l'adolescent est bien trop plongé dans son monde pour s'intéresser à son complice.

Zaccaria rumine sa haine depuis des heures, depuis qu'il a compris que les changements incessants d'itinéraires ne lui permettront pas de réaliser sa vidéo de *shahid*, de martyr.

La mort, Zaccaria l'a espérée, chérie, rêvée. Mais mourir comme un fantôme, sans que personne sache pourquoi ? Jamais ! Le monde, sa famille, son frère, tous doivent savoir comment et pourquoi il s'est sacrifié.

Après avoir vérifié une dernière fois qu'il ne risque rien et que Zwak ne bouge pas, il descend lentement de la cabine, empêche la portière de claquer, se décale vers l'arrière, sort son téléphone, le brandit devant lui, façon selfie.

Il lance l'enregistrement :

« Ô peuple d'Islam, mon nom est Zaccaria Ahmed Ahmed. Je suis venu du Sham adoré pour venger nos frères et sœurs injustement maltraités par les nazaréens et les juifs, qu'ils soient tous brisés par la grâce d'Allah ! Ce soir, je détruis Paris, je tue ses habitants. Que la France des croisades se souvienne pour toujours du juste combat du mouslim pour ses droits et pour sa dignité. Je meurs en shahid pour notre nation bénie, que le Prophète, *salla Allah alayhi wa salam*, me donne force et courage. »

Zaccaria est content, la première prise est la bonne ; il faut dire qu'il réfléchit à ce texte depuis des semaines. Il appuie sur un numéro préenregistré pour expédier sa vidéo, répète l'opération deux fois. Enfin, après avoir vérifié que le film a bien été envoyé aux trois personnes prévues, il éteint son portable, le range tout au fond de sa poche avant de remonter dans le camion.

Bientôt le monde entier connaîtra son nom.

*

Bouleversé, un analyste surgit dans la salle de crise de la DGSI.

– Chef ! La NSA vient d'intercepter quelque chose ! C'est du direct !

Aussitôt, les différents chefs de service se regroupent dans la pièce vitrée qui sert de salle de conférences.

– Voilà, on a une vidéo de revendication d'attentat-suicide envoyée il a dix-huit minutes à un numéro turc sous surveillance. Je la lance à l'écran.

Ils la regardent dans un silence concentré, puis Nicole s'écrie :

– Je le reconnais ! C'est l'homme qui était dans la cabine de pilotage avec Zwak. C'est du pachtoun. Oussama, vous pouvez traduire ?

– Il parle de ce soir, s'exclame Jalvar quand Oussama a terminé. Où est-il ?

– On a un double bornage, près d'Orléans, sur l'A10.

– Bon Dieu, il est déjà en France ! Il sera à Paris dans deux heures.

– Non, la séance de connexion aux bornes montre qu'il roule vers le sud.

Stupéfaits, ils s'approchent d'un écran plasma sur lequel Alain Rubano fait apparaître en direct une carte routière de la France.

– Ça n'a pas de sens, qu'est-ce qu'ils foutent là ? demande Jalvar. Où ont-ils passé la frontière ?

– Je ne comprends pas, patron, avoue Alain Rubano, dépassé. Il aurait déposé sa cargaison quelque part ?

– Ce garçon ne fait rien sans raison. Il y a forcément une explication.

– Et si c'était la date ? dit soudain Oussama après s'être fait traduire la conversation par Nicole. Nous sommes un 2 mai, Zwak est né un 2 mai et c'est le 2 mai que son père est mort. À part ça, pour quelle raison Zwak prendrait-il le risque de se rendre ailleurs qu'à Paris un 2 mai, juste avant de lancer son attaque-suicide ?

Nicole sort son iPhone, se branche sur Wikipedia, pianote quelques secondes. Lève la tête.

– Amboise !

– Quoi, Amboise ? demande Jalvar.

– L'écriture inversée, les plans de chars et d'engins volants. Sa croyance en la réincarnation. Quelle idiote ! J'aurais dû faire le lien dès qu'Oussama m'en a parlé ! Léonard de Vinci ! Il est mort un 2 mai. Zwak se rend au château d'Amboise, là où Léonard de Vinci est enterré. Il va lui rendre hommage avant de passer à l'attaque !

*

Amboise, charmante cité de Touraine de quinze mille habitants, est mondialement connue pour abriter le château du Clos Lucé où Léonard de Vinci a terminé sa vie en 1519. Ce 2 mai, il est quatorze heures quand un camion de marque SISU aux plaques suédoises pénètre sur le parking longue durée de la station-service Total, un peu à l'extérieur de la ville. Une trentaine de camions y sont déjà parqués, de toutes nationalités : française, espagnole, italienne, polonaise. Le SISU se range sagement. Rien ne le distingue des autres.

– Tu m'attends, ordonne Zwak. Ensuite Paris. On agit cette nuit. Densité de population maximale. Plus de victimes.

– Je dis quoi si on me contrôle ?

– Tu présentes tes papiers, ils sont en règle. Pas de danger.

Zwak pénètre dans la station-service. En anglais, il demande au gérant de lui commander un taxi. Une dizaine de minutes plus tard, une Scénic gris clair fait son apparition.

– *Amboise Castle, please.*

Le chauffeur prend la direction du centre-ville. Amboise est une cité prospère et dynamique, il y a beaucoup de touristes, mais pas autant que Zwak l'imaginait : le monde a oublié son plus grand génie, l'homme qui a tout inventé.

Mais lui, personne ne l'oubliera.

Le taxi tourne dans une avenue, Zwak se détend : au loin, la silhouette du château dont il rêve depuis son enfance se dessine, comme dans un conte de fées. Le taxi s'emplit de volutes multicolores qui lui touchent les bras, lui caressent le visage, tandis qu'une mélodie étincelante retentit, des notes de harpe qui se transforment en créatures oniriques, en lions d'argent, en doux visages de jeunes filles parées d'or et de diamants. Zwak, renversé en arrière, sourit, les yeux exorbités, assommé par la beauté de cette vision, au bord de l'extase.

À un feu, le taxi s'arrête derrière une camionnette grise. Soudain, un claquement retentit : le chauffeur a déverrouillé les portières. Deux Taser crachent leurs dards sur Zwak. Il est atteint au torse, fait un bond sous le choc des décharges électriques, s'effondre sur la banquette, la bave aux lèvres.

– Allez-y, menottez-le, crie le chauffeur.

Déjà on le sort de la voiture, la tête dans le caniveau, les bras tordus dans le dos. Les menottes se referment sur ses poignets, on lui serre violemment les bras, comme dans un étau. Les visions, les notes, les volutes colorées, tout a disparu. Il hurle.

– Ta gueule, lance une voix en français.

Des véhicules banalisés se garent dans un crissement de pneus. Des hommes en civil ou en uniforme en sortent, armes à la main. Zwak est traîné jusqu'à une fourgonnette, jeté dedans sans ménagement.

Un peu plus loin, Nicole et Oussama observent la scène depuis l'arrière d'un camion de commandement. Jalvar met la main à son oreillette.

– Le GIGN vient d'abattre le conducteur du camion. Les démineurs vont retirer les dispositifs de mise à feu avant qu'on le déplace. Ils l'avaient bien maquillé, ces enfoirés, on aurait pu chercher un Mercedes pendant encore longtemps…

– C'est bien du gaz ?

– Du VX, oui, on a une identification chimique.

Le DRO, le directeur du renseignement des opérations de la DGSI, les rejoint, tout sourire. C'est lui qui a coordonné le plan d'interception avec le chef du GIGN. Un des dix drones envoyés au-dessus de l'A10 a repéré Zaccaria au volant du camion aux plaques suédoises près de Tours grâce à une caméra haute définition. Ensuite, il ne l'a plus lâché.

Les guetteurs de la DGSI, des SCRT, de la SDAT et des gendarmes du BLAT, tous des spécialistes de la surveillance urbaine, ont eu le temps de se placer en tenailles partout dans Amboise, ainsi qu'aux points stratégiques autour de la ville.

La conversation de Zwak avec le gérant de la station-service a été captée par un micro directionnel à deux cents mètres de distance, le taxi intercepté, son chauffeur remplacé par un homme du GAO en civil.

Le reste était simple, juste une figure de style d'intervention policière : le GIGN s'y entraîne depuis toujours.

Déjà les véhicules de police quittent les lieux dans un ballet bien réglé. Des badauds s'approchent, sans trop comprendre ce qui se passe. Jalvar tape sur l'épaule du chauffeur.

– On rejoint l'aérodrome. Il est temps de rentrer à Paris.

Il se tourne vers Oussama.

– Merci pour votre aide. Un Falcon va vous ramener à Kaboul. Nous n'oublierons jamais ce que vous avez fait pour nous.

– Que va-t-il se passer, maintenant ? demande Oussama.

Jalvar se crispe légèrement.

– Rien.

– Comment ça, rien ?

– Il n'est rien arrivé aujourd'hui. C'était un exercice du GIGN dans le cadre de la lutte antiterroriste.

– Mais…, commence Nicole.

Jalvar se plante devant elle.

– C'est validé avec les autorités politiques. Si le monde apprenait que Daech a failli raser Paris, nous n'aurions que des mauvaises solutions à mettre en œuvre. La seule réaction valable serait d'éliminer cette vermine en détruisant Raqqa par une frappe atomique. Mais il y aurait des dizaines de milliers de victimes innocentes et nous serions mis au ban des Nations.

Il a un sourire triste.

– La seule option, c'est le silence. Rien n'a jamais eu lieu. Il n'y a pas eu de gaz VX ni de camions piégés. Et ce garçon n'a jamais existé.

– Que va-t-il lui arriver ?

– La même chose qu'à un certain nombre d'autres avant lui. Il va disparaître, tout simplement. La DGSE s'en occupe. Et vous ne voulez pas savoir comment.

– J'ai promis à sa mère de le sauver si je le peux, intervient Oussama.

– Impossible.

Oussama songe à la promesse qu'il a faite à Farzana. Un mensonge de plus. Un mort de plus.

– Au moins, laissez-moi lui parler.

Avec regret, Jalvar le prend par le bras. Ils rejoignent une camionnette garée un peu plus loin, encadrée par des hommes du GIGN encagoulés et lourdement armés.

– Ouvrez.

Zwak est menotté à un banc, une cagoule sur le visage, entouré par deux hommes.

Jalvar referme la porte derrière Oussama, le laissant seul avec les deux agents et l'adolescent. Oussama lui ôte sa cagoule. Zwak n'a aucune réaction. Le regard d'Oussama s'attarde sur le visage innocent de ce garçon qui s'apprêtait à tuer deux millions de personnes.

– Zwak ? Écoute-moi.

En entendant parler baloutche, Zwak se redresse un peu.

– J'ai rencontré ta mère au pied du Coti Baldamanak. Je lui ai promis de te sauver la vie, mais je ne pourrai pas tenir cette promesse. Tu me comprends ? Sache qu'elle t'aime.

Oussama n'a pas envie de discuter plus longtemps avec ce monstre à tête d'ange. Il redescend, referme la portière derrière lui. La plupart des hommes du GIGN et de la DGSI ont déjà plié bagage. Nicole l'attend devant leur voiture, l'air sereine. Oussama comprend qu'elle a accepté le verdict. On ne fait pas leur métier si on ne veut pas être confronté au mal : on prend acte de son existence, on le combat souvent, on le commet aussi, parfois.

Alors il lève la tête vers le ciel, ferme les yeux, déjà à Kaboul, près de Malalai.

Remerciements

Je remercie toute l'équipe de Robert Laffont, spécialement Nathalie Théry, mon éditrice, Glenn Tavennec, directeur de la collection La Bête Noire, mais aussi Sandrine, Sylvie, Céline, Margaux, pour leur soutien sans faille et leur volontarisme continu.

Pour tous ceux qui m'ont aidé, ici et là-bas, afin que ce livre soit au plus près de la réalité, une pensée spéciale.

« BAAD » : HOMME MAUVAIS, VIOLENT, CRUEL AVEC LES FEMMES.

« Vivez dangereusement à Kaboul avec Cédric Bannel... depuis votre canapé. »

Jean Tulard, de l'Académie des sciences morales et politiques

« Violence et corruption, talibans vicieux, femmes asservies, trafic de drogue, mais également loyauté, solidarité : la fiction imaginée par Cédric Bannel colle à la réalité. »

L'Express

POINTS

RÉALISATION : NORD COMPO À VILLENEUVE-D'ASCQ
IMPRESSION : CPI FRANCE
DÉPÔT LÉGAL : MAI 2018. N° 137964-3 (2046776)
IMPRIMÉ EN FRANCE